Charles de RICHTER

LA MORT

TI...ES

roman
policier

OPHRYS

LA MORT
TIENT LES CARTES

DU MÊME AUTEUR

AUX EDITIONS OPHRYS

Rien qu'un village de Frace (ouvrage orné de photos et de documents)

AUX EDITIONS DE LA FRANCE NOUVELLE

Au pays de Magali (ouvrage couronné par l'Académie Française.)
Les Contes de mon Oncle Frederi (sous presse).

AUX EDITIONS CHANTAL

La Dame de la Tour hexagonne.
Mon Phoque et Elle (éd. illustrée).
Sous le Poignard du Dieu.

Le roman de Mademoiselle Bulle.
Le rendez-vous avec l'Amour.
La robe de lune (sous presse).

AUX EDITIONS DE FRANCE

L'homme qui était Moi.
Le Gang et la débauche.
Jacky chez les abeilles.
Le rubis de Christophe Colomb.

Celle qui devait mourir.
L'étrange jeunesse américaine.
Jacky à la rescousse.
L'avion secret.

Vingt-cinq romans policiers tous épuisés.

A LA NOUVELLE EDITION FRANÇAISE

Les Vierges du Soleil.
Capitaine Ralph.

Le vaisseau qui portait la Mort.
Mr. Davis a disparu.

AUX EDITIONS GUTEMBERG

L'homme qui voulut le Déluge.

CHEZ D'AUTRES EDITEURS

Bernerette et mon amour (poésies).
La comédie de Deauville.
Le mystère du yacht blanc.
Le pirate de l'air.

Petite Lavande.
Le carnet d'une Train-Bleu.
Le signe de la bête.
Eux et Lui (comédie).

POUR PARAITRE SOUS PEU :

Signé : Jules César.
La Fille de la nuit.
La fin du chapitre à demain.
La resurrection de Vautrin.
Quand le Boulevard vint à Nice.
Mon ami Lobster.

Le Jour n'est pas plus pur...
Richter contre Richter.
Au temps de la Jeunesse ou La mort
du Boulevard.
Sept ans à Monte-Carlo ou Dames et
Drames de Jeu et d'Amour.

Charles de RICHTER

La Mort

TIENT

les Cartes

roman policier

OPHRYS

I

TROIS COUPS DANS LA NUIT

Le « Speakeasy » de Moonhine Bill n'était pas précisément un de ces endroits sélects où les snobs de la 5ᵉ Avenue, avec leurs *dolls* [1], aiment à venir prendre un verre après le spectacle. Ceux qui le fréquentaient auraient souri de l'entendre appeler « speakeasy », tout comme l'élément féminin aurait arqué les sourcils de se voir baptisées « dolls ». Pour les uns et les autres, le qualificatif habituel de ce lieu de rendez-vous était Bill's « Joint » [2] ou Bill's « dive » [3], ce qui est le qualificatif des endroits les plus mal famés à l'exception, évidemment, de « Clipjoint », réservé aux boîtes que nous étiquetterions en France : coupe-gorge.

Pour les femmes, un seul nom leur était applicable et ce n'était aucun de ceux que l'on trouve dans le dictionnaire, mais bien le vocable plus spécial de *molls* [4].

C'est ainsi qu'elles se désignaient sans aucune fausse honte, suivant en cela la coutume de leurs seigneurs et maîtres; et c'était sous ce nom, également, que les connaissaient les gentlemen qui, après leurs seigneurs et maîtres, s'intéressaient le plus à elles : ces messieurs de la police, *alias* les *cops*.

Ceci suffit pour situer exactement sur le plan social la boîte de Moonshine Bill. C'était un de ces endroits

1. Poupées, poules.
2 et 3. Boîte.
4. Nom donné aux compagnes de gangsters.

honorés de la clientèle de tout ce que la grande cité
de New-York compte de plus dangereux et de plus vil.
Un ramassis dont aucun des membres n'avait moins
d'une ou deux vies sur la conscience. Des gens prêts à
tout et à rien. Des gangsters.

D'ailleurs n'y pénétrait pas qui voulait et, avant de
pouvoir s'asseoir autour de ces tables branlantes parse-
mées de taches de vin et de whisky corrosif, il fallait
subir l'examen des deux yeux inquisiteurs d'un immense
nègre posté en sentinelle à une fenêtre, à l'entrée de
la noire ruelle au bout de laquelle se trouvait la Joint.
Argus avait peut-être un avantage numérique sur
Snowwhite, — c'est ainsi que s'appelait le nègre, —
mais les deux yeux de celui-ci remplissaient sans effort
la tache des cinquante paires de l'autre. Jamais il
ne se trompait, et pas une fois il ne lui était arrivé de
laisser passer un « bull »[1] à la place d'un frère. Une
fois les portes franchies, on pouvait être sûr, grâce à
lui, d'être en complète sécurité. On était entre soi.

Cette nuit-là, l'assistance, si elle avait été fournie au
début, ne l'était plus guère. Entourant une table où
trois bouteilles de whisky vides témoignaient des qua-
lités de résistance des buveurs, il n'y avait plus que
deux hommes et deux femmes dont la grosse gaieté
faisait résonner les solives du plafond blanchi à la
chaud. Ces dernières étaient blondes, jeunes, jolies; et
leur attitude envers les deux hommes disait assez nettement l'état de leurs relations. Une surtout témoignait
à l'objet de sa flamme une véritable adoration. Assise
en face de lui. elle le buvait littéralement du regard,
et quand, par hasard sa main se posait sur son bras,
elle frissonnait comme sous l'effet d'une caresse. Accou-
dée contre son maître, et son verre crispé entre ses
doigts, l'autre femme se contentait de dodeliner de la
tête, tout en souriant béatement. L'alcool devait commencer à produire son effet, et c'est avec une certaine peine qu'elle parvenait à s'empêcher de piquer
du nez. Les hommes, quant à eux, étaient solides au
poste, et il y avait dans leurs yeux un contentement
intense qui décelait, sans qu'un doute fût possible,

1. Policier.

la réussite éclatante de quelque projet longuement mûri.

Un silence s'était établi autour de la table, succédant à un éclat de rire et l'homme, que la femme semblait boire des yeux, voulut en profiter pour remplir les verres. A sa légèreté de la bouteille, il s'aperçut qu'elle était vide.

— Eh Billy ! lança-t-il. Une autre de ton vitriol avant qu'on ait la gorge trop sèche.

Moonshine Bill, qui somnolait à son comptoir, après avoir lu et relu les derniers résultats du baseball, ne broncha pas. Ce ne fut pas la voix qui l'appelait qui le réveilla, mais le fracas de la bouteille qui venait de s'écraser devant lui. Il sursauta.

— *What on Hell...* commença-t-il !

Le rire de son client et son bras rejeté en arrière le renseignèrent suffisamment. Il devint écarlate.

— *Look here,* Charley, gronda-t-il, encore un petit tour de ce genre et vous pourrez venir pleurer à la porte.

Le compagnon de Charley jugea bon d'intervenir.

— *Come on,* Billy, le gosse est joyeux, il vient de réussir un des plus beaux coups de sa carrière ! Pas étonnant que son jeune sang parle un peu fort.

Ceci n'apaisa nullement Moonshire Bill.

— S'il n'apprend pas les règles premières de la politesse, son jeune sang pourra aller où il voudra, sauf ici.

Il prit un temps et ajouta :

— En attendant que ce jeune sang se dessèche dans un des ruisseaux de cette petite ville. C'est arrivé à d'autres.

Cette perspective parut follement amuser le jeune homme que le patron venait d'appeler Charley.

— Rien à craindre de ce côté-là, Bill. En tout cas, c'est un conseil que tu aurais dû donner à un autre cette nuit ! Alors, tu nous le donnes, oui ou non, ton whisky ?

Tout en sifflotant, Moonshine Bill prit une bouteille sur l'étagère et, avant dévissé le bouchon, sortit de son repaire. Il remplit les verres et, enfin, sembla retrouver l'usage de la parole.

— Et à qui aurais-je dû donner ce bon conseil, cette nuit ? interrogea-t-il en regardant fixement Charley.

— A quelqu'un dont le sang n'a peut-être pas coulé dans le ruisseau, mais qui est en train, maintenant, de sécher dans une chambre.

Attrapant un verre sur son comptoir, Moonshine Bill se versa une rasade et l'éleva à la hauteur de ses yeux.

— A qui ? répéta-t-il calmement.

— Jimmy Thorndyke.

Moonshine Bill se remit à siffloter, puis, renversant la tête en arrière, avala d'un trait sa mixture.

— Plus facile à raconter qu'à faire croire. Jimmy Thorndyke n'est pas homme à se laisser abattre comme cela.

Rapide comme l'éclair, la main de Charley plongea dans sa poche et jeta quelque chose au milieu de la table. C'était un « Roscoe », un de ces automatiques de petite taille, que l'on peut facilement dissimuler sur soi.

— Et ça alors. Qu'est-ce que tu en dis ?

Moonshine Bill avança la main et prit l'arme. Il la palpa une seconde et constata qu'aucune cartouche ne manquait. La retournant, il déchiffra un nom gravé sur la culasse.

— C'est bien l'arme de Jimmy, en effet, dit-il. Et Jimmy n'était pas homme à la laisser traîner. Où l'as-tu prise ?

Toute la façade d'indifférence de Moonshine Bill était maintenant tombée. Il reposa le revolver sur la table et, le raflant d'un geste rapide, Charley le remit dans sa poche.

— Au seul endroit où on pouvait le trouver, quand Jimmy ne l'avait pas en main : dans l'étui, sous son bras gauche.

— Il te l'a laissé prendre ?

L'éclat de rire de Charley s'éleva rauque et sinistre.

— Les morts peuvent difficilement se défendre, et, à cette heure-ci, Jimmy Thorndyke doit être plus raide qu'un mouton congelé !

— Chez lui ?

— Chez sa *moll*. Quant on veut frapper un homme

en toute sûreté, c'est toujours autour de l'une d'elles qu'il faut tendre le piège.

Moonshine remplit les verres qui s'étaient à nouveau vidés, et, de son pas traînant, retourna à son comptoir.

— En sorte, commenta-t-il en s'accoudant entre deux tonnelets de bière, que voici le *gang* à Kraton privé de son tueur ?

— *Yep !* approuva Charley.

— Et que, demain, la guerre va être allumée entre les hommes du *gang* à Kraton et ceux de Kelly.

— *Yep !* approuva à nouveau Charley. Mais qui est-ce qui s'en préoccupe ?

La voix de Moonshine Bill se fit tranchante comme un couperet.

— Ça pourrait bien t'arriver avant peu. Kraton ne sera pas long à savoir d'où vient le coup, et il n'est pas précisément homme à laisser dormir une affaire. Je te parie bien qu'avant vingt-quatre heures...

Ce fut la voix joyeuse de la femme qui l'interrompit.

— Ne parie pas, Billy, tu as perdu d'avance ! Crois-tu que je me sentirais aussi légère si Charley devait rôder demain dans ces parages ? Il sait trop bien ce qui l'attend. Mais Kelly n'est pas un de ces patrons qui vous flanquent dans la soupe et vous y laissent patauger. On sera loin demain. Kelly nous paye un petit voyage en Europe. Le temps de laisser l'affaire se refroidir. Quand on reviendra, il n'y aura plus de *gang* Kraton ! Ils auront tous été nettoyés. Il n'y aura plus que Kelly ; et nous pourrons parader dans Broadway en plein jour, et dire au monde ce que nous pensons de lui.

Moonshine Bill fit la moue.

— Kraton a le bras long.

— Pas aussi long que l'Atlantique !

— Et il n'a pas la mémoire courte.

— Kelly saura bien la lui supprimer ! intervint Charley, que ses camarades avaient accoutumé de pré- nommer Bamboo Charley. Il faudrait d'ailleurs que ses soupçons s'arrêtent sur moi ; et ce n'est pas moi qui irai l'alerter.

— Ni moi non plus, intervint l'autre membre du

quatuor qui avait tout écouté sans dire un mot. Charley et moi on travaille toujours ensemble, et laisser soupçonner Charley, c'est prendre la moitié du blâme pour moi. Sans compter qu'avec son départ me voici devenu justicier numéro un de l'association.

— Il y en a qui diraient : « le tueur » ! corrigea Moonshine Bill en sourdine.

— Va pour tueur ! déclara Bamboo Charley en se penchant par-dessus la table et en plaquant un baiser contre les lèvres de sa *moll*. Mais, tueur ou non, Helen et moi, on voguera demain à travers l'Atlantique et il n'y aura plus de Bamboo Charley ni de Helen-la-soupe. On sera Mr. *and* Mrs. Charles Hummings, respectable couple en route vers le vieux continent.

— A quelle heure le départ, alors ? demanda Moonshine Bill.

— 2 h. 45. On doit venir me chercher ici à 2 heures. Signal convenu : quatre coups de klaxon.

— Dans ce cas, remarqua Moonshine Bill, ils feraient bien de ne plus tarder. Voici 2 heures qui sonnent. Alors, bon voyage et bon retour, bien que je ne sois pas aussi rassuré sur les résultats de l'exécution de Jimmy. Oh ! je ne le regrette pas : c'était un rat. Mais j'ai peur des suites. La police va fourrer son museau là dedans, et à force de compter sur la chance...

— Ne t'en fais pas pour cela, Billy. Ça pourrait te donner des cauchemars. Contente-toi de nous empoisonner avec ton whisky de contrebande. A la tienne !

Une quatrième bouteille vide s'ajouta aux trois autres, et, un moment, les deux hommes demeurèrent silencieux à contempler le liquide ambré dans leurs verres. Les femmes avalèrent leur ration d'un trait et, d'un commun accord, s'affalèrent sur la table, la tête dans leurs bras.

— Billy a raison, remarqua tout à coup Fabion-the-Just, l'homme qui s'était vanté de passer sous peu tueur n° 1. Il ne s'agirait pas de manquer ton bateau.

Bamboo Charley fixa la grosse horloge qui trônait au-dessus du comptoir. Elle marquait 2 h. 10.

— Bizarre, dit-il. Le *boss* [1] m'a pourtant bien recom-

_____
1. Le patron.

mandé de me tenir prêt à 2 heures. S'il y a une chose
à quoi il tient, c'est à l'exactitude. On n'est pas deux
fois en retard avec lui.

— Il y a peut-être un contre-ordre ?

Bamboo Charley secoua la tête.

— Le *boss* m'aurait prévenu.

— Téléphone-lui alors ?

A nouveau, la tête de Bamboo Charley alla de droite
à gauche.

— Le *boss* n'aime pas ça. Attendons encore un peu.
Si dans dix minutes il n'y a personne, j'aviserai.

Une pensée, qui depuis un instant tournait dans la
cervelle de Fabian-the-Just, se fit jour.

— Tu es sûr de ne pas avoir été suivi ?

Devant ce doute, Bamboo Charley cracha au sol.

— J'ai passé la journée entière à proximité de l'endroit où je devais opérer ; et ce n'est que sur un message me signalant le départ de Jimmy, de sa Joint, que
je me suis posté où je savais ne pouvoir le manquer : au
dernier étage, entre la cage de l'escalier et l'échelle de
secours. Je n'y étais que depuis dix minutes que Jimmy
est arrivé. Je l'ai laissé monter jusqu'à la porte de sa
moll. Il n'a pas eu le temps de mettre la clef dans la
serrure que le feu d'artifice a commencé. A la première
balle, il s'est écroulé. J'ai redoublé la dose de plomb
pour être sûr, et je suis redescendu en courant. Le temps
de lui chiper son *rod*[1] en souvenir, et j'étais déjà sur
l'échelle de secours. J'ai entendu le hurlement de la
moll et le bruit de sa porte. Mais j'étais déjà dans la
cour, en train de me faufiler dans la rue de derrière.

— Personne n'est monté pendant le feu d'artifice ?

Bamboo Charley secoua la tête en souriant, mais,
brusquement, quelque chose lui revint à l'esprit.

— Personne, dit-il. Seulement...

— Quoi ? interrogea Fabian-the-Just, qui avait froncé les sourcils.

— Seulement, au moment où je me penchais sur le
cadavre, j'ai entendu frapper à la porte d'entrée, trois
coups distincts. Comme ça.

De son poing fermé, Charley frappa à trois reprises

[1]. Argot pour revolver.

sur la table qui résonna sourdement. Les deux femmes se redressèrent.

— Charley ! demanda Helen-la-soupe, qu'est-ce que ça pouvait être ?

Le rire sonore et brutal de Bamboo Charley détendit la situation.

— *Search me, darling* [1], quelqu'un qui demandait admission; ou un ivrogne, à moins que ce ne soit un *spook !* [2]

Les traits de la femme se crispèrent.

— Ne plaisante pas comme ça, Charley, il me semble entendre ce bruit comme si...

La phrase s'étouffa dans sa gorge tandis que sa compagne poussait un cri. Trois nouveaux coups venaient de se faire entendre. L'éclat de rire jovial qui les fit tous se détourner, démontra, heureusement à temps, la nature innocente de ce bruit. C'était Moonshine Bill qui venait de leur jouer un tour à sa façon.

— Idiot ! grommela Bamboo Charley en faisant mine de lui jeter une bouteille.

Tout en s'apprêtant à esquiver le projectile, Moonshine Bill lui montra la pendule du doigt.

— Tu ferais mieux de t'occuper de l'heure, autrement, c'est la sirène du bateau qui te fera sursauter.

Bamboo Charley se leva dans un juron. Il pouvait avoir dans les vingt-trois ans, était rouquin, avait la peau constellée de taches de rousseur, et le nez cassé à deux endroits. Une blessure assez récente, reçue au cours d'une bagarre, le faisait boiter. Cela n'empêchait pas sa femme, une grande créature mince, souple, athlétique, aux traits réguliers, et aux yeux lumineux — un merveilleux spécimen de la femme américaine — de le contempler comme s'il eût été le seul homme au monde, le seul en tout cas, capable de faire battre son cœur et vibrer ses sens.

— Qu'est-ce qu'on fait, Charley ? interrogea son compagnon.

Bamboo Charley — un surnom qui lui venait de son

1. Textuellement : « Fouille-moi ». En réalité : « Tu m'en demandes trop ».
2. Argot pour fantôme.

amour vrai ou simulé de l'opium dont il trafiquait avec profit — demeura un instant sans répondre. La vue de la grande aiguille qui s'avançait inexorablement lui fit prendre une brusque décision.

— Quelque chose d'imprévu a dû se passer. Accident ! panne, ou coup de la police. Un de ces cas où, selon les ordres du *boss*, chaque homme doit faire appel à son intelligence. Je vais aller au bateau.

— A pied ?

Bamboo Charley haussa les épaules.

— Même dans ce quartier, il ne manque pas de taxis en maraude ! Inutile de t'inviter à venir avec nous : ordre du *boss* de ne jamais nous faire voir ensemble. A un de ces jours, alors.

Il serra la main de son compagnon tandis que les deux femmes s'embrassaient, puis, après un petit signal amical à Moonschine Bill, il prit sa *moll* par la taille et se dirigea vers la porte.

Comme il recevait en plein visage l'air froid et humide de cette nuit de novembre, un appel de Moonshine Bill le fit se retourner.

— Surtout, lança ce dernier, attention de ne plus entendre les trois coups dans la nuit ! Une fois, ça peut aller, mais plus, ça serait inquiétant. Il y aurait sûrement du *spook* là-dessous !

— *Damned idiot !* gronda Bamboo Charley en faisant passer sa *moll* et en fermant la porte derrière lui d'un coup de pied.

II

LA DERNIERE PROMENADE DE BAMBOO CHARLEY

La ruelle était déserte et à peine éclairée par une vague ampoule rouge qui se balançait au bout d'un fil. Pourtant, comme Bamboo Charley en atteignait l'extrémité, il n'en lança pas moins un retentissant « *Bonsoir* » auquel répondit une voix bien éveillée. C'était Snow-white qui continuait sa vigie. Bamboo Charley allait poursuivre sa route dans l'artère plus fréquentée où il venait de déboucher, quand une pression sur son bras le fit s'arrêter. A cinquante mètres devant lui, à la porte d'une maison qu'il connaissait bien, une auto était arrêtée. Il allait s'étonner de cette présence insolite quand la clarté du réverbère lui permit de faire une constatation : l'auto était un taxi et un chauffeur semblait somnoler sur le siège.

Entraînant sa compagne par le bras, il s'approcha du véhicule, et, s'étant assuré qu'il n'y avait personne à l'intérieur, tapa sur l'épaule de l'homme. Celui-ci se réveilla en sursaut et fut un moment avant de se remettre.

— *Okay ! okay ! boss*, expliqua-t-il d'une voix pâteuse. Je venais seulement de m'assoupir et...

Il s'arrêta net, tandis que son visage exprimait le doute.

— Mais, dites donc, ce n'est pas vous qui m'avez pris il y a plus de trois heures, du côté de Times Square ? D'abord, il n'y avait pas de dame avec vous, et puis, aucun des deux hommes ne vous ressemblait. Qu'est-ce qui vous prend alors de me taper sur l'épaule ?

Du pouce, Bamboo Charley désigna la porte de la maison.

— Parce que sans moi, mon vieux, vous auriez dormi jusqu'à demain matin, ou jusqu'à ce que les *cops* vous fichent dedans. C'est par cette porte qu'ils sont entrés vos clients ?

— Sûr !

— Eh ben, allez-y faire un tour. Vous serez fixé.

Tout en se grattant le crâne, le chauffeur sauta au sol, et, accompagné de Bamboo Charley, se dirigea vers la porte. Il n'eut besoin que d'y passer la tête pour émettre un juron. La porte donnait simplement accès à un passage voûté qui débouchait sur une rue de derrière.

— Les damnés *skunks !* grommela le chauffeur.

— S'ils courent toujours depuis trois heures, ils doivent être loin, énonça philosophiquement Bamboo Charley. Je n'ai peut-être pas eu tort de vous réveiller.

D'autant plus que j'ai une autre course à vous proposer. A moins, évidemment, que vous ne teniez à attendre !

— Ah ! les *skunks*, répéta avec énergie le chauffeur. Jouer un tour pareil à un homme marié. Et qu'est-ce que c'est que votre course ?

— Simplement me conduire à l'embarcadère de l'*Aquitania*, en vitesse. Je dois prendre le bateau et j'ai juste le temps d'arriver. Cinq dollars si on réussit, ça va ?

Le vieux chauffeur ouvrit la porte de sa voiture.

— Montez, ordonna-t-il, mais que je retrouve ces damnés *skunks*, et je les écorche vivants !

— C'est bien tout ce qu'ils méritent ! assura Bamboo Charley en s'installant et en attirant Helen-la-soupe contre lui.

Comme le vieux chauffeur remontait sur son siège et mettait en marche, Charley chercha les lèvres de la femme qu'il tenait entre ses bras. Il les trouva d'autant plus facilement qu'elle aussi cherchait les siennes. Un instant, ils oublièrent tout, dans un baiser empesté de whisky, et nul n'eût été plus étonné qu'eux si quelqu'un était venu leur rappeler que, dans une maison de la grande cité, il y avait un mort froidement exécuté à peine deux heures plus tôt. Mais ils oubliaient tout. Il n'y avait plus en eux que l'amour et le désir intense de se prendre et de s'étreindre.

Ce fut Helen-la-soupe qui, la première, reprit contact avec la réalité. Se dégageant de ses bras, elle se redressa et, machinalement, rectifia l'ordonnance de sa coiffure.

— Nelly ! soupira Bamboo Charley. Un quart d'heure à peine, et nous pourrons dire adieu à tous les dangers qui nous guettent !

— Au revoir, pour longtemps, tout au moins ! corrigea Helen-la-soupe. Je me demande même si cela ne va pas nous sembler terne, de ne plus nous aimer sous le signe de la menace ?

— On s'y fera, plaisanta Charley en allumant une cigarette. On a beau être malin, on aurait bien fini par y laisser la peau. Mais maintenant, *adios* tout ça. Je commence à me sentir bourgeois. Pas toi, Nel ?

Devant le silence de la femme, il se mit à rire, et,

l'attirant par les épaules, la coucha au travers de ses genoux. Sous la clarté de sa cigarette, il pouvait àpercevoir l'éclat de ses yeux d'un bleu foncé.

— Evidemment, que j'ai tort de parler de «bourgeois» à la femme qui a su mériter le surnom de «la soupe» [1]. Ce n'est pas tout le monde qui aurait eu le cran de garder sur sa table de toilette un flacon de «soupe» tandis que les *dicks* [2] mettaient tout sens dessus dessous chez son frère, dans l'espoir de trouver quelque chose pour le faire *frire* [3]. Que l'un d'eux ait poussé le flacon et ç'en était fait.

— Il ne serait même pas resté assez de mon corps pour pleurer dessus ! plaisanta la jeune femme. La «soupe» agit rapidement, tu sais !

Sans répondre, Bamboo Charley se pencha sur elle, et, lui soulevant la tête, reprit ses lèvres. Un moment, le silence complet régna dans le taxi, mais sur un cahot trop brusque, la jeune femme se dégagea et retrouva la position assise.

Pour cacher son trouble, elle se pencha vers la portière et tenta de deviner où l'on était. Elle n'y parvint pas, et allait se renfoncer dans son coin quand un juron la fit sursauter.

— *Damn the fool !* où nous conduit-il ?

Grâce à un réverbère, Bamboo Charley venait d'apercevoir la plaque portant le nom de la rue, et il ne lui avait pas fallu réfléchir longuement pour se rendre compte que celle-ci était à l'opposé de là où il voulait aller.

— Ah çà, gronda-t-il, est-ce que par hasard ?

Il n'acheva pas, mais, tirant son automatique, s'apprêta à fracasser la vitre qui le séparait du chauffeur. Il levait le poing quand une nouvelle constatation s'imposa à lui. A la place de la vitre, il y avait une plaque d'acier et l'homme qui se trouvait sur le siège était complètement à l'abri de ses menaces et de ses coups.

Sans perdre de temps à récriminer, il se jeta sur une

---

1. Nom donné dans la pègre américaine à la nitro-glycérine.
2. Détectives.
3. Electrocuter.

des portières, imité en cela par sa compagne. Un effort violent ne put lui révéler qu'une chose : les portières étaient fermées à clef et aucune force humaine ne parviendrait à les ébranler.

Devant ces constatations successives, tout son courage sembla l'abandonner, exactement comme du sable s'écoule d'un sac dont on vient de percer le fond. Si sa compagne avait pu apercevoir son visage, elle eût été frappée de sa blancheur. Ses lèvres même avaient pâli. Elle ne put pourtant ignorer le tremblement de son corps.

— Charley ! prononça-t-elle en tentant de le rendre à lui-même.

Elle n'y parvint pas et entendit nettement les dents de l'homme qui claquaient. Au moment suprême, le « rat » se révélait dans toute son horreur, avec son âme basse et vile. Elle se refusa pourtant à l'évidence et préféra être aveugle.

— Charley, répéta-t-elle doucement.

Les lèvres tremblantes de l'homme parvinrent à formuler des mots.

— Bon Dieu, tu ne comprends donc pas que c'est un guet-apens ? J'aurais dû m'en douter ! Cette auto n'avait aucune raison d'être là. Et maintenant où nous mène-t-on ? Ça ne plut être qu'un coup de Kraton. *By God*, et il sait que j'ai assassiné Jimmy !

De la crosse de son revolver, il tenta de briser la glace de la portière, mais celle-ci, qui était en triplex, ne céda pas. Se levant d'un bond, et se servant de tout son poids, il voulut défoncer la portière, mais là non plus, il n'eut pas de succès. On aurait dit qu'une rage démoniaque le possédait. A la fin, hors de lui, les yeux exhorbités, il se laissa retomber sur le siège à côté de la femme.

Sans un mot, Helen-la-soupe lui caressa les cheveux. En dépit du calme qu'elle affectait, elle n'en mesurait pas moins toute l'étendue du danger. Pourtant, l'idée de la mort ne la troublait pas. Sa chair pouvait se contracter, mais son courage n'en restait pas moins entier.

— Mais où peut-on nous mener ? répéta une fois de plus Bamboo Charley, en s'incrustant les ongles dans la paume des mains.

Il ne s'était pas attendu à une réponse, pourtant,

une réponse lui fut donnée. Celle qu'il redoutait justement. Semblant venir de l'arrière de la voiture, une voix s'éleva, calme, glacée.

— Faire une petite promenade.

Il n'y avait pas à se méprendre sur le sens des paroles ni sur le genre de promenade dont il s'agissait. C'était une de celles qui ne se terminent que par la mort. Nombreuses étaient les promenades du même goût où Charley avait emmené des adversaires tremblants.

Cette voix agit sur lui comme un coup de fouet. C'est qu'il avait en sa possession quelque chose qu'on ne laissait pas d'ordinaire à ceux que l'on emmenait promener, et il était bien résolu à s'en servir. Glissant sa main dans la poche de son veston, il en tira l'arme dont, quelques heures plus tôt, il avait délesté le cadavre de Jimmy Thorndyke et la mit dans la main d'Helena-la-soupe. Ils étaient ainsi tous deux armés. Ils allaient être à même de se défendre et peut-être de renverser les rôles.

Tous leurs nerfs tendus, mais sans parler, maintenant qu'ils se savaient écoutés, ils tentèrent de deviner l'endroit de la ville où ils se trouvaient. Allait-on en sortir ou était-ce dans quelque ruelle déserte que se déroulerait le dernier acte ? Leur attente ne fut pas longue. L'auto longeait un mur qui paraissait interminable, quand, brusquement, elle vira sur la droite. Bamboo Charley s'aperçut qu'elle franchissait une porte au delà de laquelle s'étendait un vaste carré encombré de marchandises. L'on devait être quelque part du côté des Docks et l'emplacement devait être l'entrepôt d'une des nombreuses compagnies de navigation. Près d'un hangar, à côté d'un maigre réverbère, un homme était assis à côté d'un feu, occupé, aurait-on dit, à faire frire quelque chose. Il releva la tête en apercevant la voiture et presque aussitôt celle-ci s'arrêta.

Bamboo Charley était prêt, et à la pression de main de sa compagne, il comprit que celle-ci saurait aussi jouer son rôle.

— Attention, lui glissa-t-il à mi-voix.

Le conseil ne put pas être suivi. Comme il se reculait afin de bondir sur l'homme qui allait ouvrir, il sentit

une poigne d'acier qui l'immobilisait. Un cri d'Helen-la-
soupe l'avertit qu'elle aussi avait été mise hors d'état de
se défendre. Le courant d'air froid qui lui balaya la
nuque lui fit comprendre d'où venait l'agression :
l'arrière décapotable du cabriolet s'était légèrement
soulevé, assez pour laisser passer deux paires de bras.
Deux hommes avaient dû être cachés dans le coffre à
bagages soigneusement camouflé. C'était la voix de
l'un d'eux qui, tout à l'heure, avait répondu à Bamboo
Charley.

Un accès de rage subit balaya l'esprit de celui-ci.
Imbécile qu'il avait été de ne pas comprendre plus tôt.
Maintenant, il était trop tard; il était pris comme un
rat au piège. Sa rage, d'ailleurs, ne dura qu'une seconde,
remplacée qu'elle fut presque aussitôt par un autre
sentiment : la peur intense du sort qui l'attendait. Il
sentit une sueur froide l'inonder et n'opposa aucune
résistance, quand, à nouveau, la voix se fit entendre.

— Lâchez ce pistolet.

Il ouvrit la main et l'arme tomba avec un choc sourd
sur le plancher de la voiture. Helen-la-soupe voulut
résister, mais une pression plus forte lui arracha un cri
et elle aussi obéit. La pression se desserra légèrement,
et une voix lança :

— *Okay, Buddy* [1]. Lâche le mécanisme.

La portière s'ouvrit d'elle-même et la pression sur le
bras cessa tout à fait. Seulement, au même moment,
quelque chose de froid s'appliqua sur les nuques de
Bamboo Charley et d'Helen-la-soupe : le canon d'un
automatique.

— Descendez ! ordonna la même voix de son ton
calme.

Ils obéirent et Bamboo Charley sentit ses jambes flé-
chir sous lui. Helen-la soupe, qui n'avait rien perdu de
son courage, voulut protester. Un ordre brutal lui coupa
la parole.

— Assez ! haut les mains ou l'on tire.

Se mordant les lèvres de colère, elle obéit tandis que
Bamboo Charley l'imitait en reculant d'un pas.

Les deux hommes qui les avaient maintenus sautèrent

1. Vieux frère.

au sol tandis que le chauffeur demeurait à son poste. Bamboo Charley s'aperçut alors d'une chose : tous deux étaient masqués ainsi que l'homme qui s'était tenu près du brasier et qui venait maintenant à leur rencontre. Un des deux hommes lui désigna la femme.

— Occupe-toi d'elle pendant qu'on en finit avec lui. Inutile de la brusquer. Il faut qu'elle ne perde rien du spectacle. Quand on aime un rat, on se doit d'assister à sa fin.

Bamboo Charley voulut bondir en arrière pour tenter de fuir, mais un coup en pleine mâchoire le fit tomber au sol. Il se releva en crachant du sang, tandis que deux bras vigoureux immobilisaient Helen-la-soupe et l'entraînaient vers le brasero.

— Lâche ! hurla-t-elle en perdant la tête et en se laissant traîner sur le sol.

Elle ne fut pas la plus forte et, parvenue au feu de coke, elle se retourna pour voir ce qui allait se dérouler.

Bamboo Charley était libre, mais, sous la menace d'un revolver braqué sur lui, il s'était reculé jusqu'à un amoncellement de caisses et s'y était adossé. Il était livide et des gouttes de sueur lui collaient les cheveux sur le front. Ses mains tremblaient et ses lèvres étaient agitées de mouvements nerveux.

Un des hommes masqués était à côté de lui, tandis que l'autre lui faisait face, environ à une dizaine de mètres.

— Bamboo Charley, prononça-t-il très fort, comme s'il eût voulu que rien de ce qu'il allait dire ne fût perdu pour la femme, à ton tour de faire une petite promenade comme tu en as procuré à tant de gens. Mais ne t'imagine pas que ce soit la mort de Jim Thorndyke qui te vaut ce traitement. C'était un rat comme toi et tu n'as fait que nous devancer. Ce que nous punissons ce soir, c'est tout le reste; tous les gens innocents que tu as tués et pour lesquels tu aurais dû frire. Seulement, ton grand patron savait jouer des lois et de la politique et tu te croyais sûr de l'impunité. Tu avais tort. Ce soir, tu vas payer.

Faisant un effort sur lui-même, Bamboo Charley parvint à articuler :

— Vous n'avez pas le droit. Vous allez commettre

un crime. Si vous n'êtes pas du *gang* à Kraton, je ne vous ai rien fait, et Kelly saura me venger.

Abaissant son arme, l'homme se mit à rire. Pas pour longtemps cependant.

— Kraton et Kelly, reprit-il, pourront se disputer pour savoir qui tue leurs rats. Tu es le premier de la série; et c'est bien à tort qu'ils s'accuseront mutuellement. Nous sommes au-dessus d'eux; et eux aussi auront leur tour. Ne t'inquiète pas à leur sujet.

Une lueur d'espoir traversa l'esprit de Bamboo Charley. Qui sait si en trahissant ? Il jeta une phrase, mais il vit tout de suite s'éteindre cette clarté. L'homme s'était remis à rire, tandis que le bras tenant l'automatique se relevait.

— Aucune vilenie n'aura fait défaut dans ta vie. Rassure-toi, ce n'est pas par trahison d'un rat que nous prendrons les autres. Nous les exterminerons tous. Tu devrais d'ailleurs nous remercier d'agir avec humanité. Tu te souviens d'Augustus Barton, le commis de banque que tu emmenas une nuit faire une promenade? Il refusait de trahir son maître et, l'ayant fait mettre contre un mur, tu as vidé ton automatique en commençant par les jambes et en remontant jusqu'au front. Tu t'es vanté de l'amusement que cela t'avait procuré. Remercie-nous de n'être que des justiciers et non pas des vengeurs. Tu es prêt ?

Incapable de raisonner, Bamboo Charley tourna la tête de côté dans l'espoir d'un secours chimérique. Il aperçut Helen-la-soupe qui faisait des efforts désespérés pour échapper à son gardien. Il voulut l'appeler, crier son nom, mais il n'en eut pas la force. La peur horrible de ce qui l'attendait l'arracha à cette contemplation. L'homme était toujours là, immobile, tenant son automatique braqué devant lui. Quelques sons sortirent enfin de la gorge de Bamboo Charley.

— Non ! non ! Je vous dirai tout. Je vous conduirai aux autres. Ne tirez pas !

Il entendit la voix de la femme s'élever dans un cri déchirant ; quelque chose d'inhumain qui tenait du glapissement de la bête. Il se rejeta contre la muraille de caisses comme s'il eût espéré pouvoir s'y enfoncer.

Brusquement, il eut l'impression d'apercevoir un trait rouge et de tomber en avant. Puis, tout fut noir.

L'homme masqué venait d'appuyer sur la gâchette, et la balle, pénétrant dans l'œil, avait tué Bamboo Charley sur le coup.

Au bruit de la détonation, Helen-la-soupe avait fermé les yeux, mais quelque chose de plus fort que sa volonté les rouvrit. Glacée, sentant tout tourner autour d'elle, elle regarda en claquant des dents. L'homme masqué avait laissé retomber son bras, et Bamboo Charley était étendu sur le sol, un bras replié contre sa poitrine et l'autre collé le long du corps.

Elle sentit les larmes lui monter aux yeux, mais elle les refoula. C'est que l'homme qui avait tiré venait de se tourner de son côté et avait fait un signe à son gardien. Une seconde, la pensée lui vint qu'on allait aussi la tuer et cette pensée ne lui fut pas pénible. Elle aurait voulu rejoindre l'homme qu'elle avait aimé et, sans qu'elle s'en rendît exactement compte, un autre sentiment la soutenait : elle aurait voulu montrer à cet inconnu que la mort ne lui faisait pas peur et racheter ainsi la lâcheté témoignée par Bamboo Charley. Sans le comprendre nettement, elle en ressentait une espèce de gêne.

Elle fut vite détrompée. Allant au cadavre étendu face contre terre, l'homme masqué le retourna du pied et se pencha sur lui. Il demeura ainsi une seconde; puis il se releva et lança un ordre.

— Allez-y. Amenez-la avec ce que vous savez.

Son compagnon, qui s'était jusque-là borné au rôle de spectateur, parut sortir de sa léthargie.

— Est-ce bien nécessaire ? demanda-t-il en faisant quelques pas vers son camarade.

Il y avait une certaine émotion dans sa voix, mais la réponse fut froide et glaciale.

— Indispensable. Ces rats doivent comprendre qu'ils ont trouvé leur maître. Pas de pitié.

L'autre insista.

— Pourtant, une femme...

L'homme au revolver haussa les épaules.

— Qu'une *moll* soit assez vile pour aimer un rat,

libre à elle. Mais qu'elle en subisse alors les conséquences.

A nouveau, la pensée qu'on allait la tuer traversa
l'esprit d'Helen-la-soupe. Ce qui suivit la dérouta. Sans
la lâcher, l'homme qui la tenait s'était approché du
brasier et avait saisi la poignée en bois d'une barre de
fer qui chauffait entre les tisons. Elle vit une lame de
métal chauffée à blanc, et se raidit dans un geste d'épouvante. Mais cela ne fut que passager. La seconde d'après,
poussée en avant, elle était devant le cadavre et contemplait ses yeux où se lisait encore une terreur abjecte.

Ce qui se déroula, ensuite, lui parut faire partie d'un
cauchemar. Elle eut la sensation que l'homme lui glissait la barre de fer entre les doigts et lui dirigeait le
poignet. Elle vit l'extrémité de la barre s'appuyer contre
le front du cadavre et s'y imprimer. Il y eut une buée
roussâtre accompagnée d'une vague odeur de chair
brûlée. Ce fut tout ce que la femme put voir ou comprendre. Toute la cour sembla basculer, et, n'eût été
la poigne de l'homme qui la maintenait, elle se fût
écroulée au sol. Sous l'horreur de ce qui venait de se
passer, Helen-la-soupe était évanouie.

Comme tout chavirait en elle et qu'un gouffre noir
semblait s'ouvrir pour l'engloutir, elle entendit une
phrase qui ne pouvait provenir que de l'homme qui
avait dirigé l'exécution.

— Un rat qui crève comme un rat mérite d'être
marqué du signe infamant.

Et ce fut tout.

III

PANIQUE CHEZ LES RATS

Lorsque Helen-la-soupe revint à elle, elle était en
automobile, étendue sur les genoux des deux hommes
masqués qui la maintenaient. Tout de suite, le souvenir
de ce qui venait de se passer lui revint, et elle dut se

contraindre pour ne pas hurler. Elle se sentait faible et brisée comme si on l'eût battue. Tout son être brûlait et elle devait avoir la fièvre. Elle leva les yeux vers les hommes qui lui tenaient les poignets, mais, dans l'obscurité, ne put rien apercevoir d'autre que la tache noire des masques contre la blancheur de leur visage. Depuis combien de temps roulait-elle ainsi et qu'allait-on faire d'elle ? Elle n'eut pas longtemps à se poser cette dernière question, car, brusquement, l'auto qui marchait à toute allure s'arrêta. Un des hommes la mit brutalement debout tandis que l'autre ouvrait la portière et l'attirait par les poignets. Encore tout étourdie et peu en état de réfléchir rapidement, elle se vit projetée hors de la voiture et déposée sur la chaussée. Seule la poigne de l'homme l'empêcha de tomber. Aucune parole ne fut prononcée, mais aussi mystérieusement que tout le reste de la scène, la portière se referma et la voiture disparut à un tournant.

S'accrochant à un réverbère pour retrouver ses esprits, Helen-la-soupe regarda autour d'elle et, en dépit de l'angoisse qui la torturait, eut une seconde de gratitude heureuse. Elle s'y reconnaissait. Elle savait où elle était : elle se trouvait exactement à l'entrée de la ruelle borgne au bout de laquelle il y avait la Joint de Moonshine Bill. Faisant un effort sur elle-même, elle enfila cette voie sombre et boueuse en ayant soin de lancer le mot de passe devant la fenêtre où veillait Snowwhite. Arrivée pourtant à la porte du taudis, elle dut s'arrêter et s'appuyer contre le panneau sang de bœuf. Elle n'aurait pas pu faire un pas de plus.

Levant la main avec un véritable effort, elle heurta trois fois selon la cadence convenue. Au troisième coup, la porte s'ouvrit, révélant l'intérieur de la Joint. Elle franchit le seuil tant bien que mal et descendit les trois marches en titubant. Parvenue là, elle demeura immobile, regardant autour d'elle sans arriver à prononcer une parole. A une table, dans le fond, des hommes et des femmes qui jouaient aux dés s'étaient levés et la contemplaient sans bouger. Elle aperçut Fabian-the-Just qui tenait un cornet et fit un pas vers lui. En même temps, à travers un sanglot, elle jeta :

— Ils l'ont tué ! Ils l'ont emmené pour une promenade et, là, devant mes yeux... Oh ! *my God !*

Elle porta la main à son visage pour écarter la vision abominable et continua d'une voix presque imperceptible :

— Ils l'ont tué !

Un concert de jurons accueillit la nouvelle, tandis que Fabian-the-Just remplissait à ras bord un verre de whisky et le portait à Helen.

Elle l'avala d'un trait, comme si c'eût été de l'eau et, instantanément, sentit ses forces lui revenir. Ses yeux perdirent leur expression hantée et une flamme passa.

— Oui, reprit-elle, ils l'ont emmené pour une promenade et ils l'ont assassiné en me forçant à regarder. Mais ce n'est pas tout, ils l'ont...

Elle allait révéler l'épisode de la barre de fer chauffée à blanc, mais elle n'en eut pas la force. Tout son être se révoltait à ce souvenir. Se mordant les lèvres, elle frissonna et crispa les poings. Nul, d'ailleurs, ne s'avisa de la questionner. Une même pensée était dans tous les esprits.

— Charley avait exécuté un des hommes de Kraton ! C'est la réponse. *By God,* il y aura du sang de répandu pour venger cet affront !

L'homme qui venait de parler se tourna vers ceux qui l'entouraient et tapa sur la table dans un geste de défi. La voix blanche d'Helen-la-soupe le détrompa.

— Ce n'est pas un coup de Kraton.

L'homme virevolta sur lui-même et fixa la femme. Elle secoua la tête.

— Pas un coup de Kraton ? répéta-t-il avec doute. Qui donc alors aurait eu intérêt à faire le coup ? Nous le gênions et il s'est vengé.

La femme crispa les poings.

— Kraton se serait glorifié de son acte et l'aurait crié par-dessus les toits. Eux, ils m'ont dit qu'ils n'avaient rien à faire avec lui. Ils m'ont même ajouté que Kraton aurait son tour.

— Vous les avez vus ? Vous pourrez les reconnaître

— Ils étaient masqués.

L'homme éclata de rire et haussa les épaules.

— Ruse enfantine. Kraton a peur et a voulu nous

donner le change. Mais ça ne prend pas et *by God*...

Il élevait la main pour l'abattre à nouveau sur la table quand, tout à coup, il fronça les sourcils.

— Qu'est-ce que vous avez là ? demanda-t-il en faisant un pas vers Helen.

Elle ne comprit pas tout d'abord et le regarda avec étonnement. Il précisa en lui touchant le haut de la poitrine.

— Là.

Elle porta la main à son corsage et ne put réprimer un mouvement nerveux. Ses doigts venaient de rencontrer le coin d'une enveoppe glissée entre ses seins.

Sans un mot, elle la tira de sa cachette et demeura immobile à la contempler. Elle portait une suscription, mais les lettres dansaient et se brouillaient devant ses yeux.

— Je ne sais pas ce que c'est, dit-elle en la tendant à Fabian-the-Just. Lisez, Fabian, moi je ne peux pas.

Fabian-the-Just prit l'enveloppe et, rompant le cercle qui s'était formé, se rapprocha de la lampe électrique. Un silence angoissant s'était fait et tous avaient les yeux fixés sur lui. Devant son mutisme, quelqu'un hasarda :

— Alors ? pour qui est-ce ?

Fabian hésita, puis, enfin, se décida à répondre.

— Pour le *boss*. Pour Kelly. Seulement, comme l'enveloppe est ouverte, je me demande...

Quelqu'un acheva pour lui.

— Si on ne pourrait pas en prendre connaissance ? Ma foi, si Kraton avait voulu s'assurer du secret de sa communication, il aurait fermé sa lettre. A mon avis, il n'y a pas à hésiter.

Devant l'approbation de tous les membres du *gang* qui n'étaient pas fâchés d'être mis, pour une fois, au courant des choses, Fabian n'hésita plus. Il sortit le papier de l'enveloppe et tout de suite une vignette à l'encre noire, dans un coin, attira son attention.

— Un rat, dit-il. Celui qui écrit éprouve le besoin de se mettre sous la protection d'un rat. Voyons ce qu'il a à dire ?

Il mit un pied sur une chaise, et s'appuyant sur une jambe lut lentement la missive tapée à la machine.

« A Kelly et à tous ceux qui liront cette note. Jusqu'à ce jour, les Rats, grâce à la faiblesse de la police, de la justice et de la politique, ont toujours été victorieux. Nous avons décidé que c'en était assez. Dès cette minute, nous déclarons la guerre aux Rats et nous les supprimerons un par un en remontant jusqu'à la tête. N'accusez pas Kraton. Lui aussi cette nuit a vu mourir un de ses Rats et recevra demain une note semblable à celle-ci. Nous ne frapperons jamais en traître, mais nous n'en frapperons pas moins sûrement. Malheur au Rat qui entendra les trois coups. Ce sera l'annonce de sa mort. — Les Ratiers. »

Un silence profond accueillit cette lecture. Il n'y avait plus de sourires maintenant et encore moins de scepticisme. Tous ces hommes et toutes ces femmes sentaient confusément planer le danger. D'une main peu sûre, Fabian-the-Just remit la feuille dans l'enveloppe et jeta un coup d'œil sur ceux qui l'entouraient. Tous étaient sombres. Il n'y avait que dans les yeux de la femme qu'une flamme intense brûlait. Tout au long de la lecture, elle avait dû faire effort pour ne pas crier. C'est que chacun de ces mots évoquait l'abominable image: Bamboo Charley écroulé sur le sol, et sa main à elle lui imprimant quelque chose au fer rouge sur le front. Elle n'avait pas pu voir ce qu'elle avait imprimé ; mais aucun doute n'était en elle. Ce devait être un rat. Le signe du Rat ! Le signe de la vilenie, de la bassesse, de la trahison ! Elle regarda tous ces hommes qui ne disaient rien, et, faisant un pas en avant, tendit la main vers Fabian-the-Juste.

— Donnez-moi cette lettre, prononça-t-elle.

Il eut un moment d'hésitation.

— Pourquoi ?

Sa voix fut calme et placide.

— Pour la remettre à celui à qui elle est destinée. A Kelly lui-même.

— Au *boss* ?

Elle approuva d'un signe de tête et, des yeux, chercha Moonshine Bill qui n'avait pas quitté son comptoir mais qui n'avait rien perdu de la scène.

— Téléphone tout de suite au secrétaire de Kelly qu'il avertisse le *boss* que j'ai à lui parler sans retard

— *Okay*, acquiesça Moonshine Bill en disparaissant par une petite porte derrière lui.

Deux minutes plus tard, il revenait avec la nouvelle que Kelly avait été prévenu et attendrait Helen-la-soupe le lendemain à neuf heures au Park Lane.

Elle approuva de la tête et, ayant remis l'enveloppe dans son corsage, alla à un table où se trouvait une carafe d'eau et s'en versa un verre.

— Whisky, Helen ? interrogea Fabian-the-Just qui ne la quittait pas des yeux.

Elle secoua la tête, et d'un trait but le verre d'eau pure.

— Demain, prononça-t-ell lentement, Kelly aura ce papier, mais il aura aussi quelque chose de plus. Il aura mon serment de ne pas m'arrêter jusqu'à ce que j'aie traqué ceux qui osent s'appeler les Ratiers et qui ont tué Charley.. Sans oublier le reste.

— Quel reste, Helen ? interrogea Fabian-the-Just intrigué par l'ambiguïté de ces paroles.

Un flot de sang envahit le visage d'Helen-la-soupe, pour s'effacer tout aussi brusquement.

— Ce qui est marqué au fer dans mon cœur : le signe du Rat.

— Je ne comprends pas ! rétorqua Fabian-the-Just en haussant les épaules.

— Attendez d'entendre les trois coups, et alors vous comprendrez peut-être.

Elle se dirigeait vers la porte et allait l'atteindre quand elle se rejeta en arrière.

A l'extérieur, quelqu'un venait de frapper trois coups, bien espacés, qui avaient résonné sinistrement. D'un bond, Fabian-the-Just fut aux trois marches, revolver au poing. Otant les verrous, il rejeta le lourd panneau et allait tirer dans la nuit, quand un éclat de rire nerveux le secoua. Il avait devant lui la gigantesque silhouette de Snowwhite, dont la grosse figure s'ornait d'un large sourire.

— Quatre heures *boss*, expliqua le nègre. Il serait temps qu'un pauvre noir pût tout de même aller se coucher !

Fabian-the-Just se laissa à nouveau aller à rire, tout en remettant son arme dans sa poche, tandis que d'une voix qu'il s'efforçait de rendre indifférente Moonshine Bill déclarait :

— *I say, boys*, si vous devez prendre une attaque de nerfs chaque fois que quelqu'un frappe à une porte, on ferait peut-être bien de changer le signal d'admission : autrement, il y aura sûrement des accidents avant peu.

— *Okay*, patron ! approuva Snowwhite en exhibant toutes ses dents. Moi sifflerai, par exemple. Trois petites mesures de chanson. Frapper ou siffler c'est tout un pour moi !

Et brusquement, dans le silence de la nuit, un violent coup de sifflet retentit — un coup de sifflet semblable à ceux des policiers — suivi bientôt de deux autres qui semblaient venir d'une direction opposée. Mais déjà, d'un coup de pied brusque, Fabian-the-Just venait de refermer la porte.

IV

DEUX AMERICAINS TRES BIEN

L'appartement de Richard Manfield Kelly se trouvait au dernier étage du Park Lane Hôtel et jouissait de fenêtres donnant aussi bien sur Park Avenue que sur la 48° rue. Rien ne pouvait être plus select tout en donnant un maximum de sécurité : une vigie pouvait toujours être exactement fixée sur ce qui se passait dans chacune des deux grandes artères, tandis que la proximité des toits fournissait, grâce aux échelles de secours, un moyen de fuite sans rival.

Mais pourquoi Richard Manfield Kelly aurait-il eu l'impression qu'un tel moyen de fuite pût lui être un jour nécessaire ? Quelqu'un aurait suggéré pareille possibilité que Richard Manfield — R. M., pour l'appeler comme tout le monde — eût éclaté de son bon gros rire sonore, indice d'une conscience tranquille. Et pourquoi R. M. Kelly n'eût-il pas eu cette tranquillité d'esprit sans quoi la vie ne vaut pas la peine d'être vécue ? Il était riche, puissant, honoré. Il jouissait d'une influence considérable à Tammany Hall, ce grand Club de la vie politique américaine. Sa caution était jugée si bonne qu'il n'avait qu'à en exprimer le vœu pour qu'immédiatement l'Attorney général fît remettre en liberté les amis qu'une police imbécile avait fait arrêter... Oui, R. M. pouvait sourire béatement à la fin des repas politiques, tout en tirant sur long cigare. Il était heureux, prospère. Il incarnait le citoyen américain qui a réussi.

Il y avait bien certaines personnes, pourtant, pour prétendre que cette bonhomie n'était que de commande et que derrière le gros homme au sourire bon enfant il y avait un de ces maîtres du vice et du crime comme l'Amérique, ce pays de tous les contrastes, semble avoir la spécialité. Mais c'étaient là des choses que l'on se gardait bien de dire tout haut. A défaut de R. M., quelques-uns de ses amis auraient pu l'entendre, et leur mansuétude aurait pu ne pas égaler l'indifférence un peu méprisante de leur grand patron.

On chuchotait bien également qu'il ne fallait pas prendre argent comptant l'amitié qui semblait lier R. M. Kelly à Hiram Henry Kraton, le célèbre avocat d'affaires. Ils avaient beau se rencontrer tous les soirs dans les mêmes endroits publics et s'asseoir à la même table pour d'interminables parties de poker, leurs propos badins et leurs congratulations réciproques n'auraient été que poudre aux yeux ! Les deux hommes se seraient haïs et n'auraient rien tant souhaité que de se couper réciproquement la gorge.

Nul n'aurait pu dire au juste d'où venait cette inimitié, mais la police devait en avoir eu vent car, à deux reprises, elle n'avait pas hésité à enquêter — plus ou moins discrètement — plutôt moins que plus — sur les antécédents des deux hommes et sur l'état actuel de leurs positions sociales. Elle n'avait rien trouvé de précis, mais un jeune débutant de la presse new-yorkaise. documenté probablement par quelqu'un du Quartier Général, avait eu le beau courage de commencer une série d'articles pour démontrer que Kelly et Kraton n'étaient en vérité que des chefs de *gangs* et que c'est en eux que l'on devait voir les responsables de nom-Maintenant, elle passait devant deux chambres dont les occupants — fait curieux — ouvraient en même temps breux crimes et coups de main jusqu'alors inexpliqués.

La série d'articles avait fait grand bruit, mais n'avait malheureusement pu être menée jusqu'au bout. Le jeune reporter, en effet, avait eu la malchance de se faire écraser en sortant de chez lui. Cela avait fourni à R. M. Kelly et à H. H. Kraton l'occasion de montrer, une fois de plus leur magnanimité: ils avaient pris les obsèques à leur charge, et avaient envoyé — chacun de son côté — un chèque substantiel à l'infortunée veuve. L'opinion publique, un instant troublée, n'avait pas tardé à s'apaiser, aidée en cela par deux petits faits: les excuses qu'avait cru devoir faire le propriétaire du journal; suivies, trois jours plus tard, par une visite de R. M. Kelly en personne au président des Etats-Unis à Washington, D. C.[1]

Qui donc, après cela, aurait pu avoir le plus léger soupçon sur R. M. Kelly ou H. H. Kraton ?

Ce matin-là, R. M. Kelly était d'excellente humeur. Il venait de téléphoner longuement à un des femmes les plus en vue de la 5ᵉ Avenue, et son rire résonnait encore, comme il reposait le récepteur. L'entrée de son secrétaire n'amena aucun changement sur son visage. Jetant un coup d'œil sur la pendulette qui se trouvait sur son bureau, il demanda à brûle-pourpoint :

— C'est la femme ?

Le secrétaire inclina la tête.

— Elle est en bas, et l'on demande si on peut la laisser monter.

— *Greasy* Tom l'a vue ?

— Tom l'a suivie depuis chez elle et en répond. Elle ne porte aucune arme.

— Fais-la monter alors. Mais alerte la Surveillance.

Tandis que le secrétaire quittait la pièce, R. M. s'accouda à son bureau et, un moment, joua machinalement avec un crayon. Ouvrant un tiroir, il en tira une feuille tapée à la machine et, l'ayant pliée en deux, la laissa sur sa table. Il reporta les yeux sur sa pendule. Une longue pratique lui avait appris à suivre exactement ses visiteurs dans leur parcours. La femme, à cet instant précis, devait quitter l'ascenseur et enfiler le corridor.

1. District of Columbia.

la porte pour s'assurer que le valet de chambre leur avait rapporté leurs chaussures. Ni l'un ni l'autre ne semblaient se connaître. Pourtant, quelqu'un au courant de la faune de l'Underworld [1] n'aurait pas hésité à les baptiser « gorilles »; nom que l'on donne à ces boxeurs en rupture de ring prêts à obéir aux ordres de leur employeur, qu'il s'agisse d'assommer un homme, de défigurer une femme, d'assassiner ou d'étrangler.

La femme prenait le tournant maintenant, et allait frapper à la porte du salon. Sa main se levait...

Un mince sourire éclaira le visage rubicond de R. M. Kelly comme un coup discret résonnait. Non, il ne se trompait jamais. C'était une de ses forces.

La porte s'ouvrit, laissant passer la visiteuse, et se referma tout aussitôt. Helen-la-soupe avait devant elle l'homme qu'elle avait voulu voir : Kelly, le chef du *gang*.

Il ne parla pas tout de suite, la dévisageant et cherchant à lire en elle, à la soupeser moralement. Ce qu'il lut dans ses yeux dut lui faire plaisir, car, petit à petit, son visage qui s'était durci perdit de sa rigidité tandis que son regard prenait une note de compassion. De la main, il lui désigna un fauteuil, mais elle le refusa, et s'avançant vers lui porta la main à son corsage. Il prévint ses paroles.

— Vous avez un papier à me remettre, dit-il, et c'est pourquoi vous êtes venue à moi. Je suis au courant de ce dont il s'agit. Ecoutez.

Sans lui laisser le temps de manifester son étonnement, il prit la feuille qu'il avait posée sur son buvard. Il la lut posément, comme s'il se fût agi d'un document légal, avec, pourtant, par instant, une certaine ironie dans la voix.

Muette d'étonnement, Helen-la-soupe avait froncé les sourcils.

— Vous avez donc, vous aussi, reçu ce message. Mais, dans ces conditions, pourquoi...

Il secoua la tête.

— Ce n'est pas moi qui l'ai reçu. C'est un autre. D'ailleurs, ce n'est qu'une copie.

---

1. Le monde de la pègre.

Elle n'osa pas formuler la question qui lui brûlait les lèvres, mais, de lui même, il la satisfit.

— Ce message a été remis ce matin à Hiram Henry Kraton, par une femme qui le tenait d'un inconnu. Comme le dit la petite note que vous m'apportiez, et dont je ne peux guère vous blâmer d'avoir pris connaissance, on veut appliquer le même traitement aux deux *gangs*... et à leurs chefs.

Les lèvres d'Helen-la-soupe se mirent à trembler tandis que des larmes lui montaient aux yeux.

— Ils ont tué Bamboo Charley. Ils l'ont tué alors que nous allions partir et goûter un peu de bonheur. Mais ce n'est pas tout.

La voix chaude de R. M. Kelly l'interrompit.

— Je sais. Ils l'ont marqué au front d'un rat. Le signe de la lâcheté. Et c'est vous qui avez appliqué le fer ?

Les yeux d'Helen-la-soupe s'agrandirent.

— Comment le savez-vous ?

R. M. Kelly ramassa un journal qui était tombé sur le tapis, et le lui tendit en désignant une colonne du doigt. L'article avait pour titre : « Une étrange découverte » et racontait comment, aux premières heures de la journée, la police, alertée par des passants, avait trouvé dans une recoin des Docks de la North German Lloyd, sur les bords de l'Hudson, à la hauteur de la 47e rue, le cadavre d'un *gangster* bien connu et ayant déjà subi de nombreuses condamnations. Cette exécution aurait été mise sur le compte d'une vengeance de *gangs*, si un fait n'avait attiré l'attention des policiers. Au front, la victime, un certain Bamboo Charley, portait un rat imprimé au fer chaud. Au revers de son veston était épinglée une petite note portant ces mots : « Exécuté par les Ratiers, premier acte d'épuration publique. »

Une heure plus tard, une découverte semblable était faite, sur l'East River, cette fois, dans un coin désert des Docks de la Red Line, à Brooklyn : le cadavre portant la même marque au front, et la même note épinglée au veston, d'un autre *gangster* connu : *Harry The Horse*.

Un détail différenciait pourtant les deux affaires : sur le papier trouvé sur Bamboo Charley, une ligne avait été ajoutée au crayon : « Travail de marque exécuté par la propre femelle du rat. »

Devant le rappel de cet abominable souvenir, Helen-la-soupe laissa tomber le journal et se raidit pour ne pas se laisser aller. R. M., qui avait suivi ligne par ligne, sur son visage, l'effet de la lecture, se contenta de hausser les épaules. Le rouge de la honte et du désespoir au front, Helen-la-soupe baissa la tête.

— C'est exact, dit-elle d'une voix sourde. Ils ont fait cela. Ils ont eu cette cruauté. Oh ! me venger ! Les tenir devant moi à ma merci !

Tirant un cigare d'une boîte et le faisant craquer à son oreille, R. M. Kelly en coupa le bout avec ses dents.

— Vous oublierez vite Charley, Helen. Belle comme vous l'êtes il ne manquera pas d'hommes de cœur pour vous consoler. D'ailleurs, la petite note n'a pas tort : c'était un rat, il n'avait aucun courage.

Les poings crispés, enflammée d'une brusque colère, elle tapa du pied.

— Ce n'est pas vrai. Je vous défends de parler ainsi !

Sans s'émouvoir le moins du monde, il alluma son cigare à son briquet, et, se renversant contre le dossier du fauteuil, aspira plusieurs bouffées. Il demeura ainsi un instant, à contempler la femme entre ses paupières mi-closes. Il ne put s'empêcher d'admirer la beauté de son visage, que rehaussait la colère, et le galbe de ce corps jeune et frémissant. Jetant son cigare de côté, il se pencha au travers de la table et demanda :

— Vous l'aimerez assez longtemps pour tout risquer afin de le venger ? Tout ! y compris votre vie ?

— Y compris ma vie.

— Même si cela vous expose à vous trouver une nuit dans un dock désert devant un fer qui chauffe dans un brasero ?

Une énergie indomptable se lut sur son visage.

— Mettez-moi à l'essai, vous ne le regretterez pas. Je veux venger Charley.

On aurait dit que R. M. Kelly était un banquier qui vient de réussir une bonne affaire. Son visage reprit sa bonhomie et il se frotta les mains.

— Soit, dit-il, vous pourrez courir votre chance. C'est

d'ailleurs pour cela que je vous ai fait venir. Et ne me tenez pas rigueur de ce que j'ai dit sur Bamboo Charley. J'avais besoin de juger de vos réactions. Maintenant c'est fait.

Il étendit le bras et, prenant le récepteur, fut en communication avec le standard. Sans attendre la voix de la téléphoniste, il commanda :

— L'appartement 247. Tout de suite.

Sa bonne grosse voix joviale, qui savait si bien désarmer les soupçons, poursuivit :

— Votre *boss* à l'appareil, Jonathan. C'est Kelly qui parle.

Il attendit quelques secondes en faisant une moue enfantine, puis reprit :

— C'est vous H. H. ? R. M. est au bout du fil. Je veux vous voir tout de suite. Oui, au sujet de votre petite note de ce matin. J'ai quelqu'un avec moi qui peut nous être utile... à tous les deux. *Okay.* Je vous attends.

Il raccrocha et se tourna vers Helen-la-soupe, qui avait suivi le monologue en sentant croître son étonnement. Il ne la laissa pas longtemps dans le doute.

— C'est Kraton que j'avais à l'appareil. Il sera ici dans deux minutes.

Devant son ahurissement, il expliqua.

— Nous habitons le même hôtel. Chacun a un coin du même étage. C'est le meilleur moyen pour nous protéger l'un contre l'autre. Kraton voudrait tenter quelque chose qu'aussitôt mes *boys* useraient de représailles. Et ce qui est vrai pour lui l'est aussi pour moi.

Helen-la-soupe ne put s'empêcher de remarquer :

— Ainsi, l'homme qui tue vos amis et qui a juré votre perte habite porte à porte avec vous ?

R. M. Kelly se mit à rire.

— C'est exactement ce que les amis de Kraton lui font remarquer. Cela nous neutralise en nous assurant la tranquillité, jusqu'au jour...

La feuille de papier qu'il froissa entre ses mains exprima bien ce qu'il comptait faire un jour de son adversaire. A ce moment, un coup fut frappé à la porte qui donnait sur le corridor.

— Kraton, annonça tranquillement R. M. Kelly.

La porte s'ouvrit, livrant passage à l'homme dont on parlait. Deux gaillards au nez épaté et à la face camuse étaient avec lui. Deux autres gentlemen de même acabit, ceux qui avaient ouvert leur porte au passage de Helen-la-soupe, venaient immédiatement derrière eux. Il n'y avait pas à se méprendre sur leur emploi. Les uns comme les autres étaient des « gorilles ». Ces hommes de main, chargés d'assurer la sécurité de leur maître, et de supprimer tout être gênant.

R. M. Kelly ne parut nullement surpris de la présence de ces gardes du corps, pas plus qu'il ne se troubla des regards furibonds qu'ils échangeaient entre eux.

— *Morning*, H. H. ! prononça-t-il, en désignant un fauteuil et en élevant sa boîte de cigares vers le nouveau venu.

Celui-ci déclina l'offre d'un mouvement de tête, et, après un coup d'œil rapide vers Helen-la-soupe, s'assit à la place qu'on lui avait indiquée.

C'était un homme dans les quarante ans, et, à première vue, il n'est personne qui ne l'eût pris pour un ministre du culte. Il était grand, maigre, et avec ses vêtements noirs et son éternelle cravate de piqué blanc donnait parfaitement l'impression d'un homme occupé des seuls intérêts du Seigneur. Il avait des yeux bleus presque blancs, et quand il parlait il ne s'arrêtait pas de se frotter les mains l'une contre l'autre. L'illusion était parfaite.

A nouveau, il posa son regard pâle sur Helen-la-soupe, puis, lentement, le reporta vers R. M. Kelly. On aurait dit que le sourire de ce dernier tombait de son visage, comme un masque dont on vient de couper les ficelles.

— Vous avez lu les journaux, H. H. ? interrogea-t-il.

Hiram Henry Kraton inclina la tête.

— J'ai d'abord cru à une petite plaisanterie de votre part, R. M. La lecture des articles m'a détrompé.

— Cette nuit, continua R. M. Kelly, deux hommes ont été assassinés — exécutés, plutôt. — Un de vos amis, et un des miens. Avez-vous quelque notion sur ces gens qui signent : les Ratiers ?

— Aucune, R. M. Et vous ?

— Moi non plus. Un instant j'ai pensé à la police, mais je n'ai pas persévéré dans cette idée.

— La police ne s'amuserait pas à de tels jeux. Elle n'est pas dangereuse.

La voix de R. M. Kelly se fit onctueuse.

— Justement, H. H. Mais la menace de gens inconnus l'est au plus haut point.

H. H. Kraton eut un petit rire méprisant.

— Ils ont tué deux de nos hommes cette nuit; cela ne signifie pas qu'ils continueront. Ils ont eu de la chance, voilà tout !

R. M. Kelly joua un instant avec le papier que lui avait remis Helen-la-soupe.

— Ce n'est pas précisément ce que racontent les deux petites notes que l'on a cru bon de nous faire tenir.

— C'est peut-être uniquement du bluff !

— Du bluff qui a déjà deux morts à son actif.

A nouveau le rire sec de Kraton s'éleva.

— Et après ? Les hommes qui ont été tués cette nuit ne valaient pas grand'chose. Cela nous a évité la peine de le faire. Nous en avons cent à sacrifier comme cela.

Helen-la-soupe se raidit et sentit le sang inonder son visage. Elle ne put s'empêcher de remarquer le brusque regard que lui décocha R. M. Kelly. Celui-ci s'était levé, et, passant devant son bureau, s'y était adossé.

— H. H., dit-il, en dépit de votre optimisme, j'estime que l'heure est grave. Nos adversaires nous annoncent leur intention de remonter jusqu'aux têtes, c'est-à-dire jusqu'à vous et à moi. Je n'ai pas l'intention d'attendre.

H. H. Kraton pencha la tête et étendit les mains dans la pose d'un homme qui explique un verset de l'Ecriture.

— Voyez-vous un moyen d'action ?

— Oui, H. H.

Il y eut quelques instants de silence, puis R. M. Kelly reprit :

— Que vous le veuillez ou non, H. H., nous sommes également menacés, vous et moi. J'estime donc que, dans le cas présent, une chose s'impose entre nous : une trève.

— Continuez ! prononça H. H. Kraton, sans manifester le moindre intérêt.

— Il y aurait lieu, pour entreprendre la lutte avec quelque chance de succès, de n'avoir, momentanément du moins, aucun secret l'un pour l'autre. Nous nous entendrions même pour nous communiquer sur-le-champ tout renseignement qui pourrait être utile.

— C'est faisable, reconnut H. H. Kraton.

— C'est-à-dire que vous acceptez ?

A nouveau, les mains de H. H. Kraton s'étendirent.

— J'aimerais d'abord savoir le but.

— Surprendre le secret des Ratiers. Arriver jusqu'à eux. Les supprimer.

— Vous y croyez ?

— Voilà une question que vous devriez poser aux hommes qui ont un rat marqué au fer rouge sur le front.

— Il faudrait d'abord avoir quelque indication sur eux.

— On les aura.

— Comment ?

— Les Ratiers eux-mêmes nous fournissent ce moyen. Chaque homme condamné doit en être averti par trois coups frappés à une porte. Dès qu'un des nôtres entendra ce signal, il devra nous prévenir. Nous mettrons tous nos hommes en piste. Ils finiront bien, alors, par découvrir à qui ils ont affaire.

— La première exécution ratée mettra les autres en éveil.

R. M. Kelly se mit à rire, d'un rire si bon enfant qu'on ne se fût guère attendu à ce qui allait suivre.

— Il n'y aura aucune exécution de ratée. Vous l'avez dit vous-même : nous avons des centaines de vies à sacrifier. Nous laisserons tuer un homme, dix hommes s'il le faut, mais nous nous attacherons à leurs adversaires. Les Ratiers seuls comptent pour nous.

Cette fois, Helen-la-soupe, qui était restée debout, dut s'appuyer contre la bibliothèque qui se trouvait derrière elle. Les paroles de Kelly l'avaient cinglée comme un coup de fouet. Elle en sentait les brûlures sur tout le corps. Ainsi, il n'y avait pas que Kraton à faire fi de la vie de ses hommes ! Kelly était comme lui. Bamboo

Charley n'aurait pas été mort qu'on l'eût traité de la même manière ! Ces hommes n'avaient donc rien à la place du cœur ?

Elle sentit une vague d'indignation l'envahir, puis l'abandonner, la laissant faible et désemparée. R. M. Kelly, d'ailleurs, dut comprendre le sentiment qui l'agitait, et la faute psychologique qu'il venait de commettre. Hochant tristement la tête, il remarqua d'un ton sentencieux :

— Quand des hommes de la valeur de Bamboo Charley ont été assassinés, il n'est rien que l'on ne fasse pour les venger.

H. H. Kraton suivit le mouvement de main qui lui désignait la figure immobile de Helen-la-soupe et approuva silencieusement de la tête. Le masque d'Helen-la-soupe ne perdit pourtant rien de sa rigidité. Pour la première fois, elle venait de comprendre la mentalité de ceux à la solde de qui elle se trouvait.

Quittant le bureau contre lequel il était adossé, R. M. Kelly alla vers elle et lui mit la main sur l'épaule. Elle dut se crisper pour ne pas se dérober.

Il ne surprit pas le frisson qui lui parcourut le corps, et se tourna vers H. H. Kraton.

— Une fois résolu le problème de l'identité d'un seul des Ratiers, et notre tâche sera facile. Seulement, jusque-là, il nous faut enterrer la hache de guerre. Notre salut est à ce prix.

— A la condition qu'aussitôt les Ratiers démasqués et supprimés, nous reprenions chacun notre liberté d'action !

Le sourire de R. M. Kelly eût désarmé le plus sceptique. Il avait en lui toute la bonhomie, toute l'indulgence humaine.

— H. H., nous savons trop l'amour que nous portons l'un pour l'autre, pour en douter une seconde. Je n'ai qu'une pensée, et vous la connaissez. Seulement, je ne veux pas que ce soit un autre que moi... qui vous frappe.

H. H. Kraton s'était levé. Sur ses lèvres minces et exangues, il avait aussi un sourire.

— Touchez là, R. M. Vous avez exactement exprimé mes sentiments.

Les deux hommes se serrèrent les mains, tandis que leurs gardes du corps se mesuraient du regard, en ébauchant des sourires qui ressemblaient plutôt à des grimaces.

— Alors convenu, R. M., déclara H. H. Kraton en rompant l'étreinte. Je vais prévenir mes hommes d'avoir à vous communiquer sur-le-champ — pour leur propre bien — tout ce qui viendra les alerter. Faites de même. Il y a pourtant un cas que nous devons prévoir.

— Lequel ?

— Celui où aucun de nos hommes n'entendrait frapper les trois coups. Cela peut arriver. Car, ainsi que je vous l'ai dit, ce peut n'être que du bluff.

R. M. Kelly secoua la tête.

— Ce n'est pas du bluff, H. H. Nos hommes entendront les trois coups. Croyez-en ma parole.

— Quand cela, selon vous ?

R. M. Kelly ébaucha un haussement d'épaules, mais quelque chose le fit pivoter sur lui-même, tandis que les hommes de garde, les gorilles, bondissaient sur leurs pieds. A la porte de la chambre qui donnait dans le petit salon, où se tenait en permanence le secrétaire, un poing venait de frapper un coup.

V

CELLE QUE L'ON N'ATTENDAIT PAS

Un silence de mort plana dans la pièce. Helen-la-soupe avait porté la main à sa bouche, comme pour étouffer le cri qui allait en jaillir. D'un même mouvement, les quatre gorilles avaient fait surgir leur automatique. Trois secondes se passèrent, puis à nouveau, le poing s'abattit sur le panneau. Nul ne bougea, mais une véritable angoisse se lut dans les yeux d'Helen-la-soupe.

R. M. Kelly allait prononcer une phrase, à seule fin

de faire cesser cette tension, quand, une fois encore, le son retentit.

Un cri partit dans la pièce. C'était Helen-la-soupe qui venait de le pousser.

— Les trois coups ! hurla-t-elle. Les trois coups comme pour sa mort !

En un clin d'œil, R. M. Kelly jugea la situation. S'il n'intervenait pas sur-le-champ, cette femme allait tomber dans une crise d'hystérie. Rien ne disait alors ce qui se passerait avec ces gorilles au cerveau frustre, dont on devinait la frayeur. L'un d'eux braquait déjà son automatique sur la porte. Qu'il tire, et tous ses compagnons l'imiteraient. R. M. Kelly para au danger.

— Assez ! tas d'imbéciles ! lança-t-il en rabattant le bras de l'homme d'un coup de poing.

Il marcha sur Helen-la-soupe, et, la saisissant par les épaules, la secoua brutalement.

— Pas de comédie ! ordonna-t-il en la regardant droit dans les yeux.

Devant l'autorité de ce regard, elle recula vers la bibliothèque. Une fois de plus, la femme avait trouvé son maître.

— Pardon ! marmotta-t-elle à voix basse.

Repoussant ses deux gorilles qui voulaient le suivre, R. M. Kelly se dirigea vers la porte. Il posa la main sur la poignée, puis, après quelques secondes d'attente, ouvrit brusquement. Ce qu'il aperçut lui coupa la respiration.

Une femme était sur le seuil ; jeune, svelte, d'allure sportive. Elle était tête nue, ce qui permettait d'apercevoir ses cheveux châtains, courts et frisés. Un chandail de laine brune moulait sa poitrine et accentuait l'aspect volontaire de son menton. Une jupe de tweed grise complétait l'ensemble, tandis que des souliers plats corrigeaient ce que le pied cambré aurait pu avoir de trop efféminé. Elle était rouge comme si elle venait de subir quelque discussion ou une lutte, et les bouclettes de sa coiffure étaient dérangées.

Elle soutint le regard glacial de R. M. Kelly, tandis qu'un mouvement nerveux involontaire agitait ses lèvres. Il y avait quelque chose d'étrange dans ses yeux clairs.

Lentement R. M. Kelly la détailla. Il vit que ses mains étaient crispées, mais il devina qu'elles ne recélaient aucune arme. Enfin, sa voix sonore — mais dénuée cette fois de jovialité — troua le silence.

— Comment êtes-vous entrée ici ? demanda-t-il. Où est mon secrétaire ?

D'un geste de la main gauche, elle désigna le divan qui se trouvait au fond de la pièce. Le secrétaire particulier y était étendu.

— Il voulait m'empêcher de passer, expliqua-t-elle, alors je lui ai réglé son compte d'un coup de poing qu'on m'avait enseigné jadis.

R. M. Kelly fronça les sourcils.

— Qui ça ?

Les yeux limpides de la femme se posèrent sur lui.

— Bamboo Charley, mon frère.

Helen-la-soupe ne put réprimer un sursaut et fit mine de s'avancer vers la porte. D'un geste de son revolver, un des gorilles de R. M. Kelly lui imposa l'immobilité. R. M. Kelly, d'ailleurs, après le moment de surprise, s'était remis, et poursuivait son interrogatoire.

— La sœur de Bamboo Charley ? Celle qu'il ne voyait plus et qui lui reprochait sa vie ?

La femme inclina la tête et ses traits se durcirent.

— Je la lui ai reprochée tant qu'il a vécu. Aujourd'hui, les *dicks* me l'ont ramené. Je l'ai vu avec cette marque au front. Dieu ! je n'aurais pas cru que l'on pût haïr ainsi. Dès cette minute, je me suis juré d'ammener à la chaise ou à la mort celui ou celle qui a imprimé ce rat. Un rat ! le signe de l'infamie !

Quelque chose se serra dans la gorge d'Helen-la-soupe, mais elle ne broncha pas. D'ailleurs, elle n'avait été qu'un instrument inconscient, et cette femme ne pourrait lui en tenir rigueur quand elle saurait la vérité.

Une autre voix plus caressant se mêla à la discussion. C'était celle de H. H. Kraton.

— Et pourquoi la sœur de Bamboo Charley, au lieu de venir ouvertement trouver un ami de son frère, a-t-elle cru devoir user de force, en véritable *gangster?*

La femme releva la tête avec orgueil, et toisa tour à tour les deux hommes.

— Pour montrer que j'étais digne de mon frère, et surtout digne de la tâche que j'entreprends.

— Laquelle ?

— Le venger.

La main de R. M. Kelly s'éleva lentement, et se posa sur la chevelure bouclée de la femme. Elle soutint son regard sans sourciller.

— Viens par ici, décréta brusquement R. M. Kely en s'effaçant.

Il jeta un coup d'œil à son secrétaire et haussa les épaules.

— Quant à cet imbécile, il n'a que ce qu'il mérite, qu'il s'estime heureux d'en être quitte à si bon compte.

La femme pénétra dans la pièce où les quatre hommes n'avaient pas bougé, et tenaient encore leur revolver à la main. Elle ne parut même pas s'en étonner. En revanche, elle fronça les sourcils à la vue d'Helen-la-soupe et l'examina curieusement. Sous l'acuité de ce regard, celle-ci se sentit rougir et fit un pas en avant.

— J'étais l'amie de Charley, expliqua-t-elle d'un ton gêné. C'est devant moi qu'on l'a tué.

Elle sentit la femme qui lui prenait la main et la serrait nerveusement.

— Aors, nous serons deux à le venger. La main qui a imprimé ce rat maudit ne connaîtra aucun pardon.

A la rapidité avec laquelle Helen retira sa main, on eût dit qu'elle venait de heurter un tison enflammé.

La voix de R. M. Kelly détourna heureusement l'attention de la nouvelle venue. Il avait repris place à son bureau, et, sur un froncement de ses sourcils, ses deux gorilles avaient rentré leur arme. Les hommes de H. H. Kraton les avaient imités et s'étaient laissés retomber sur leurs sièges. Debout près de la fenêtre, Kraton semblait uniquement occupé de ce qui se passait dans l'avenue. Il ne perdait pourtant rien de ce qui se disait.

R. M. Kelly entra immédiatement dans le vif du sujet.

— Vous dites que, ce matin, on a rapporté chez vous le cadavre de...

La femme lui coupa la parole.

— De mon frère Charley. Oui.

— Comment la police était-elle au courant ? Vous n'habitiez pas ensemble, il me semble ?

La femme secoua la tête.

— Charley avait rompu avec moi depuis plusieurs années, mais je n'ai jamais cessé de m'occuper de lui. Au début, je me suis adressée à la police, mais quand j'ai compris son genre d'activité, j'ai eu peur de lui causer des ennuis. Pourtant, je savais par des détectives privés où il était, et il y a deux jours encore je lui avais écrit pour lui dire qu'en cas de danger ma maison lui serait toujours ouverte.

R. M. Kelly leva les yeux vers Helen-la-soupe et celle-ci confirma cette partie du récit.

— C'est exact. Charley avait reçu une lettre il y a deux jours, et il m'avait dit qu'elle était de sa sœur. Il ne me l'a pas fait lire et je ne le lui ai pas demandé.

R. M. Kelly continua :

— Pourquoi jugiez-vous utile de lui offrir un refuge ? L'aviez-vous fait jusque-là ?

— Non.

— Alors ?

— Parce que je savais qu'il allait courir un grand danger et que j'avais peur.

H. H. Kraton ne regardait plus par la fenêtre. Il s'était retourné et, sans cesser de se frotter les mains, fixait la femme. Un étrange sourire flottait sur ses lèvres. On aurait dit qu'il cherchait le verset de Bible qu'il allait citer. L'indifférence du ton de R. M. Kelly aurait renseigné les moins avertis.

— Quel danger devait-il courir et comment le saviez-vous ?

La femme eut une seconde d'hésitation.

— Je l'avais entendu dire. Par hasard.

R. M. Kelly ébaucha un sourire.

— Le hasard a souvent un autre nom. Comment le saviez-vous ?

Devant le mutisme de la femme, il se leva de son bureau et se dirigea vers elle. Parvenu à sa hauteur, il lui saisit les deux poignets et les serra comme dans un étau. La femme jeta un cri et tenta de se dégager. Elle n'y parvint pas et, sous la torsion plus forte, demeura frémissante et l'œil en feu. Ce ne fut pourtant qu'un feu de paille, car en baissant lentement la tête, elle se mit à frissonner.

— Comment le saviez-vous ? répéta R. M. Kelly.

— Je l'avais appris il y a quatre soirs. Dans le bar où je vais quelquefois attendre un ami.

— Quel bar ?

— Le bar français de la 42° rue.

— Je le connais ! approuva un des gorilles de R. M. Kelly.

— Et qu'avez-vous entendu ?

— Dans un coin, à une table, il y avait des jeunes gens qui parlaient à voix basse. Malgré moi, j'ai tendu l'oreille. Ils disaient que ce serait le plus beau sport auquel ils se seraient jamais livrés et que nul nettoyage ne serait plus complet. Je pensais qu'ils parlaient d'une partie de chasse quand l'un d'eux a dit en plaisantant : « Et du bas de l'échelle en haut. Depuis Bamboo Charley et son confrère d'en face, jusqu'à R. M. et H. H. Toute la nichée maudite. La police devrait nous décerner des couronnes pour faire son travail. » J'ai failli me trahir en entendant le nom de mon frère ; mais je me suis contenue car un autre continuait : « Bah, la police se demandera toujours qui lui a rendu ce beau service. N'oubliez pas notre serment : ne jamais trahir notre anonymat. » Tous ont éclaté de rire, et se sont remis à chuchoter. J'étais trop loin pour saisir leurs paroles, et je ne sais ce que j'aurais fait si la vue d'une porte ne m'avait donné une idée. Dissimulée par un paravent, la cabine téléphonique était derrière eux. Je m'y suis rendue en ayant soin de laisser la porte ouverte, et j'ai pu saisir deux autres bribes de conversation.

Elle s'arrêta comme si ce souvenir lui était pénible, et R. M. Kelly, qui lui avait lâché les poignets, ne la brusqua pas cette fois. Il attendit que d'elle-même elle reparlât. Enfin, d'une voix très basse, elle continua :

— La première concernait Charley. Un des hommes expliquait : « Je sais qu'il doit opérer lundi soir. Tout est réglé pour frapper un grand coup. D'ailleurs, si quoi que ce soit était changé dans ses plans, j'en serais avisé. »

— Comment cela ? demanda brusquement R. M. Kelly.

Ce fut la femme qui le prit par les poignets.

— C'est ce qu'une autre remarque devait m'apprendre et c'est pourquoi je suis venue aujourd'hui. Comme un de ses camarades émettait un doute, l'homme ajouta : « Cet imbécile de R. M. donne tous ses ordres par téléphone parce qu'il se croit absolument sûr de la standardiste de son hôtel. Or, cette fille est à nous. Je l'ai achetée par l'or et par la peur. »

Le visage de R. M. Kelly devint écarlate.

— A-t-il prononcé un nom ?

— Nora Swanhill, appelée aussi Baby Face Nora.

R. M. Kelly était déjà à son bureau et avait saisi son appareil.

— Qu'allez-vous faire ? lui demanda calmement H. H. Kraton.

— Faire venir cette fille. L'interroger et lui arracher la vérité. Si par malheur cet homme a dit vrai...

H. H. Kraton parut prendre le ciel à témoin.

— Comment cet homme aurait-il tout inventé ? La mort de Bamboo Charley est une preuve suffisante. Dans le doute, on ne s'abstient pas : on agit.

R. M. Kelly reposa le récepteur et sourit.

— Vous avez peut-être raison, H. H. D'ailleurs, cette fille en sait beaucoup trop et pourrait devenir un danger.

D'un geste, il appela un de ses gorilles et, comme l'homme se penchait vers lui, il lui glissa quelque chose dans le creux de l'oreille. Une joie malsaine s'étendit sur le mufle de l'homme, tandis qu'un éclat cruel brillait dans ses yeux.

— Mais attention, commanda R. M. Kelly en élevant un doigt ; ni revolver ni poing. Quelque chose de très naturel.

— *Okay, boss !* approuva l'homme en montrant ses dents dans un grand éclat de rire.

Il sortit de la pièce, sans qu'une seule question eût été posée par les autres personnes présentes, et R. M. Kelly se retourna vers l'inconnue.

— Et c'est alors que vous avez écrit à votre frère pour l'alerter et lui offrir un asile ?

— Oui.

— Avait-il cette lettre sur lui ?

— C'est par elle que la police a su mon adresse et,

m'a rapporté le corps. On n'avait rien contre mon frère et on ne pouvait pas l'envoyer à la morgue.

— Vous avez cette lettre ?

La femme tira une enveloppe de son sein et la tendit à R. M. Kelly. Celui-ci, après en avoir pris connaissance, la lui rendit.

— Et comment avez-vous eu l'idée de venir à moi ?

La femme eut une très légère hésitation.

— Je savais que mon frère travaillait pour quelqu'un, et ces hommes ont parlé de R. D. et de H. H. Je me suis souvenue avoir entendu prononcer votre nom. Alors je suis venue pour vous dire que votre vie était menacée et pour vous demander de m'aider à venger mon frère.

Du geste, R. M. Kelly lui montra Helen-la-soupe.

— Il y a une autre femme qui est venue me présenter semblable requête. Où travaillez-vous ?

— Dans une usine de produits chimiques de Long Island. Mais il y a huit jours que j'en suis partie.

— Pourquoi ?

La femme haussa les épaules.

— J'étais lasse du travail régulier; je voulais vivre ma vie.

— Vous êtes prête à tout ?

— A tout, dès que j'aurai enterré mon frère. Mais j'ai besoin de le revoir encore une fois pour apercevoir à nouveau le signe maudit et m'ancrer dans ma vengeance. Après cela, je serai prête.

— Soit, dit R. M. Kelly, vous serez donc deux à poursuivre la même œuvre. Vous pouvez compter sur moi.

Se dirigeant vers Helen-la-soupe, elle lui prit la main entre les siennes.

— Vous étiez là quand on l'a tué ? C'est peut-être devant vous qu'ils ont accompli l'acte infâme ?

— Oui, parvint à prononcer Helen-la-soupe en sentant quelque chose lui serrer la gorge. Mais ils étaient masqués, et je n'ai rien pu...

L'ouverture d'une porte lui coupa sa phrase. C'était l'homme qui était sorti quelques instants auparavant : le gorille.

— Alors ? demanda négligemment R. M. Kelly.

— Tout s'est très bien passé, déclara l'homme d'une grosse voix vulgaire. Trop bien presque. A propos, votre secrétaire est revenu à lui et se demande encore ce qui a pu se passer. Je lui ai dit d'attendre que vous le fassiez appeler.

— Dans ce cas, appelle-le-moi tout de suite.

— Mais, commença le gorille, est-ce qu'il n'était pas...

— Si, trancha R. M. Kelly, appelle-le-moi quand même.

L'homme retourna vers la porte qu'il venait de franchir et avait la main sur la poignée quand un ordre de son patron lui imposa silence.

— Ecoute, jeta R. M. Kelly.

Un bruit de pas provenait du corridor. Des gens allaient et venaient, et l'on distinguait des exclamations.

— Fais entrer Kernock, reprit R. M. Kelly.

Le gorille obéit et, l'air peu fier de lui-même, le secrétaire pénétra dans la pièce.

— Kernock, commença R. M. Kelly, voyez donc un peu de quoi il s'agit. Quelque chose a sûrement dû arriver ?

Le secrétaire se hâta d'aller à la porte qui donnait sur le corridor et échangea quelques mots avec une femme de chambre qui passait en courant. Quand il rentra, personne n'avait bougé ni prononcé une parole. Il était surexcité et c'est à mots pressés qu'il se mit à débiter son histoire. D'après ce que lui avait dit la femme de chambre, un accident venait de se produire. Une jeune fille de l'hôtel, qui se rendait au cinquième étage, à l'appel d'un client, avait probablement voulu se pencher à une des fenêtres donnant sur la cour intérieure. Comme elle était seule, il était impossible de dire exactement ce qui s'était passé ; mais, prise de vertige, elle avait dû perdre l'équilibre. On venait de retrouver son corps écrasé au sol. La malheureuse avait été tuée net.

— Quelle abominable chose ! remarqua H. H. Kraton en hochant la tête avec componction. Sait-on qui est cette malheureuse ?

— La femme de chambre n'a rien pu me dire, mais ce serait facile à savoir !

— Renseignez-vous donc, reprit R. M. Kelly de son ton le plus paterne. A la réception ou au standard ils sauront vous dire quelque chose.

Le jeune secrétaire décrocha le récepteur et posa sa question. Il écouta la réponse et R. M. Kelly, qui ne le quittait pas des yeux, s'aperçut qu'il pâlissait et que sa main tremblait.

— Qu'est-ce que c'est, Kernock ? demanda-t-il doucement.

Le jeune secrétaire se tourna vers lui. Il était livide.

— C'est Nora Swanhill, la téléphoniste, qui vient de se tuer. Elle était montée à cet étage après avoir dit à sa compagne que c'est moi qui l'avais appelée. Mais ce n'est pas vrai. Je ne l'ai pas appelée... Vous savez bien pourquoi.

Il chercha des yeux la femme qui avait su s'introduire en dépit de sa résistance et sembla quêter son témoignage. R. M. Kelly se hâta de le rassurer.

— Evidemment que ce n'est pas vous, Kernock. Il est probable même que ce n'est personne. Elle aura voulu vous faire une petite visite comme cela lui arrivait parfois. Oui, oui, je sais les liens qui vous unissaient. Allez près d'elle si le cœur vous en dit.

D'un pas lourd, le secrétaire quitta la pièce. Il titubait. Comme il refermait la porte, R. M. Kelly se retourna vers le gorille.

— J'ai comme une idée que cela allumerait une jolie petite guerre entre vous s'il savait que c'est ta main qui a précipité la femme trop bavarde par la fenêtre, hein ! Murray ?

Le gorille ne parut pas s'inquiéter de cette éventualité. Il sourit bestialement tandis que ses mains d'étrangleur s'ouvraient et se refermaient.

Helen-la-soupe n'avait pas bronché. Quelque chose lui étreignait le cœur. Elle était venue dans cet hôtel prête à toutes les besognes qui lui permettraient de se venger. Maintenant, devant la froide condamnation de cette jeune fille qu'elle ne connaissait pas, un malaise étrange l'envahissait. Elle avait presque peur de cet homme qui, pour un oui ou pour un non disposait des vies humaines. Que pesait-on entre ses mains ? Surtout, quel fond pouvait-on faire sur sa reconnaissance ? Elle revit le visage de Bamboo Charley et une pensée lui traversa l'esprit : cet homme aurait-il agi différement si Bamboo Charley ou elle avaient, le moins du monde, contrecarré ses projets ?

Elle réprima un frisson et glissa un coup d'œil vers la femme au chandail marron. Elle ne put trouver le moindre trouble sur son visage. Assise sur une chaise qui se trouvait près d'elle, elle avait tiré une boîte de Lucky Strikes et avait allumé une cigarette. On aurait dit qu'elle se désintéressait de tout ce qui l'entourait.

H. H. Kraton, qui souriait toujours en se frottant les mains, relevait la tête pour parler quand l'ouverture de la porte l'en empêcha. C'était Dick Kernock qui revenait. Il avait les yeux hagards et tenait un papier à la main.

— Alors, mon pauvre Kernock ? demanda Kelly en mettant dans sa voix toute la douceur qu'il savait si bien feindre.

— L'on a monté le corps dans une chambre, dit-il, et le médecin de l'hôtel est affirmatif. La mort a été instantanée. Je l'ai vue. Elle est à peine reconnaissable.

Il allait continuer sur ce thème, mais R. M. Kelly, qui avait les yeux sur le papier, ne le lui permit pas.

— Et cette note ? dit-il, elle est pour moi ?

Le secrétaire passa la main sur son front, et eut un geste pour s'excuser.

— C'est un infirmier qui me l'a remise. Oui, oui, pardonnez-moi, elle est pour vous.

On aurait dit que toute l'indifférence de la femme au chandail marron tombait brusquement. Otant la cigarette de sa bouche, elle fronça les sourcils et se redressa légèrement. Quiconque l'aurait observée attentivement aurait vu qu'elle pâlissait. D'un mouvement sec, elle fit tomber ses cendres sur le tapis, et garda les yeux fixés sur R. M. Kelly.

Celui-ci venait de faire sauter le cachet en pain azyme qui fermait le papier et l'avait déplié. Tout de suite, quelque chose dut le frapper en plein visage comme un coup de poing, car un brusque sursaut le rejeta en arrière. Sans dire un mot, il prit connaissance de ce que contenait la note, et, au fur et à mesure de sa lecture, les cordes de son cou saillaient.

D'un geste brusque, il tendit le papier à H. H. Kraton qui, en silence, avait suivi son manège.

— Vous pouvez lire tout haut, déclara-t-il d'une voix sèche et sifflante.

H. H. Kraton sortit de la poche de son gilet un pince-nez à monture d'acier et s'en chevaucha le nez. S'approchant de la fenêtre, il étudia un instant le papier, puis se mit à lire de sa voix de pasteur.

« La téléphoniste du standard, qui était votre créature et avait trempé dans plus d'un de vos crimes, était la seconde sur notre liste. Comme nous n'exécutons pas les femmes, nous avons préféré vous en laisser le soin. Nous ne les marquons pas non plus au front et c'est pourquoi nous nous dispensons de cette formalité. Mais nous tenons à ce qu'il n'y ait aucune équivoque sur cette mort. Bientôt nous refrapperons, jusqu'à ce que les « têtes » elles-mêmes portent la marque au front. Les vrais Ratiers ne lâchent jamais leur proie, sachez-le bien. — Les Ratiers. »

Un juron retentit dans la pièce, troublant le silence angoissant qui avait accueilli ce message. Il détendit la situation.

— Qu'est-ce que cela veut dire ? bégaya le secrétaire, qui entrevoyait la mort de sa jeune amie sous un angle nouveau.

Le gorille responsable du crime s'agita gauchement sur son fauteuil, mais, d'un geste de la main, son grand patron le rassura.

— Que nous avons été joués, déclara R. M. Kelly d'une voix tranchante. On a voulu supprimer un des éléments les plus utiles de notre association et l'on a réussi. Sois tranquille, Kernock, cela sera vengé avec le reste.

La voix cléricale de H. H. Kraton s'éleva :

— Quelqu'un, en tout cas, peut d'ores et déjà nous fournir quelques petites indications : celle dont la dénonciation a causé cette mort.

Il s'était tourné vers la femme au chandail marron et lui souriait. Tous les regards se fixèrent sur elle. Elle voulut porter sa cigarette à sa bouche, mais sa main s'y refusa. La gorge contractée, elle balbutia :

— Je vous ai raconté ce que j'ai entendu. Ces gens-là n'avaient pas menti pour Charley, comment les aurais-je soupçonnés pour le reste ? D'ailleurs, ils pouvaient être sincères sur le moment.

La voix de R. M. Kelly fut ironique.

— Quitte à changer d'avis plus tard ? Trop facile comme excuse, ma petite. Vous feriez mieux de trouver autre chose. Somme toute, nous ne vous connaissons pas et rien ne nous dit que vous n'avez pas menti.

Les doigts de la main gauche de R. M. Kelly claquèrent, et à ce signal les deux gorilles se levèrent et encadrèrent la femme. Celle-ci se dressa d'un bond et voulut en vain reculer. Un des gorilles l'en empêcha. Eelle jeta autour d'elle un regard de bête traquée, et, se laissant retomber sur sa chaise, se mit à larmoyer :

— Je n'ai pas menti. Pourquoi serais-je venue ici, si je n'avais pas cru devoir le faire au nom de Charley ? Serais-je venue me mettre bêtement en votre pouvoir quand je vous sais plus fort que tout ? Ces gens avaient dit la vérité pour Charley. Je n'ai fait que répéter fidèlement leurs paroles.

R. M. Kelly se mit à siffloter.

— Vous êtes venue trop à propos, ma belle, et vos bavardages ont eu de trop graves conséquences. Rien que cela mérite bien une petite promenade cette nuit, dans les faubourgs de New-York. Qu'est-ce que vous en pensez ?

La femme crispa les mains contre son visage et se mit à sangloter. Elle connaissait trop bien le sens de ces paroles pour s'y tromper. Comme Bamboo Charley, comme tant d'autres, on allait l'emmener pour une petite promenade, et une fois loin des curieux...

Incapable de supporter cette idée, elle poussa un cri déchirant et, se dressant d'une pièce, trompa la vigilance des deux gorilles, et se précipita contre une muraille où elle s'adossa.

— Non, non ! hurla-t-elle. Pas ça. Je vous en conjure ! Croyez-moi ! au nom de Charley !

Les deux gorilles s'élancèrent vers elle, et allaient la saisir brutalement quand un obstacle imprévu se dressa. C'était Helen-la-soupe qui avait fait un pas en avant et qui s'était glissée entre eux et leur victime. Devant le cri d'angoisse de la femme, elle s'était souvenue de son sexe et une vague de pitié l'avait entraînée.

— Pourquoi ne pas la croire ? prononça-t-elle très bas. Après tout, elle dit peut-être la vérité !

Devant le rire ironique de H. H. Kraton, elle continua.

— Ces hommes ont pu s'apercevoir qu'elle les écoutait; elle leur était peut-être connue. Ils auront alors parlé, espérant qu leurs paroles seraient rapportées et produiraient leur effet. Ils ne s'étaient pas trompés.

— Bien improbable ! laissa tomber R. M. Kelly, et dans le doute...

Un souffle de révolte balaya le cœur d'Helen-la-soupe.

— Dans le doute, vous n'avez pas le droit de sacrifier une femme venue ici pour venger un de vos hommes; surtout la sœur de Bamboo Charley !

R. M. Kelly, qui avait fermé les paupières en faisant la moue, les rouvrit lentement.

— Est-ce absolument certain qu'il s'agit bien de la sœur de Bamboo Charley ?

Helen-la-soupe hésita. De quel droit pouvait-elle se porter garante ? R. M. Kelly, qui ne se sentait pas absolument sûr de l'approbation générale, lui épargna la peine de répondre.

— En tout cas, dit-il, on peut facilement se renseigner. Il se tourna vers la femme au chandail marron.

— Où avez-vous travaillé, dites-vous ?

— Dans une usine de produits chimiques, à Long Island, Flushing Street. Mais j'ai quitté il y a huit jours.

— Je sais. Et votre domicile, celui où l'on a porté le corps de Bamboo Charley.

— 25 Barrow Street. Dans le Village [1].

R. M. Kelly prit ces renseignements en note.

— *Okay*, dit-il ; nous serons fixés dans quelques heures.

1. Greenwich Village. Le quartier artistique de New-York.

Il tendit le papier à Helen-la-soupe et continua :

— Vous demandiez à servir, et vous n'aurez pas eu longtemps à attendre. Que j'aie ces renseignements ce soir à 7 heures. La petite promenade en dépendra.

Il se leva et marcha sur la femme au chandail marron.

— Quant à vous, vous allez rester ici. Vous verrez, vous n'aurez même pas besoin qu'on vous garde.

Il surprit un rapide coup d'œil de la femme vers les fenêtres et sur-le-champ tua cet espoir.

— Non, inutile de regarder les fenêtres. Je ne suis pas imbécile; je suis seulement maniaque. Depuis que j'habite ici, j'ai pris l'habitude, chaque fois que je sors, de faire fermer tous les volets. C'est inoffensif, surtout quand on ignore que les volets ont été remplacés par mes soins par d'autres, plus solides. Vous serez à l'abri, et, comme tout est sous clef dans des tiroirs blindés, vous ne serez pas dangereuse. Si vous êtes bien ce que vous prétendez être, le temps vous paraîtra peut-être long. Dans le cas contraire, l'heure de la promenade ne viendra que trop vite.

Sans attendre de réponse, il pivota sur lui-même et, toute sa jovialité revenue, se dirigea vers la porte.

— Vous venez, H. H. ? N'oublions pas qu'il y a réception cet après-midi chez le gouverneur de New-York. Nous ne pouvons manquer d'y assister.

— C'est à quoi je pensais, R. M., rétorqua H. H. Kraton en se frottant onctueusement les mains. On s'étonnerait de notre absence.

— D'autant plus que le whisky du gouverneur n'est pas mauvais, plaisanta R. M. Kelly en faisant claquer sa langue.

Il atteignait le seuil de la porte quand il jeta sans même se retourner :

— Suivez-moi, vous autres, et n'oubliez pas vos consignes !

D'un même mouvement, les quatre gorilles obéirent. Après une seconde d'hésitation, Helen-la-soupe se décida à les imiter. Elle voulut pourtant donner quelque apaisement à la femme.

— Courage, lui dit-elle en lui prenant la main. Si

vous n'avez pas menti, vous n'avez rien à craindre. Je suis là.

La femme ne répondit pas. Rigide comme une statue, elle regardait droit devant elle avec une fixité d'hallucinée. Helen-la-soupe sortit et, sans un mot, R. M. Kelly tira la porte derrière lui. Au son qu'elle rendit, Helen-la-soupe comprit qu'elle devait être en acier. L'oreille aux aguets, R. M. Kelly parut guetter quelque chose.

— Les fenêtres sont encore ouvertes, prononça-t-il à voix basse, et elle ne tente pas d'en profiter ! Aurait-elle dit la vérité ?

Il attendit encore quelques secondes, puis, avec un haussement d'épaules, alla à la fenêtre qui donnait sur l'avenue et manipula un levier. Un bruit léger indiqua que, quelque part, un rideau métallique se fermait.

— Mieux vaut ne pas pousser trop loin la tentation, plaisanta-t-il.

Une tape de R. M. Kelly sur l'épaule de H. H. Kraton, qui n'avait pas bougé, fit sursauter celui-ci.

— Et, maintenant, en route pour chez le gouverneur. Rendez-vous ici à 7 heures. Nous pourrons même revenir ensemble ?

— Entendu ! approuva H. H. Kraton. A moins que les Ratiers n'accélèrent leur mouvement et ne nous inscrivent à leur actif ?

— Les Ratiers sont trop méthodiques pour sauter des échelons. Seulement, avant d'arriver aux têtes, ils pourraient bien boire quelque chose de désagréable.

— Quoi donc ? interrogea H. H. Kraton.

— De la mort-aux-rats. Vous venez, H. H. ?

Il ouvrait la porte qui donnait sur le vestibule pour laisser passer son adversaire quand le petit secrétaire se glissa vers lui.

— Le téléphone, *boss* ?

R. M. Kelly sourit.

— J'ai prévu ça. Ne fais rien, et attends.

VI

DANS LE PIEGE

La porte se referma avec un son métallique si lourd que la femme au chandail marron en sursauta. Elle regarda les fenêtres qui donnaient sur le grand balcon et se mit à sourire. Au delà de ce balcon, il y avait les premiers échelons de l'échelle de secours, tandis qu'en dessous — très loin il est vrai — il y avait l'avenue bourdonnante de vie. Qu'elle ouvre cette fenêtre et, même en admettant la fuite impossible, l'alerte n'en serait pas moins donnée. On s'étonnerait de cette femme qui criait sur le balcon. On viendrait à son secours. Pourtant, la femme ne broncha pas.

— C'est vraiment cousu de fil blanc, murmura-t-elle, et il faut qu'il m'estime bien sotte.

A ce moment, un crissement retentit du côté de la fenêtre et elle vit que les persiennes se fermaient.

Malgré la crainte abjecte qu'elle avait manifestée quelques instants auparavant, elle ne put s'empêcher de railler :

— Ah ! ils estiment que je ne tomberai pas dans le panneau et ne veulent plus perdre de temps. Ils commencent à me juger à ma juste valeur.

Avec un petit heurt, les deux volets métalliques atteignirent en même temps la surface pierreuse et y butèrent. Il n'y avait plus maintenant le plus léger interstice par où pût passer la clarté. La pièce était plongée dans une nuit profonde. Cela ne parut pas impressionner la femme, car, à nouveau, elle se mit à plaisanter.

— Voyons ! Est-ce à eux de me donner de la lumière ou est-ce à moi ? Ils ne supposent tout de même pas que je m'en vais jouer les aveugles jusqu'à 7 heures !

Devant la persistance de l'obscurité, elle se décida à agir. En tâtonnant le long des murs, elle atteignit la porte par où ses geôliers étaient sortis et découvrit sans peine les déclics électriques. Elle en abaissa un et, sur-le-champ, la pièce fut inondée de lumière.

— Ah ! ils m'ont au moins laissé cette consolation, remarqua-t-elle.

Elle jeta les yeux autour d'elle et, n'apercevant rien qui pût retenir son attention, alla vers le grand fauteuil et s'y laissa tomber. Elle s'étira avec un profond soupir, puis, prenant une cigarette, la tapota sur le bras du fauteuil.

— Et maintenant, prononça-t-elle, réfléchissons. J'ai beau faire la fière, la situation n'est pas brillante. Oui ou non, ai-je commis une faute ?

Fermant les yeux et aspirant bouffée sur bouffée, elle se mit à songer. Ses réflexions n'étaient pas précisément roses, et, malgré l'assurance qu'elle affectait dans la crainte de quelque regard indiscret, elle n'en comprenait pas moins le terrible de sa situation.

Elle porta les yeux sur le bureau où ne s'apercevait plus aucun papier et vit la pendulette. Ce rappel lui fit à nouveau hocher la tête.

— Pour l'instant, soliloqua-t-elle, je puis être tranquille. J'ai quatre heures devant moi. Le malheur, c'est que dans l'espèce de tombe où je me trouve, il m'est impossible d'utiliser ce délai. Je suis prise au piège... comme un rat !

Cette image la fit sourire et, un moment, elle la répéta tout en suivant les nuages de fumée dans leur ascension vers le plafond.

— Un rat ! Exactement l'animal que cherchent à exterminer les Ratiers.

Un instant, la pensée lui vint d'examiner les tiroirs du secrétaire, mais elle ne persista pas. Ceux qui l'avaient emprisonnée n'avaient dû commettre aucune négligence.

— Rien à faire ! soliloqua-t-elle en jetant ce qui restait de sa cigarette et en en prenant une autre. Je n'ai qu'à attendre sept heures et le retour de la jeune amie de ce cher Bamboo Charley. Reste à savoir ce qu'elle aura découvert...

Elle se mit à passer en revue tout ce qu'elle avait fait pour donner le change et se créer un alibi parfait. Bien qu'aucun trou ne lui apparût, elle refusa de s'abandonner à l'optimisme. Sa position était trop grave et elle était trop intelligente pour ne pas le comprendre.

Comme elle se remettait à sifflotter pour le bénéfice de quiconque aurait pu l'espionner, son regard tomba sur le téléphone et elle se mit à réfléchir.

Evidemment, cet appareil laissé en évidence devait être un piège. Ses adversaires étaient trop fins pour qu'elle pût en douter. On avait pu supprimer un des chaînons les plus dangereux de l'organisation, rien ne disait qu'ils n'avaient pas, partiellement, tout au moins, réparé le dégât. Peu d'argent suffirait certainement à délier la langue de la nouvelle standardiste ; sans compter la possibilité toujours présente de l'existence d'une table d'écoute. Oui, cet appareil aux allures innocentes permettait bien des soupçons.

Une troisième cigarette succéda à la seconde et, pivotant sur elle-même, la femme au chandail marron s'adossa contre un bras du fauteuil en laissant pendre ses jambes par-dessus l'autre.

— Et pourtant, réfléchit-elle, c'est la seule possibilité qui me reste ! Je ne vais tout de même pas demeurer ici sans bouger et attendre le retour de mes aimables geôliers ! C'est évidemment dangereux, mais ce qui me guette l'est beaucoup plus.

Elle s'arrêta net et, tout en balançant les pieds, continua à songer. Le petit air qu'elle sifflotait toujours et sa pose désinvolte parlaient peut-être en faveur de sa parfaite insouciance, mais il faut reconnaître qu'ils concordaient peu avec l'état d'âme d'une jeune personne dont le frère vient d'être exécuté et qui a vu son cadavre ramené chez elle.

Tout à coup, un léger sourire détendit ses traits et, après s'être voluptueusement étirée, elle sauta au sol et se dirigea vers la table. Elle venait de prendre une résolution et allait la mettre à exécution. S'asseyant sur un coin du bureau, elle décrocha le récepteur et le porta à son oreille. Elle était toute prête à n'entendre aucune cadence et, à sa grande surprise, une voix féminine répondit sur-le-champ.

— Allo ? dit-elle en baissant la voix autant qu'elle le pouvait. Le standard du Park Lane ?

Une réponse affirmative lui parvint tandis qu'un bruit de voix et un déclic de fiches lui apprenaient qu'on disait la vérité. De plus en plus surprise, elle demanda un numéro et attendit quelques instants. Ce ne furent en réalité que quelques secondes, mais, penchée sur l'appareil et la bouche collée au récepteur, cela lui parut interminable. Il lui semblait toujours qu'on allait couper. Mais, là encore, elle ne s'abandonna pas à un optimisme inconsidéré : elle était sur ses gardes. Enfin, une voix résonna qu'elle reconnut bien. C'était celle du patron d'un *speakeasy* où, à de nombreuses reprises, elle et ses amis s'étaient rendus. Elle parla vite.

— Ici, Molly Stirling, la sœur de Bamboo Charley qui a été assassiné cette nuit. Je suis en ce moment au Park Lane où le meilleur ami de Charley doit me donner le moyen de me venger. Il doit venir me retrouver à 9 heures, ce qui fait que je ne pourrai pas être au rendez-vous *avant deux heures*. C'est très urgent. Faites bien la commission. Merci. Surtout n'oubliez pas : avant deux heures.

Sans attendre de réponse, elle raccrocha et, se mettant à balancer ses jambes, reprit sa petite chanson.

— Et maintenant, mon cher R. M., fredonna-t-elle. reste à savoir si vous m'avez vraiment laissé cet échappatoire ou si, comme je le soupçonne, quelqu'un a enregistré mon message. Dans le premier cas, merci. Dans le second, attendons pour voir ce que cela va donner.

Elle regarda la pendule et, sautant au sol, s'étira en baillant.

— Encore quatre heures à attendre, et ce cher R. M. qui n'a pas eu la délicatesse de me laisser un livre ! Il a même emporté le journal qui traînait quand je suis entrée. Enfin, autant profiter de ce fauteuil pour faire un somme.

Elle s'installa au mieux qu'elle put dans le grand fauteuil qu'affectionnait R. M. Kelly et ferma les yeux. Au bout de quelques secondes, elle les rouvrit et se leva. Elle avait oublié d'éteindre l'électricité et cela la gênait.

***

Le bruit de la porte que l'on touchait la réveilla et, tout de suite, elle reprit contact avec la réalité. Elle ne bougea pourtant pas et, à travers ses paupières mi-closes, fixa la porte qui commençait à s'entre-bâiller. Elle aperçut la silhouette un peu burlesque de R. M. Kelly à côté de qui se tenait, de plus en plus dégingandé, avec son pantalon gris et sa jaquette noire, H. H. Kraton. Avant de pénétrer tout à fait, R. M. Kelly, qui ne négligeait aucune précaution, tendit la main vers le contact électrique et donna de la lumière. Comme si ce flot de clarté l'eût réveillée, la femme au chandail marron sursauta et s'étira.

— Hello ! lança-t-il de sa voix joviale en franchissant le seuil, navré d'avoir interrompu votre somme. Mes occupations, malheureusement, ne me permettent pas d'être galant. Entrez, H. H.

La femme au chandail marron ne répondit pas, mais se leva en tapotant sur sa jupe pour réparer le désordre de sa toilette. Elle vit H. H. Kraton entrer et la contempler de son air triste, tandis que R. M. Kelly se glissait à son bureau et s'asseyait. Elle vit ses yeux se poser sur le téléphone et s'y arrêter.

— Ah ! ah ! dit-il, on s'est donc servi de l'appareil avant de s'endormir !

La femme au chandail marron s'attendait à cette phrase.

— J'avais un rendez-vous urgent dans la basse vil' et j'ai tenu...

R. M. Kelly ne la laissa pas achever.

— Inutile. Je vais vous répéter ce que vous avez dit.

Il appuya sur un bouton dissimulé sous le bureau, et cet appel fit venir le jeune secrétaire. Il tenait à la main une bande de papier qu'il tendit sans un mot à son patron. Calmement, R. M. Kelly le lut à haute voix: c'était le message transmis par la jeune femme.

— Pour qui cette communication ? demanda-t-il en levant la tête.

Elle ne chercha pas à dissimuler et donna le nom du bar et du patron à qui elle avait téléphoné.

— Exact pour le bar, reconnut R. M. Kelly. Mon secrétaire a vérifié. Je suppose que vous dites la vérité pour le reste. Laissez-moi seulement vous faire remarquer que vous avez commis une légère erreur. C'est à 7 heures que je devais vous retrouver, comme vous

pouvez le voir par cette pendule. Vous ne serez donc
pas en retard pour votre rendez-vous... si tant est que
vous y alliez.

En dépit de la jovialité du ton, il y avait une telle
menace dans ces derniers mots, que la jeune femme ne
put réprimer un haut-le-corps, R. M. Kelly s'en aperçut
et corrigea.

— Tout dépend de la véracité de ce que vous nous
avez dit. Nous serons bientôt fixés. Asseyez-vous.

La jeune femme se dirigea vers un fauteuil — le sien
ayant été annexé par H. H. Kraton — mais comme elle
passait devant le bureau, elle tituba et s'y appuya.

— Qu'est-ce que c'est ? interrogea R. M. Kelly avec
une légère impatience.

Elle tourna les yeux vers les fenêtres aux volets hermétiquement clos, et respira avec difficulté. Le fait est
que l'atmosphère était étouffante. H. H. Kraton surprit
son regard et sa gêne.

— C'est la chaleur de cette chambre qui la rend
malade, remarqua-t-il.

Sur un signe de tête de R. M. Kelly, le secrétaire
sortir de la pièce et, quelques secondes plus tard, les
volets se repliaient aussi silencieusement qu'ils s'étaient
fermés.

— Ouvrez un instant la fenêtre, H. H., voulez-vous ?
suggéra R. M. Kelly.

H. H. Kraton fit ce qu'on lui demandait et, sous le
souffle d'air froid, la femme parut revenir à elle. Un
instant, elle demeura les yeux fixés vers cette fenêtre
qui la séparait de la liberté, mais R. M. Kelly, qui la
surveillait attentivement, ne put rien déceler de suspect
dans son attitude. A nouveau, elle respira profondément,
puis, se redressant, alla vers son fauteuil. La voix de
R. M. Kelly rappela le jeune secrétaire.

— Fermez la fenêtre, Kernock, et passons aux affaires sérieuses. Helen-la-soupe est arrivée ?

Tout en exécutant l'ordre de son patron, le jeune
secrétaire répondit affirmativement.

— Elle est dans la chambre de Truroy, sir.

— Okay ! Fais-la venir, et laisse-nous. Tu auras soin
que personne ne vienne nous déranger. Compris ?

— Compris, sir, déclara le jeune secrétaire en se retirant.

Quelques minutes de silence s'ensuivirent. R. M. Kelly avait ouvert un tiroir et compulsait des papiers ; la femme semblait se désintéresser de ce qui l'entourait : quant à H. H. Kraton, il paraissait toujours méditer quelque verset biblique. Une porte s'ouvrit et se referma doucement. Helen-la-soupe était là.

— *Well ?* interrogea R. M. Kelly tandis qu'elle se dirigeait vers lui d'un pas assuré.

— J'ai fait ce que vous m'aviez demandé, dit-elle. J'ai tous les renseignements.

La voix était calme et douce. Il n'y avait pas en elle cette gravité qu'y aurait apportée quelque révélation importante. La femme au chandail marron s'en rendit compte et respira plus librement. Helen-la-soupe continua.

— Tout ce que nous a dit cette personne au sujet de son frère et de son logis est exact. Je m'y suis rendue en partant d'ici. La première chose que j'ai vue dans la chambre à coucher a été...

Elle dut faire effort pour continuer.

— A été le cadavre de Charley. Il était étendu sur le lit et deux voisines le veillaient.

R. M. Kelly que ces détails sentimentaux n'intéressaient guère, ramena Helen-la-soupe dans le bon chemin.

— Y avait-il quelque portrait de cette femme ?

Helen-la-soupe secoua la tête.

— Non. Mais à la description détaillée que j'en ai faite, il ne peut y avoir aucun doute. C'est bien la sœur de Bamboo Charley.

— Ce que je ne comprends pas, intervint la femme au chandail marron, en sortant de son mutisme, c'est que vous ayez pu en douter.

R. M. Kelly négligea cette interruption.

— Et à l'usine ?

— J'en arrive. Tout concorde avec ce qu'elle nous a dit. La sœur de Bamboo Charley y a travaillé pendant deux ans, et en est partie volontairement il y a huit jours. Elle a déclaré à un de ses camarades...

— Quel nom ? lança R. M. Kelly en arrêtant Helen-la-soupe et en s'adressant à la femme.

— Nancy Fry.

— C'est cela, répondit Helen. Donc, à Nancy Fry, elle a déclaré qu'elle partait parce qu'elle en avait assez de travailler et qu'elle voulait vivre un peu.

— Vous voyez bien ! intercala la femme en haussant les épaules.

Helen-la-soupe poursuivit :

— Comme vous voyez, tout concorde. Mais il y a une dernière chose qui va permettre une vérification absolue et que j'ai apprise de la nurse qui dirige l'infirmerie.

— Ah ! laissa tomber R. M. Kelly en posant les papiers avec lesquels il n'avait cessé de jouer, et en fixant froidement la femme au chandail marron. Et quel est ce fait ?

Helen-la-soupe se rapprocha de la table.

— Il y a trois semaines, la sœur de Bamboo Charley, en manipulant une caisse de produits chimiques, est tombée sur un coin de table et s'est blessée. Elle a à la cuisse droite une cicatrice d'environ quatre pouces que le temps n'a pu encore effacer.

Sans se départir de son calme indifférent, R. M. Kelly se tourna vers la femme en souriant.

— Rien de plus simple comme vérification, dit-il, vous ne pensez pas ?

Droite sur sa chaise, les joues brusquement pâles, la femme resta muette. R. M. Kelly continua :

— Vous n'avez qu'a nous montrer la cicatrice. Nous ne sommes plus à une époque où votre pudeur alarmée aurait pu en rougir. Acceptez-vous ?

La pâleur de la femme disparut sous la poussée du sang qui, brusquement, colora ses joues.

— Non, lança-t-elle sèchement. Je refuse.

VII

L'ÉTRANGE PARTIE DE CARTES

Un silence mortel accueillit ces paroles. Helen-la-soupe s'était retournée vers la femme au chandail marron et la contemplait avec effarement. H. H. Kraton, les yeux au ciel, semblait y chercher une inspiration ; tandis que, renversé contre le dossier de son fauteuil, R. M. Kelly souriait, les yeux plissés. Lentement, sa main se glissa sous la table, et la seconde d'après le secrétaire ouvrait la porte.

— Les deux hommes ! prononça simplement R. M. Kelly.

Ceux-ci devaient s'attendre à cette convocation, car, sans que le secrétaire eût besoin de les appeler, ils pénétrèrent dans la pièce. Le secrétaire se retira sans bruit, et la porte se referma sur lui.

— Saisissez cette femme ! ordonna R. M. Kelly d'une voix coupante.

Quatre mains brutales s'abattirent sur la femme au chandail marron qui frissonna à ce contact.

Un moment, R. M. Kelly chercha à lire sur sa physionomie, puis se leva.

— C'est peut-être la pudeur qui t'a fait parler, bien que j'en doute. Dans ce cas, nous allons y remédier en employant la force. Si la cicatrice y est bien, je ne t'en voudrai pas de ton refus, mais dans le cas contraire...

Un nouveau frisson agita la femme, devant cette menace dont il était inutile de vouloir diminuer la portée. Les deux hommes se mirent à rire silencieusement. R. M. Kelly était maintenant face à face avec sa prisonnière.

— Qu'un de vous tienne cette femme, dit-il, et que l'autre lui dévoile la cuisse droite. Si par malheur elle a menti...

D'un mouvement brusque, la femme chercha à s'arracher à l'étreinte du gorille qui lui serrait les deux bras. Elle ne parvint qu'à l'enrager. Poussant un juron, il lui tira les coudes en arrière avec une telle force qu'elle ne put retenir un cri de douleur. Le second gorille s'approchait d'elle et tirait déjà le bas de sa jupe, quand quelque chose d'inattendu vint retarder son épreuve.

— Non, R. M., non ! pas comme ça ! prononça de sa voix traînarde et psalmodiante H. H. Kraton. J'ai toujours dit que vous n'étiez pas un connaisseur !

La femme tourna vers lui des yeux désespérés en se demandant si le ciel ne lui apportait pas un défenseur imprévu. Elle fut vite détrompée.

H. H. Kraton, qui avait pivoté sur son siège, expliquait en tendant les mains.

— Le plaisir du vrai chasseur n'est-il pas de prolonger l'angoisse de sa victime ? Vous serez bien avancé quand vous aurez découvert, vingt minutes plus tôt, que cette femme a menti et qu'elle doit mourir. Songez à l'angoisse que contiendront ces vingt minutes additionnelles pour elle.

R. M. Kelly haussa les épaules.

— Moi, j'ai toujours dit, H. H., que vous étiez malade ! Vous me faites penser aux bourreaux de l'Inquisition ! Je me contente de frapper et de punir. Enfin, comme nous sommes associés, pour une fois je ne veux pas contrarier vos désirs. Que proposez-vous ?

Le sourire de H. H. Kraton se mua en un rire silencieux.

— Une petite partie de cartes, simplement.

R. M. fronça les sourcils.

— Pour jouer la vie de cette femme ? Vous êtes fou ? Et si le sort la favorise ?

H. H. Kraton secoua la tête.

— Non, une simple partie de poker. *Strip poker* [1]. Vous comprenez maintenant ?

R. M. sourit en inclinant la tête. Il avait compris. H. H. Kraton lui proposait ce jeu si en faveur dans les réunions d'étudiants et d'étudiantes ainsi que dans

---

1. Poker en usage dans les Universités américaines et les milieux très à la page. Au lieu de jouer de l'argent, on perd une partie de son costume à chaque coup perdant. On poursuit ainsi jusqu'à la nudité.

certains clubs. Ce jeu de poker où, à la place d'argent, joueurs et joueuses misent leurs vêtements et les enlèvent les uns après les autres, selon ce qu'en décident les cartes. Le jeu était en pleine vogue en dépit des efforts de la police et des lamentations des pasteurs, R. M. Kelly ne vit pas pourtant, sur-le-champ, comment H. H. Kraton comptait procéder. Devant son hésitation, celui-ci se hâta de compléter sa pensée.

— On va jouer la partie en misant chaque fois une partie du costume de la belle. Celui qui gagnera aura la faculté de la faire enlever ou de la réserver pour le prochain « pot ».

R. M. Kelly fit la moue.

— Trop lent ! On n'en finira jamais. Si vous tenez absolument à votre petite partie, je propose le baccara. Un de nous présentera la femme, et l'autre jouera contre. A chaque coup gagné par l'adversaire de la femme, celui-ci enlèvera la partie du costume qu'il désire. Ça vous va ?

— *Okay*. Cela sera plus rapide, en effet.

R. M. Kelly rit longuement.

— Et plus total.

Comme il se penchait pour ouvrir un tiroir, il remarqua de son ton jovial :

— Maintenant, si ta pudeur souffre un peu plus que du simple geste que je te demandais, ne t'en prends qu'à toi, ma petite !

Il se releva et jeta sur le bureau les cartes qu'il tenait à la main.

— Qui joue pour la femme ? demanda-t-il.

H. H. Kraton tira son fauteuil vers le bureau et bougonna :

— Moi, évidemment ! Ce qui me prive de la moitié du plaisir. Enfin ! A charge de revanche, espérons-le.

Toujours maintenue par le gorille qui lui serrait les coudes l'un contre l'autre, la femme, qui n'avait pas prononcé une parole, regarda les préparatifs d'un regard halluciné. Son cœur battait désespérément dans sa poitrine et elle était heureuse que la main du gorille ne fût en contact qu'avec son chandail. Posée à même sa chair, il aurait vu qu'elle était glacée et que par instant elle frissonnait. Qu'allait-il sortir de tout cela ?

Tout à l'heure, à la demande de Kelly, elle avait machinalement opposé un refus. Maintenant, elle se demandait si elle n'avait pas eu tort. Elle n'avait fait que reculer l'instant fatal où l'on découvrirait que nulle cicatrice n'existait sur son corps. Tout à l'heure encore, cette découverte aurait simplement signifié sa mort ou tout au moins sa détention ; mais maintenant, quelle insulte, quel outrage n'avait-elle pas à redouter ? Comment pouvait-elle conserver le moindre espoir de salut ? Elle jeta un coup d'œil vers la fenêtre, mais elle se reprit et baissa la tête. Il ne fallait pas que l'on soupçonnât son espoir. Le faire seulement entrevoir était signer sa condamnation. Poussant un soupir et frisonnant — volontairement cette fois — elle fixa la table où les deux hommes étaient assis.

R. M. Kelly était en train de battre les cartes, sous le regard attentif de H. H. Kraton. Il les lui passa pour qu'il les coupe et, ayant calé le paquet contre un cendrier, commença à donner. Kraton prit les siennes et y jeta un coup d'œil.

— Neuf ! annonça-t-il en abattant.

— La femme gagne donc, plaisanta R. M. Kelly. Mauvais début pour moi !

Il refit glisser les cartes du paquet, et, après un regard à son jeu, sifflota.

— J'en veux, dit-il.

Il en donna une à son adversaire qui avait également incliné la tête, et en prit une.

— Sept, annonça-t-il.

— Six, riposta Kraton.

— La chance tourne, déclara R. M. Kelly en se frottant les mains. Voyons, par quoi commencer ? Ah ! j'y suis. Le chandail, Armstrong.

Le gorille qui se tenait en faction saisit le bord du chandail et, avec l'aide de son compagnon, le fit glisser par-dessus la tête de la femme. Comme si elle se fût rendu compte que toute résistance était inutile, celle-ci ne lutta même pas. On aurait dit une automate ou un mannequin.

Elle apparut dans sa combinaison de linon rose, et devant la poitrine ainsi révélée, R. M. Kelly se mit à siffloter.

— Hé ! hé ! voilà qui promet pour la suite.

La femme ne broncha pas, mais H. H. Kraton, après un coup d'œil furtif, détourna subitement la tête.

— Heureux, dit-il, celui qui sans offenser la loi divine pourra jouir de ces trésors.

R. M. Kelly donna les cartes et Kraton, après un coup d'œil aux siennes, décréta :

— Le Seigneur est avec la morale. Huit !

— Neuf ! riposta R. M. Kelly en abattant violemment les siennes.

Il se renversa contre le dossier de son fauteuil et détailla consciencieusement la femme.

— Oter cette petite combinaison serait tentant, plaisanta-t-il, mais pourquoi aller si vite ? Les souliers, Armstrong. J'ai hâte de voir si les pieds sont aussi délicats qu'ils le promettent.

Le gorille se pencha devant la femme et, lui ayant ôté ses deux souliers, lui caressa les pieds.

— Hé là ! hé là ! Armstrong, intervint Kelly, c'est de notre plaisir qu'il s'agit, et non du tien. Ne renverse pas les rôles. Tu auras ton heure.

L'abominable jeu reprit avec des fortunes diverses. Tour à tour, la femme perdit un bas, puis l'autre. Enfin, sous les rires du vainqueur, sa jupe de tweed grise lui fut ôtée. Ses joues étaient écarlates et elle se sentait près de fondre en larmes. Pieds nus sur le tapis bleu de la chambre, vêtue seulement de sa petite combinaison de linon et d'une culotte de jersey, elle attendait, le cœur battant. Encore un ou deux coups malheureux, et le sadisme de ces brutes ne connaîtrait plus de bornes. Jusqu'à cette minute, les yeux fixés sur la petite pendulette dont elle entendait le tic tac, elle avait espéré. Maintenant, chaque seconde qui s'écoulait emportait un peu de son illusion. N'avait-elle pas été assez précise ? Espionnée comme elle l'était, elle ne pouvait pourtant pas s'expliquer plus clairement ?

Dans un geste de lassitude infinie, elle tourna la tête vers la fenêtre et se raidit pour ne pas crier. A travers la vitre, dans la nuit qui s'était appesantie sur la grande cité, elle venait d'apercevoir une silhouette repliée sur elle-même ; il lui avait même semblé que le visage de cette silhouette était masqué.

Elle détourna les yeux de peur de se vendre par quelque mouvement involontaire, et reporta son attention au jeu. Mais tout son être vibrait d'une surexcitation intense, et la crainte la prit que l'homme qui la tenait ne s'aperçut de la rapidité de ses pulsations. Celui-ci, heureusement, tout au plaisir de ce qui allait se passer, ne fit attention à rien.

Comme dans un rêve, elle entendit des voix flotter jusqu'à elle. Elles étaient déformées et semblaient venir de loin. Etait-elle vraiment éveillée ? ou tout cela n'était-il qu'un cauchemar ? Elle ne savait plus !

Brusquement, un grand silence se fit dans toute la pièce, semblant rendre toute la scène encore plus irréelle, plus fantomatique.

R. M. Kelly la regardait en plissant les yeux. Il était écarlate et ses bajoues tremblaient. Tout à coup, il leva la main et braqua un doigt sur elle.

— La combinaison, Armstrong. J'ai hâte de voir cette petite poitrine en liberté, et de m'assurer si oui ou non cette jolie cuisse porte une vilaine cicatrice.

Cette fois, elle voulut résister, se rejeter en arrière. Elle ne le put pas. Deux bras solides l'immobilisèrent tandis que l'autre gorille s'approchait en ricanant. Elle sentit une abominable main se poser sur sa jambe nue et saisir le bas de sa combinaison. Folle de terreur et de honte, elle poussa un cri strident.

— Richard ! Richard ! au secours ! vite ! vite !

Une paume immense lui écrasa les lèvres, lui meurtrissant les gencives. Elle mordit sauvagement cette main et entendit le cri de douleur de l'homme. En même temps, elle recevait un coup de genou dans les reins, et serait tombée si son gardien ne l'eût maintenue debout par les coudes.

— Doucement ! doucement ! plaisanta R. M. Kelly. Je vous dis que votre heure viendra.

Mais ce ne fut pas cette voix qui s'imposa à son esprit. Son attention était concentrée sur autre chose. Quelque chose qu'elle attendait en implorant Dieu.

Tout à coup, il y eut un petit bruit sec, comme celui que produit une vitre que l'on casse. Occupés comme ils l'étaient, aucun des hommes n'entendit ce son léger, mais elle ne s'y méprit pas. Le secours était là. Elle fit un nouvel effort frénétique, moins pour s'échapper que pour détourner les esprits. Dans sa lutte, elle tomba sur les genoux. Brusquement, la voix de H. H. Kraton s'éleva dans un cri d'avertissement.

— Attention ! la fenêtre !

R. M. Kelly y porta les yeux et, plongeant la main dans un tiroir, en tira un revolver. Il le braqua vers la vitre où s'apercevait une main, mais il n'eut pas le temps de tirer. Celle-ci venait de projeter sur le bureau quelque chose qui avait éclaté avec un bruit sourd. Des fumées épaisses, âcres, étouffantes, s'en dégagèrent, roulant sur la table et emplissant toute la pièce. Plus exposé que les autres, du fait de sa position, R. M. Kelly sentit les volutes délétères lui pénétrer les poumons. Portant ses deux mains là bouche, il tâcha de s'en préserver. Ce fut inutile. Il sentit qu'il étouffait. Il se courba en deux, secoué par une terrible quinte de toux et tenta de se lever pour fuir. Il n'y parvint pas, et, roulant sur le côté, tomba au sol, les yeux brûlés et ayant l'impression que sa poitrine allait éclater.

Les autres protagonistes du drame avaient également subi l'influence des vapeurs asphyxiantes. La femme au chandail marron était tombée la première, victime en réalité d'un évanouissement. Devant le salut qui lui arrivait, elle n'avait pu résister plus longtemps à la tension nerveuse qui l'avait soutenue, et s'était abandonnée. Helen-la-soupe la suivit de peu, imitée par les deux gorilles et par H. H. Kraton. Celui-ci fut le dernier à tomber, et, à le voir debout, et titubant au milieu de la pièce, l'on eût dit un évangéliste du dernier jour, suppliant le Seigneur d'épargner sa créature. Bientôt, il n'y eut plus que des formes immobiles étendues sur le tapis, tandis que les vapeurs s'étendaient lentement et s'amoncelaient au sol.

Il n'y eut pas de nouveau bruit de vitre fracassée, mais, glissant par la première ouverture, une main se posa sur la poignée de la fenêtre. La seconde d'après celle-ci s'ouvrait toute grande et révélait la silhouette d'un homme masqué.

Il était grand, mince, et, pour se protéger contre le gaz, portait un baillon léger devant la bouche. Chose curieuse, il était en habit ; un habit d'une coupe par-

faite qui ne pouvait provenir que des meilleurs tailleurs.
Sautant dans la pièce, il alla d'abord aux autres fenêtres qu'il ouvrit largement pour donner de l'air. Ceci
fait, il se dirigea vers la femme dont la destinée avait
été sur le point de se jouer.

La relevant avec d'infinies précautions, il la porta
sur le grand fauteuil et, après lui avoir embrassé les
cheveux, se mit en devoir de l'habiller. Ce fut plus
long qu'il n'aurait pensé, mais enfin il y parvint. Lui
souriant tendrement, il alla vers H. H. Kraton qui gisait
sur le tapis face contre terre et les bras en croix, et le
retourna du pied. Le quittant pour R. M. Kelly, il se
pencha sur lui et lui prit le pouls. La lenteur avec
laquelle il battait lui amena un nouveau sourire : il
avait tout le temps voulu devant lui. Son regard se
durcit pourtant en contemplant les traits de l'homme
évanoui.

— Sale rat ! murmura-t-il. Tu fais bien de t'amuser
maintenant, profites-en !

Il alla à la fenêtre et, ayant largement respiré, revint
s'asseoir au bureau. Sous la bouffée d'air froid, les
vapeurs méphitiques avaient d'ailleurs commencé à se
dissiper. Prenant son stylo et un bloc, il se mit à
écrire. Il n'hésita pas une fois, et quand il eut fini il
glissa la feuille sans la relire dans une enveloppe sur
laquelle il traça les noms de R. M. Kelly et de H. H.
Kraton. La lettre était ainsi conçue.

« Rats. Vous avez aujourd'hui joué une partie pour
laquelle vous aurez votre revanche. J'ignore quand cela
sera, mais soyez sans crainte, elle aura lieu. Seulement,
ce jour-là, ce n'est ni un corsage ni une jupe qui en
seront l'enjeu, mais quelque chose de moindre valeur :
vos deux vies. Cela, j'en fais serment. — Les Ratiers. »

Il se leva pour glisser la lettre dans la poche de
R. M. Kelly, mais, se ravisant, il la plaça en évidence,
au milieu du bureau. Dans ce geste, quelque chose attira
son attention : le trousseau de clefs qui pendait au
premier tiroir. Le prenant tout en souriant, il se mit
en devoir d'ouvrir les autres.

Les deux premiers ne lui révélèrent rien d'important
et il lui eût fallu trop de temps pour étudier les dos-
siers et papiers qui s'y trouvaient. Il n'en fut pas de

même du dernier où, tout de suite, un petit carnet noir accrocha sa vue. Il l'entr'ouvrit au hasard et ne put s'empêcher de tressaillir. Pourtant, un coup d'œil à l'homme qui était étendu devant lui lui conseilla la sagesse : il ne devait pas tarder plus longtemps. Refermant donc les tiroirs, il glissa le petit carnet dans sa poche et, s'étant levé, se dirigea vers la fenêtre. Comme il passait près de H. H. Kraton, il se pencha sur lui. L'homme était toujours immobile, mais à sa respiration, comme aussi aux couleurs qui commençaient à reparaître sur ses joues, il était évident qu'il revenait lentement à lui.

Franchissant le rebord de la fenêtre, le jeune homme regarda autour de lui. Une échelle de secours était à une des extrémités du balcon et rien n'eût été plus aisé que de s'en servir, même lesté d'un fardeau. Des ampoules électriques, malheureusement, éclairaient chaque palier et pour peu qu'un policier de service eût levé la tête il n'eût pas manqué de s'étonner de cette descente inopinée. Cette éventualité ne parut pourtant pas arrêter l'homme masqué.

Rentrant dans la pièce, il prit la femme au chandail marron dans ses bras et, la soulevant sans effort, la porta jusqu'au balcon. Se penchant légèrement par-dessus la rampe, il lança alors un coup de sifflet. Un autre sifflet lui répondit, provenant non pas de la rue, comme on s'y serait attendu, mais d'une chambre située quelques étages plus bas. Serrant la femme contre sa poitrine, il s'adossa contre la muraille et attendit. Comme il hasardait un œil à l'intérieur de la pièce pour voir si nul danger n'était à craindre, il aperçut le visage d'Helen-la-soupe.

— Dommage ! prononça-t-il tout bas. Tu vaux tout de même mieux que les rats avec qui tu vis !

Un nouveau coup de sifflet détourna son attention, et, se rapprochant de la balustrade, il siffla en réponse.

Il n'eut pas à attendre. Comme sur un coup de baguette magique, tout s'éteignit dans l'immense palace ; aussi bien dans les chambres qu'à l'extérieur. En une seconde, le bloc gigantesque qui ruisselait de clarté la minute d'avant fut plongé dans les ténèbres. Le jeune homme masqué était déjà au bout du balcon et atteignait les premiers degrés de l'escalier de secours.

Il entendit des coups de sifflet monter de la rue, mais n'y prit pas garde. Collé contre la surface sombre de ce gratte-ciel, il était invisible. Activant sa descente, il aspira avec bonheur le parfum qui se dégageait des cheveux châtains de la jeune femme. Sous le souffle du grand air, celle-ci semblait revenir à elle.

Il avait déjà descendu trois étages, quand, parvenu à un palier, il s'arrêta. Instantanément, une voix masculine lui parvint.

— Vite ! je tremble qu'on ne rende la lumière !

Il enjamba le rebord d'un balcon et en quelques pas se trouva devant une croisée ouverte. Un autre jeune homme en habit était là, dissimulé dans l'embrasure. L'homme masqué avait à peine sauté dans la pièce que toutes les ampoules se rallumaient.

— Oui ! déclara-t-il simplement. On y est arrivé de justesse !

Il posa la femme sur le lit et, ôtant son masque, alla à la porte et l'ouvrit brusquement.

— Et alors, jeta-t-il à un garçon qui passait en courant, qu'est-ce que ça signifie ? Il y a des pannes maintenant ! Je n'aime pas ça, mon ami, et je me plaindrai à la direction.

Le garçon bafouilla quelques vagues excuses et repartit, tandis que retentissaient des coups de sonnette furieux. Les clients de l'hôtel, eux aussi, partageaient le mécontentement du jeune homme en habit.

Rentrant dans la chambre, le jeune homme s'arrêta devant le lit où reposait la femme au chandail marron. Ses yeux étaient encore fermés, mais sous sa respiration de plus en plus forte ses lèvres s'étaient entr'ouvertes.

Un instant, il la contempla en silence, puis, tirant le carnet noir de sa poche, il le jeta à son ami. Celui-ci, qui était assis dans un fauteuil, l'attrapa au vol et pendant un moment le feuilleta en silence. Tout à coup, il se mit à siffloter.

— Richard, dit-il, sais-tu ce que tu as trouvé là ? Le moyen de poursuivre la lutte avec encore plus de succès. Cette fois, aucun doute ne subsiste plus : les rats crèveront jusqu'au dernier.

— Pas avant que j'aie eu une petite partie de cartes avec eux ! riposta le jeune homme qui jouait avec la main de la jeune femme au chandail marron.

— Si ça peut te faire plaisir ! acquiesça le premier en arquant les sourcils, mais tout de même, drôle de goût ! Moi, je n'en vois qu'une possible : celle où la mort tient les cartes.

VIII

... Et LES TROIS COUPS RETENTIRENT !

Le fameux dîner des Elks, qui se tenait cette année-là au Commodor, avait été un grand succès. On avait écouté un discours du Président, radiodiffusé de la Maison Blanche, à Washington, D. C., et, après une allocution de Mr. Laguardia, maire de New-York, il y avait eu une série d'improvisations où avaient brillé les personnalités les plus en vue. On en était à cette période où le convive le plus maussade est disposé à tout trouver parfait. La chère avait été exquise, l'assemblée triée sur le volet. Quant à l'élégance et à la beauté des femmes elle ne le cédait en rien à la richesse de leur parure. Ainsi qu'il est d'usage à chaque grande réunion new-yorkaise, la police était un peu partout ; aussi peu visible que possible, mais prête à agir si l'occasion s'en présentait. Qui donc, pourtant, se serait jamais avisé de venir troubler le fameux banquet des Elks, dans un palace situé au cœur même de la ville ?

Tout en dégustant sa pêche Melba, R. M. Kelly, dont nul n'aurait pu soupçonner la mésaventure arrivée quelques heures auparavant, s'efforçait de profiter de la minute présente. Le Comité de réception l'avait accueilli avec tous les honneurs qui lui étaient dus ; et c'est avec une effusion admirablement feinte qu'il avait secoué la main de son vieil ami, toujours aussi rêveur et aussi clérical, H. H. Kraton.

Tout en piochant à petits coups de cuillère dans sa

pêche, il ne pouvait pourtant s'empêcher de méditer. Ce qui se déroulait depuis deux jours était trop étrange. Il avait pu hausser les épaules lors de la première attaque; maintenant, après ce qui venait de se passer, force lui était bien de changer d'opinion. Des ennemis se dressaient devant lui. Des ennemis d'autant plus dangereux qu'ils étaient inconnus. Qui pouvaient-ils être ? Un homme de Kraton n'aurait pas été assassiné qu'il aurait soupçonné ce dernier. Mais celui-ci était également visé. La note qu'on avait eu soin de leur communiquer était formelle. Pourtant, avec la mort de la malheureuse téléphoniste, c'étaient ses gens seuls qui avaient été frappés aujourd'hui.

Il fronça les sourcils à ce souvenir, mais tout aussitôt retrouva son sourire réjoui. Une grosse dame, assise à son côté, venait de lui assurer qu'après un tel repas, force lui serait de rester au moins trois jours au régime de jus de tomate.

— *My dear lady !* déclara-t-il d'une voix tonnante, la Providence a elle-même inspiré les « diététitiens » pour permettre à tout Américain de profiter sans crainte des merveilles culinaires de ce grand continent.

Une autre voix lui fit écho. C'était celle de H. H. Kraton.

— Tout comme Moïse, et après lui l'Eglise catholique ont institué le jeûne par compensation.

— Exactement ! approuva R. M. Kelly avec un sourire qui rayonna sur toute l'assemblée.

Il parcourait la table du regard, quêtant une approbation, quand l'apparition d'un nouveau venu, dans l'entre-bâillement d'une porte, arrêta ses yeux. Il le reconnut sur-le-champ, mais ne s'en inquiéta pas. C'était Mortimer Brett, un des principaux lieutenants de la police américaine. Il allait continuer son tour d'horizon quand quelque chose lui fit imperceptiblement froncer les sourcils : l'œil du lieutenant venait de s'arrêter sur lui. Il était évident que celui-ci le cherchait. Deux jours auparavant, R. M. Kelly n'y eût pas prêté attention; aujourd'hui, après ce qui venait de se passer, il en éprouva une légère contrariété. Il allait pourtant hausser les épaules et se gourmander pour sa pusillanimité quand, à nouveau, il se raidit. Le lieutenant venait de lui décocher un clin d'œil, et, de crainte sans doute que cela ne fût pas suffisant, était en train de griffonner quelques mots au dos d'un menu.

Comprenant que ce serait une faute d'avoir l'air d'y prêter attention, R. M. Kelly se retourna vers la grosse dame et se mit à faire l'éloge de la cuisine américaine, au détriment des fantaisies culinaires françaises. Il en était à chanter les mérites du poulet à la Maryland et de la « terrapin » [1] à la casserole, quand il dut faire appel à tout son contrôle. Un garçon venait de déposer sur son assiette le menu au dos duquel le lieutenant de police avait écrit quelque chose. Sans cesser de discourir, il jeta les yeux sur le papier. Le texte ne fut pas sans l'éberluer. Il était rédigé comme suit :

« Merci du renseignement. Nous avons agi sans délai et sommes maîtres de la situation. Ne vous inquiétez de rien et soyez certain de notre discrétion. »

Tout en déchirant le menu en petits morceaux, R. M. Kelly se mit à réfléchir. Une chose était certaine : il n'avait fourni aucun renseignement à la police et n'avait droit à aucun remerciement. De cela il était absolument sûr. Alors, que voulait dire ce message et quelle nouvelle machination présageait-il ? Il jeta un coup d'œil rapide vers H. H. Kraton, mais ne découvrit rien d'anormal. H. H. Kraton pérorait de sa voix de pasteur congrégationaliste et semblait avoir à tâche de convertir sa voisine de table. Il reporta son regard vers la porte, mais en fut pour ses frais. La haute silhouette du lieutenant de police avait disparu, et dans l'encadrement demeurait seul un maître d'hôtel à la majesté adipeuse. Le cerveau de R. M. Kelly travaillait de plus en plus vite. Il cherchait à deviner et surtout à prévoir. Un instant, il se demanda s'il n'y avait pas là un piège que lui tendait la police. Il était hors de doute qu'en dépit de ses protections politiques, les grands chefs du Quartier Général, et peut-être même de simples audacieux, devaient avoir des soupçons sur ses agissements. A cette pensée, toute la bonhomie de *son* visage disparut et une flamme froide et cruelle, aussitôt éteinte d'ailleurs, passa dans ses prunelles. La vue

---

1. Genre de tortue terrestre.

de H. H. Kraton orienta son esprit sur une autre piste. Qui lui disait que ce n'était pas Kraton qui lui avait joué ce tour ? Il hésitait entre ces deux probabilités, quand les événements lui apportèrent leur réponse inattendue.

Il se penchait pour écouter ce que lui susurrait sa voisine de gauche, la dame à l'appétit insatiable, quand il entendit une porte se refermer : celle justement près de laquelle se trouvait le pompeux maître d'hôtel. Au même instant, une des fenêtres donnant sur l'avenue volait en éclats, laissant apercevoir parmi les éclats de verre un homme tête nue et masqué.

La main de R. M. Kelly se glissait vers l'automatique qu'il portait toujours sur lui, mais il ne put achever son geste. Parcourant la longue table du regard, l'homme venait de prononcer trois mots :

— *Stick'em up* [1].

Le ton n'admettait aucune réplique et ce que l'homme tenait à la main aurait inspiré la sagesse au plus audacieux. Ce n'était autre qu'une mitraillette et il n'y avait aucun doute à avoir sur son intention de s'en servir.

Toutes les mains, y compris celles de R. M. Kelly et de H. H. Kraton, se levèrent vers le plafond, tandis que la mitraillette Thompson décrivait un cercle hautement suggestif.

Les mains bien au-dessus de sa tête, H. H. Kraton se pencha légèrement pour obtenir une meilleure vision de l'homme. Chose curieuse, il lui semblait reconnaître cette voix, mais il ne parvenait pas à la situer exactement. L'homme, qui n'avait pas bronché, inclina légèrement la tête.

— *Thanks, ladies and gentlemen*, déclara-t-il d'un ton narquois. Qu'il n'y ait pas la moindre équivoque, je vous prie. C'est uniquement aux bijoux de ces dames et aux portefeuilles de ces messieurs que j'ai à faire. Un de mes camarades — il est dans la salle en ce moment — va passer autour des tables et tendre son chapeau. Inutile de faire la moindre résistance, ou de vouloir me berner. Mon petit joujou a la mauvaise

1. Textuellement : « Fourrez-les en air ».

habitude de partir tout seul.

A nouveau, la mitraillette décrivit un arc de cercle, puis, la braquant sur le premier convive, il lança :

— Vas-y Harry ! au premier de ces messieurs.

Un des serveurs, qui s'était dégagé de la masse tremblante des garçons, saisit un plat vide sur une desserte et, s'approchant du milliardaire que lui indiquait son complice, sortit un automatique de sa poche.

Comme le milliardaire s'exécutait, la voix de l'homme à la mitraillette renchérit :

— Inutile de mettre les carnets de chèque. Ça m'obligerait à les brûler ou les jeter à l'égoût.

Dans le silence absolu qui s'établit, on entendit les lourdes bagues tomber dans le plat, tandis qu'un son plus mou indiquait la chute d'un portefeuille.

— *Thank you !* railla l'homme à la mitraillette. On va voir si la petite dame à côté sera d'aussi bonne prise. Le collier d'abord, s'il vous plaît ? Les dames réservent toujours des surprises !

Portant ses mains tremblantes à son cou, la dame s'efforçait de détacher son fermoir quand une voix inattendue fit tourner toutes les têtes. Elle provenait de l'autre extrémité de la pièce, du bout de la table qui faisait face à la fenêtre.

— Dommage pour vous qu'il n'y ait pas que les femmes qui réservent des surprises ! lança-t-elle.

Un homme à genoux sous la table, et à demi protégé par la retombée de la nappe, venait d'apparaître. C'était le lieutenant de police. Sa main tenait un revolver d'ordonnance et il visait le bandit.

Brusquement alerté, celui-ci abandonna la jeune femme et fit pivoter le canon de son arme. Il n'eut pas le temps d'appuyer sur la gâchette. Le prévenant d'une fraction de seconde, l'homme à genoux tira. Mais, en même temps, un autre bruit s'élevait qui fit sursauter R. M. Kelly et H. H. Kraton : trois coups violents venaient d'être frappés à une porte.

Il y eut un jurement abominable poussé par l'homme à la mitraillette. Lâchant son arme et étendant les bras, il bascula dans la pièce et piqua du nez sur le tapis.

Des cris de femmes, au comble de l'épouvante, retentirent. Il y eut un bruit de chaises et de pieds sur le tapis, tandis que tous ces hommes et ces femmes réagissaient selon leur tempérament distinct. C'est ce qui sauva l'homme qui avait joué le rôle de garçon.

Saisissant une femme à bras-le-corps et s'en faisant un rempart vivant, il bondit vers la fenêtre. Le lieutenant de police, qui était toujours agenouillé mais qui était en train de se mettre debout, fut le premier à s'apercevoir de sa fuite.

— Arrêtez-le ! hurla-t-il.

Assénant un coup de poing, de sa main demeurée libre, sur le menton d'un sénateur qui voulait lui barrer le chemin, l'homme continua sa route vers la fenêtre défoncée.

— Qu'on le saisisse ! Empêchez-le de sortir ! clama l'officier de police en agitant désespérément son revolver inutile.

Vouloir en effet tirer dans cette cohue mouvante et affolée eût été simple folie. Pour une chance d'abattre son homme, il y en avait quatre-vingt-dix-neuf d'atteindre un des convives. Crispant les poings de rage, Mortimer Brette tenta de s'élancer vers lui, mais la masse indisciplinée des dîneurs l'empêcha encore de réussir. Il vit l'homme parvenir à la fenêtre, enjamber le cadavre de son camarade, et se hisser à travers le cadre de la croisée. Il tenait toujours la femme qui hurlait et se débattait.

Faisant face à la foule derrière lui, celui-ci remarqua un des maîtres d'hôtel qui se précipitait vers la porte. Comme si la femme n'eût guère pesé plus qu'un fétu de paille, il l'éleva en l'air et clama :

— Que quelqu'un touche à cette porte, et je balance cette femme dans la rue !

Aux cris terribles de la victime, chacun s'écarta et il y eut un moment de flottement.

— Tous en arrière ! ou tant pis pour elle !

Debout sur la croisée brisée, il contempla un instant cette assemblée qu'il venait de mater. Vers le milieu de la salle, Mortimer Brett, les traits contractés, tenait un revolver à la main, guettant la fraction de seconde qui lui permettrait de renverser les rôles. Il ne la trouva pas. Se servant toujours de la femme comme d'un bouclier vivant, le bandit laissa son regard errer autour de la pièce. Tout à coup, avant que l'on eût pu prévoir son geste, il rejeta la femme à la volée et d'un bond sauta dans la nuit.

Elle s'écrasa contre un pied de la table, à quelques centimètres à peine du cadavre immobile du bandit. Un coup de feu claqua. C'était Mortimer Brett qui venait de tirer, sans grande illusion d'ailleurs. Quand, enfin il parvint à la fenêtre, après s'être difficilement frayé un chemin parmi tous les convives hébétés, il ne put faire qu'une constatation mélancolique : il n'y avait plus personne sur le balcon; et, au bout de l'avenue, une automobile filait à toute allure. L'on n'apercevait même plus son numéro qui, d'ailleurs, devait être faux.

Avec un soupir et un haussement d'épaules, il rentra dans le salon et s'approcha de l'homme qu'il avait abattu. Sa main n'avait pas tremblé et la balle avait frappé exactement où il avait voulu : entre les deux yeux, au milieu du front. D'eux-mêmes, les convives s'étaient écartés et s'étaient massés au fond de la salle. Mortimer Brett dévisagea le cadavre et, relevant les yeux, contempla les quelques hommes qui s'étaient approchés. Il ne put s'empêcher de décocher un sourire complice à R. M. Kelly qui se trouvait justement aux côtés de H. H. Kraton. Devant ce sourire compromettant, R. M. Kelly, en fronçant les sourcils, jugea bon de prononcer quelques mots.

— Grâce à vous, lieutenant, ce qui aurait pu être un tragique épisode de la vie new-yorkaise ne sera qu'une belle page de plus à l'actif de la police métropolitaine ! *Ahum ! Ahum !*

Le lieutenant se redressa et suivit des yeux deux messieurs d'âge respectable qui emportaient dans leurs bras la malheureuse qui avait servi de bouclier. Se retournant vers R. M. Kelly, il remarqua d'un air entendu :

— La police serait malheureusement désarmée si de bons citoyens n'ouvraient leurs oreilles à propos et n'en faisaient bénéficier les défenseurs des lois. L'homme masqué aura trop parlé. Voyons un peu à qui nous avons affaire ?

Le cercle se rétrécit et, mettant un genou à terre,

l'officier de police arracha le masque de soie noire qui cachait le visage de l'homme. R. M. Kelly sentit la main que H. H. Kraton avait posée sur son épaule s'incruster dans sa chair. Lui-même dut faire effort pour ne pas se trahir. L'homme qui avait tenté le coup d'audace quelques instants auparavant n'était autre que Red Bill Granger, un des tueurs de H. H. Kraton.

— Red Bill Granger ! prononça en sifflotant l'officier de police. Voilà un coup de revolver que je ne regrette certainement pas !

Il se releva et, tout en se frottant les mains, sourit au cercle de curieux qui l'entouraient.

— Red Bill Granger était un de ces hommes sur l'activité criminelle de qui nous n'avions aucun doute, mais sur lesquels il nous est impossible d'avoir prise. Ce qui m'étonne, c'est qu'il ait été assez nigaud pour se faire pincer !

S'essuyant les mains sur une pochette de soie, il alla vers la table et se versa un verre de champagne qu'il avala d'un trait.

— Bamboo Charley et Jimmy Thorndyke hier, continua-t-il. Aujourd'hui Red Bill Granger et peut-être certaine petite téléphoniste du Park Lane, s'il faut en croire une communication anonyme. Pas mal pour un tableau de deux journées. Comme ces gens n'étaient pas précisément amis, mais appartenaient à des bandes différentes, c'est probablement à une lutte de *gangs* que nous assistons. Beau début, en tout cas.

R. M. Kelly sentit la main d'acier de H. H. Kraton s'incruster de plus en plus dans son épaule. Il avait pâli et il devinait que H. H. Kraton avait les yeux fixés sur lui. Il préféra ne pas tourner la tête. L'officier de police se dirigeait d'ailleurs vers une des portes.

— Comme la vue de cette salle, dit-il, ne doit pas être très agréable, je propose que tout le monde passe, pour le café et les liqueurs, dans le salon d'à côté. La soirée pourra retrouver sa gaîté et la police sera à même de poursuivre sa tâche.

Cette solution ayant été acceptée d'emblée, comme bien l'on pense, chacun se hâta de suivre un des maîtres d'hôtel. Comme il arrivait à une porte ouverte à deux battants, R. M. Kelly se heurta à nouveau à H. H. Kraton qui l'attendait.

— Un mot R. M., prononça lentement H. H. Kraton. Un mot seulement; mais que nul ne se doute de quoi il s'agit.

— Entendu, acquiesça R. M. Kelly en entraînant son rival vers les plantes vertes qui masquaient un coin. Qu'est-ce que c'est ?

— Vous êtes un *skunk*.

R. M. Kelly ne cessa pas de sourire.

— Et pourquoi, H. H. ?

L'autre poursuivit :

— Parce que j'ai tout vu : le message du *dick*, son coup d'œil, ses allusions. C'est vous qui avez donné Granger. Vous saviez que j'avais battu vos hommes à de nombreuses reprises. Vous avez voulu vous venger. Tout est rompu de notre pacte.

En dépit de ses efforts, R. M. Kelly devint écarlate. S'efforçant de ne pas perdre son sourire, destiné à donner le change, il tira un étui de sa poche et le tendit à H. H.

— Un cigare, H. H. ? prononça-t-il à haute voix et d'un ton protecteur.

— Merci ! riposta H. H. en en choisissant un et en le portant à sa bouche.

Chacun alluma le sien et, un instant, les deux hommes demeurèrent calés dans leurs fauteuils, à tirer sur leur havane. Ce fut R. M. Kelly qui renoua la conversation.

— H. H., dit-il, il y a un malentendu terrible. Je ne suis pas homme à agir de la sorte !

— *Skunk !* riposta H. H. Kraton entre deux bouffées.

La colère empoigna R. M. Kelly et il allait se laisser aller à quelque imprudence quand il ferma à moitié les paupières, et entre ses cils contempla avec curiosité son adversaire. Il tenait à retrouver son contrôle. H. H. Kraton poursuivit :

— Et la preuve que vous êtes un *skunk*, R. M., je vais vous la fournir.

Il se pencha en avant et, devant ce geste, R. M. Kelly eut un mouvement de recul. Il se remit vite cependant. H. H. Kraton venait simplement de tirer un papier qui émergeait de la poche de son habit.

— Savez-vous ce que c'est que cela ? dit-il froidement.

R. M. Kelly écarquilla les yeux. Ce que H. H. Kraton tenait à la main lui était totalement inconnu. Il était certain de n'avoir rien glissé dans cette poche.

— Non, dit-il, après un moment d'hésitation.

— Dans ce cas, poursuivit H. H., vous ne m'en voudrez pas d'en prendre connaissance. Vous ne l'aviez pas avant de vous trouver en contact avec le policier. Peut-être s'est-il trompé de poche ?

Il y avait de l'ironie dans le ton, mais R. M. Kelly ne le releva pas. Tirant ses pince-nez, H. H. Kraton déplia la feuille et y porta les yeux. Instantanément son expression changea.

— R. M., murmura-t-il, les Ratiers !

Il lut le papier, puis, d'une main qui tremblait, le passa à R. M. Kelly. Comme en-tête, il portait, dessiné à l'encre noire, un rat semblable à celui que l'on avait imprimé sur le front de Bamboo Charley. Le billet était ainsi conçu :

« Nous avons dit qu'un membre des deux gangs serait supprimé en même temps. Nous n'avons qu'une parole et nous continuerons sur le même rythme. Seulement, H. H. et R. M. auront bien du mal à prouver à leurs troupes, le premier, qu'il n'a pas lancé Red Bill Granger dans une aventure folle, le second, qu'il n'a pas porté la chose à la connaissance de la police. Tout est à craindre quand des hommes s'estiment vendus. Comment sauraient-ils qu'un papier de R. M. nous a fourni le moyen de nous livrer à cette petite plaisanterie ? Pour ce qui est de la marque du rat, que nul ne s'inquiète : Red Bill Granger l'aura en temps voulu. »

R. M. leva les yeux vers H. H. Kraton. Celui-ci avait le visage crispé.

— Ainsi, dit-il d'une voix sourde, vous aviez les adresse de mes hommes. Vous connaissez mes secrets.

R. M. Kelly préféra être beau joueur.

— En effet, acquiesça-t-il. Ces *skunks* ont dû me voler un papier. Inutile d'ergoter sur ce point. Le mieux est d'agir au plus vite. Vous étiez mon adversaire, H. H., et je devais me couvrir.

Pour la première fois depuis le début de la soirée, le visage maussade de H. H. Kraton se détendit.

— Je vais vous dire quelque chose, R. M., qui vous épargnera les regrets. Si vous avez la copie de mes documents, j'en ai une des vôtres, et celle-là on ne me l'a pas volée ! Seulement, vous rendez-vous compte qu'un des ratiers a dû nous frôler ce soir ? Qu'il était peut-être à table à côté de nous ?

— Oui, approuva R. M. Kelly. Mais sur qui faire planer les soupçons ? Nous étions tellement nombreux !

Il se renversa dans son fauteuil et rêvait, les yeux au ciel, quand un bruit de pas lui fit relever la tête. C'était son secrétaire, et celui-ci poussa un soupir de satisfaction en apercevant son patron.

— *Well, young man ?* interrogea paternellement R. M. Kelly en arquant les sourcils.

Se penchant vers son oreille, le jeune secrétaire laissa tomber :

— Helen-la-soupe, qui était restée en faction à l'hôtel, a découvert une chose intéressante : la femme au chandail marron n'aurait pas encore quitté le Park Lane.

— Elle a continué à guetter ?

Le jeune secrétaire acquiesça d'un mouvement de tête.

— Oui.

On aurait dit que plus rien n'existait de tous les soucis et de tous les mauvais souvenirs de cette soirée pour R. M. Kelly. Retrouvant son sourire et réchauffant entre sa paume un verre de fine Napoléon, il l'avala d'un trait, puis mit son bras sur celui de H. H. Kraton.

— Mon cher H. H., tonna-t-il, je crois que les hommes de notre âge feraient mieux de s'aller coucher. Pour moi, j'y vais. Partez-vous avec moi ?

Et, sous les regards de toutes les personnes qui remplissaient les salons, R. M. Kelly et H. H. Kraton, l'un, souriant et jovial, l'autre, froid et compassé, se dirigèrent vers le vestibule, en route pour leur hôtel. Ce n'est qu'une fois de retour chez eux qu'ils lèveraient les masques.

DEUXIEME PARTIE

I

LA VISITEUSE NOCTURNE

James Ferguson Hay, gouverneur de l'Etat de New-York, dégusta une lampée de Bourbon qu'il avait à son côté et, gonflant les joues, lâcha vers le plafond une bouffée de tabac. Avec son gros cigare planté à gauche de sa bouche, son teint cuit et recuit par l'alcool, son ventre proéminent, il donnait exactement l'impression du rentier prospère des films.

Il acheva son verre d'un trait et, l'ayant rempli à nouveau, déploya le *Chicago Tribune* et s'absorba dans un article passionnant. Il avait trait à l'activité des Ratiers. Cette mystérieuse organisation qui s'était révélée peu de jours auparavant et qui, déjà, avait réussi à supprimer quelques-uns des supers-gangsters new-yorkais. La veille, comme lors des cas précédents, deux cadavres avaient été découverts aux deux extrémités de la ville. Pour qu'aucun doute ne pût planer sur la main qui les avait frappés, l'un et l'autre portaient au front la marque que l'on commençait à bien connaître : un rat. Tous deux appartenaient à cette pègre spéciale qui évolue entre New-York et Chicago. C'étaient des tueurs prêts à mettre leur activité au service du plus offrant. Une seule chose demeurait encore secrète : le nom de celui ou de ceux qui les entretenaient dans l'oisiveté la plus complète et leur permettaient le luxe d'un riche appartement, d'alcool de choix et de maîtresses à leur convenance.

« Une chose est évidente, continuait l'article, c'est que, cette fois encore, les auteurs de cette suppression — on n'ose écrire crime — ont voulu frapper dans deux directions différentes. Il est de notoriété publique que Daniel Cosher et Ginger Uriah, les deux hommes marqués du signe de la bête, ne travaillaient pas pour les mêmes *gangs*. Ce sont les noms des chefs de ces *gangs* que l'on serait curieux de connaître. Mais, sans doute, l'ambition des Ratiers est-elle de remonter échelon par échelon jusqu'aux têtes. Du train dont ils marchent, ils n'auront, selon toute évidence, pas longtemps à attendre. Autre question à laquelle nous aimerions une réponse : que pense la police new-yorkaise de tout cela, même en admettant qu'elle se frotte les mains de voir sa tâche accomplie par d'autres ? »

James Ferguson Hay, gouverneur de New-York, laissa le journal retomber sur ses genoux, et demeura rêveur. Il était moins rubicond et même il y avait dans ses yeux une lueur bizarre. Il soupira, puis, ayant avalé d'un trait son verre de Bourbon, il passa sa main devant des yeux comme pour en chasser des souvenirs importuns. Dans ce geste, son regard tomba sur une lettre qui se trouvait au milieu de son bureau. Elle était timbrée de France et n'était autre qu'une lettre de sa fille partie quelque deux semaines auparavant. Instantanément, un rayon heureux éclaira le visage de James Ferguson Hay. Pourtant ce rayon ne dura pas. Un pli amer le remplaça presque aussitôt et James Ferguson Hay crispait les poings quand il tressaillit. On venait de sonner à la porte privée qui donnait directement sur la rue.

Il se redressa d'un bond, puis s'immobilisa. Il était tout à fait pâle maintenant, et c'est avec peine qu'il maîtrisait le tremblement de ses mains. Après quelques secondes d'hésitation, il se décida à l'action et, allant vers la porte, mit la main sur le verrou de sûreté. Il pressa sur un bouton et l'étroite porte, en s'ouvrant, révéla un coin de rue de derrière, qu'éclairait vaguement un réverbère. Sous cette clarté, deux hommes attendaient : R. M. Kelly et H. H. Kraton.

Ils pénétrèrent dans la pièce, le rire aux lèvres et avec des exclamations joviales, tandis que Kraton dispensait ses gestes bénisseurs, et que R. M. Kelly tapait sur l'épaule de James Ferguson Hay. Nul, en voyant cette scène, qui ne l'eût prise pour la rencontre de deux bons vivants, retour de quelque banquet, avec un de leurs amis casaniers resté tranquillement chez lui. Tous deux étaient en habit et en cape, et ils donnaient aux énormes cigares qu'ils avaient à la bouche les angles les plus inattendus.

Ce fut R. M. Kelly qui referma la porte, tandis que, sans un mot, James Ferguson Hay retournait à son bureau. Sitôt la porte refermée, d'ailleurs, la jovialité des deux nouveaux arrivants tomba d'un coup. Sans doute n'estimaient-ils plus nécessaire de donner le change.

S'installant dans un des larges fauteuils qui se trouvaient de chaque côté de la cheminée et, imité en cela par H. H. Kraton, R. M. Kelly jeta son cigare dans le feu. Se penchant en avant, il pointa un index accusateur vers James Ferguson Hay.

— Inutile, je pense, de vous dire le but de notre visite ? Vous deviez nous attendre ?

James Ferguson Hay hésita à répondre, mais, en se frottant les mains l'une contre l'autre, H. H. Kraton reprit :

— Ce journal que vous avez lu en est une preuve, il me semble ?

Les cordes du front de R. M. Kelly se tendirent et sa voix se durcit.

— Les Ratiers prononça-t-il durement, commencent à nous embêter. Il faut en finir. Nous comptons sur vous.

James Ferguson Hay s'agita faiblement sur son siège et regarda tour à tour les deux hommes.

— Comment voulez-vous que j'y arrive ? On ignore tout de leur identité. La police elle-même reconnaît son impuissance.

Un éclat de rire de R. M. Kelly l'interrompit.

— La police sait, quand elle veut, ouvrir ou fermer les yeux. D'ailleurs, ce n'est pas sur cette police-là que je compte.

— Sur laquelle, alors ?

— Sur la police secrète, qui est aux ordres de la

municipalité, et qui agit sans se soucier en rien de l'autre. Si quelques-uns de ses hommes avaient été alertés, on n'aurait pas laissé pénétrer à la morgue le Ratier maudit qui a jugé bon d'imprimer son signe sur le front de Granger. C'est cette aide que je veux, et c'est de vous que je l'attends.

James Ferguson Hay tenta une dernière dérobade.

— Comment voulez-vous que je donne des ordres pareils ? Autant m'amuser à déclarer que je crains moi-même la justice des Ratiers ? Ce n'est tout de même pas le cas !

Il essaya de rire, mais l'attitude de R. M. Kelly lui rentra le rire dans la gorge.

— Qu'en savez-vous ? prononça froidement celui-ci.

— Oui, renchérit H. H. Kraton, en prenant le ciel à témoin, qu'en savez-vous ?

James Ferguson Hay fit mine de se fâcher, mais, d'un geste, R. M. Kelly lui imposa le silence. Tirant un portefeuille de sa poche, il en sortit un papier.

— Lisez, dit-il calmement.

Ce n'était autre qu'une note des Ratiers, et ceux-ci annonçaient leur intention de poursuivre leur croisade d'épuration jusqu'au nombre 5. Arrivés à ce chiffre, ils frapperaient un dernier coup en livrant à la curiosité publique le nom des « Têtes » avec preuve à l'appui.

James Ferguson Hay lut lentement le document et le rendit à son propriétaire.

— Mais, dit-il, très posément, si ce document vous menace, je ne vois pas en quoi il peut me toucher ?

— Vraiment ? riposta R. M. Kelly du même ton.

Remettant son portefeuille dans sa poche, il contempla le plafond en souriant, puis, reportant son regard vers son interlocuteur, se pencha en avant.

— C'est que j'ai oublié de vous dire que si les Ratiers doivent, après leur cinquième meurtre, lever le voile sur nous, nous n'attendrons, nous, que le quatrième pour le lever sur un autre. Faut-il vous dire son nom ?

Devant la pâleur qui s'étendit sur les traits de James Ferguson Hay, toute précision était inutile. Pourtant, R. M. Kelly crut bon de la fournir.

— Sur James Ferguson Hay, gouverneur de l'Etat de New-York.

On aurait dit que l'homme écroulé dans son fauteuil n'était plus qu'une loque. Ses bajoues tremblaient et il y avait dans ses yeux une expression de terreur.

— Pourquoi ? parvint-il à articuler.

R. M. Kelly tira un cigare de sa poche, et se mit à le mâchonner.

— Parce que cette diversion ne pourra être que la bienvenue; et parce que, devant cette éventualité, je pense que nous n'aurons pas à en arriver là.

Dans le désarroi où il se débattait, James Ferguson Hay supplia :

— Dites-moi au moins ce que vous attendez de moi?

— Je vous l'ai dit.

— Mais c'est de la folie !

— Rien de plus simple, au contraire ! Votre police secrète est aux ordres de Tammany. Tout ce qu'il s'agit de leur dire, c'est que de hauts personnages de Tammany risquent d'être compromis par l'activité des Ratiers et que, à tout prix, il faut les démasquer.

— Ils ne me croiront pas et je me serai compromis pour rien.

R. M. Kelly extirpa sa rotondité de son fauteuil et, après quelques pas dans la pièce, alla s'adosser à la cheminée où flambait un feu de coke.

— C'est ce qui vous trompe, James Ferguson. J'ai prévu qu'un jour mon organisation pourrait être menacée, et que mes hommes auraient besoin d'un appui. J'ai donc pris la seule précaution utile : tous sont affiliés à Tammany et lui ont, d'une façon ou d'une autre, rendu des services. Le meurtre de l'un d'eux peut donc s'interpréter comme une menace contre Tammany !

— Précaution que j'avais également prise, renchérit H. H. Kraton de sa voix de prédicant. Vous voyez donc que rien ne vous empêche d'agir !

Une nouvelle question vint à l'esprit de James Ferguson Hay.

— En admettant qu'on découvre les Ratiers, ils parleront. Ils diront ce qu'ils savent et ce qu'ils menacent de dévoiler !

Le rire bon enfant de R. M. Kelly remplit la pièce.

— Non, James Ferguson. Les Ratiers ne parleront pas. A côté de vos policiers, j'aurai mes hommes à moi et ils auront leur consigne. Ils sauront l'exécuter. J'ignore de quelle arme ils se serviront, mais je sais qu'ils auront des petits fers faciles à faire rougir. Les Ratiers que l'on retrouvera mort porteront au front le signe du rat. Ils passeront pour des rats assassinés par les justiciers. Vous ne trouvez pas ça drôle ?

Il éclata de rire et, dans sa joie, oscilla devant la cheminée. Incapable de partager cette gaîté, James Ferguson Hay interrogea :

— Et si, en dépit de tous les efforts, les Ratiers demeurent introuvables ?

Le rire de R. M. Kelly se cassa comme un câble d'acier qui se rompt.

— Le jour de la découverte du quatrième cadavre, ou plutôt des quatrièmes cadavres, un tel scandale éclatera que l'histoire des Ratiers en sera éclipsée : le gouverneur de New-York verra se lever le fantôme d'un péché de jeunesse, et devra donner sa démission en attendant sa comparution devant un Grand Jury.

James Ferguson Hay, qui ne quittait pas R. M. Kelly des yeux, crispa les poings. Ses mâchoires étaient tellement serrées que ses pommettes en blanchirent.

— Lâches ! balbutia-t-il. Faut-il que vous soyez sûrs de bien me tenir. Pour une peccadille de jeunesse !

R. M. Kelly avait retrouvé sa gaîté.

— La peccadille n'aurait rien été, James Ferguson, s'il ne s'était trouvé deux hommes pour la soupçonner et en obtenir des preuves. Evidemment, notre devoir aurait été de vous dénoncer et les journaux locaux auraient chanté nos louanges; mais nous étions plus ambitieux. Nous savions que le petit avocat qui venait de se faire élire au Congrès, grâce à un tour de passe-passe, irait loin. Plus loin que le pénitencier où il aurait pu échouer pour deux ans. Nous avons préféré spéculer sur sa reconnaissance... tout en nous couvrant contre un oubli toujours possible des bienfaits reçus. Une nuit, peu après votre élection...

James Ferguson Hay continua pour lui :

— Je sais. Une nuit, vous êtes venus me trouver tous les deux et vous m'avez mis le couteau sur la gorge. Ou je m'engageais à vous protéger en toute circonstance, chaque fois que vous feriez appel à moi; ou vous me livriez le soir même à la justice. J'avais une fille pour qui j'avais de l'ambition. J'ai accepté.

— Exactement. Seulement, comme les promesses s'envolent, nous avons pris la précaution de vous faire signer une déclaration. C'est ce papier, James Ferguson, que nous sommes prêts à rendre public. Vous aimiez votre fille qui n'était qu'une enfant alors; vous devez l'aimer encore plus maintenant qu'elle est grande et en âge de vous faire honneur. Au fait, ne deviez-vous pas donner une grande fête pour célébrer son retour de l'Université ? Un gouverneur a besoin d'une femme près de lui, James Ferguson. Est-ce parce que vous vous méfiiez de nous que vous l'avez fait élever loin de New-York ? au Canada, je crois ? Vous avez eu tort, nous aurions été ravis de la revoir. Où est-elle maintenant ?

Du geste, James Ferguson Hay montra la lettre sur son bureau.

— En France, comme vous pouvez le voir.

— C'est vrai, plaisanta R. M. Kelly ; j'oubliais que les journaux avaient parlé de ce départ. Ma foi, on aurait dit que vous prévoyiez ce qui allait se passer. Seriez-vous de mèche, par hasard, avec les Ratiers ?

James Ferguson Hay haussa les épaules et regarda son interlocuteur bien en face.

— Si quelqu'un n'a pas observé la promesse jurée, il me semble que c'est vous et non pas moi.

Les sourcils de R. M. Kelly s'arquèrent légèrement.

— En quoi, James Ferguson ?

— Est-il nécessaire de vous le dire ? lança James Ferguson d'un ton méprisant.

— Pourquoi pas ? prononça calmement R. M. Kelly.

James Ferguson s'accouda à sa table et, à son tour, pointa l'index vers son interlocuteur.

— Il y a un mois, quelqu'un s'est introduit ici de nuit — je ne puis préciser à quelle heure — et a ouvert mon coffre-fort secret. Puis-je savoir, Kelly, comment vous étiez au courant de l'emplacement de ce coffre et par quel moyen vous avez pu l'ouvrir sans le forcer ?

Un étonnement profond se peignit sur le visage de R. M. Kelly. Tout à son accusation, James Ferguson Hay ne s'en aperçut pas. H. H. Kraton exprimait également une surprise complète.

— Vous ne me répondez pas, Kelly ? menaça James Ferguson.

— Allez toujours, lança R. M. Kelly d'une voix bizarre. A quoi bon vous répondre puisque vous êtes aussi bien fixé que moi... ou que Kraton.

James Ferguson Hay reprit :

— Vous savez ce que votre émissaire venait chercher et, là encore, je rends hommage à vos services d'espionnage. Sans doute aviez-vous posté ici un homme à votre solde, à moins que tous mes domestiques ne vous soient vendus. Tout est possible !

— Et qu'est-ce que mon émissaire, ou moi, venions chercher ? chantonna R. M. Kelly, du ton d'un homme qui s'amuse aux dépens de sa victime.

— Un document qu'on avait dû me voir écrire malgré mes précautions, ou dont on avait, peut-être, pris connaissance après m'avoir dérobé le chiffre de mon coffre-fort : la lettre que je laissais à ma fille au cas où quoi que ce soit m'arriverait, pour qu'elle sache la vérité sur son père, et qu'elle ne le méprise pas. Refuserez-vous encore, Kelly, de me dire qui possède ce document ?

Une exclamation de surprise échappa à H. H. Kraton. Il s'était penché sur son siège et fixait R. M. Kelly. Celui-ci ne parut pas s'inquiéter du froncement de sourcils de son complice. Tout en mâchonnant son cigare, il s'étala un peu plus sur la cheminée.

— Est-il nécessaire, James Ferguson, de répondre à votre question ?

Devant cette attitude, le gouverneur de New-York crispa les poings.

— Vous avouez donc, Kelly !

— Mais..., commença Kraton.

— Assez, H. H. ! lança sèchement R. M. Kelly. Tout s'expliquera plus tard. Pour l'instant...

Il réfléchit un moment et, un large sourire sur le visage, allait continuer quand il s'arrêta net. Un coup de sifflet bizarrement modulé venait de retentir au dehors. D'un mouvement brusque, il se tourna et fixa la fenêtre dont les volets de fer ne permettaient pas d'apercevoir la rue.

H. H. Kraton l'avait imité et, d'un pas rapide, s'était dirigé vers la porte.

— Du calme, conseilla R. M. Kelly en retrouvant son sourire. Vous savez bien ce que signifie un seul coup.

H. H. Kraton inclina la tête et, pendant un instant un silence complet régna. Son sourire de commande toujours étendu sur son visage, R. M. Kelly demeurait l'oreille tendue. On aurait dit qu'il attendait un second coup de sifflet. Assis devant les deux hommes, James Ferguson Hay laissait aller son regard de l'un à l'autre.

Il n'y eut pas d'autre coup de sifflet et R. M. Kelly, qui avait jeté son cigare dans le « cuspidor » sans néanmoins cacher un soupir de soulagement, allait renouer le fil de la conversation quand, à nouveau, il s'immobilisa. Son oreille exercée venait de déceler un bruit qui avait échappé aux autres occupants de la pièce. Quelqu'un venait de frôler la porte de communication qui s'ouvrait dans le mur de gauche. Instantanément, sa main glissa sous son aisselle et la masse sombre d'un automatique apparut entre ses doigts. Interloqué par ce geste que rien ne semblait motiver, James Ferguson Hay allait poser une question, mais R. M. Kelly le prévint.

— Qu'est-ce que c'est que cette pièce ? demanda-t-il à voix basse en désignant de la tête la porte où il lui avait semblé entendre du bruit.

Les traits de James Ferguson Hay se durcirent.

— Il me semble que vous le savez tout aussi bien que moi.

— Je préfère vous l'entendre dire ! riposta nerveusement R. M. Kelly.

— C'est le bureau où je dors quelquefois, et où se trouve le coffre que vous avez fait cambrioler.

R. M. Kelly ne se formalisa pas de ce mot. Il n'avait plus son sourire. Une anxiété intense se lisait, au contraire, dans ses yeux.

— James Ferguson, siffla-t-il, il y a quelqu'un là

dedans ! C'est vous qui l'avez posté pour nous espionner. Si cela est vrai, par Dieu...

Sa voix trembla de colère, tandis qu'il dirigeait son arme vers le gouverneur de New-York. Celui-ci était blême et tremblant.

— Kelly, commença-t-il, je vous jure...

R. M. Kelly n'attendit pas la fin.

— Je vais en avoir le cœur net. Levez-vous et ouvrez cette porte.

James Ferguson Hay fit mine d'obéir, mais R. M. Kelly se ravisa.

— Non. Je vais m'en assurer moi-même. Malheur à vous et à votre acolyte si vous avez menti.

Avec une légèreté que l'on ne se fût pas attendue à trouver chez une homme de sa corpulence, il traversa la pièce et arriva à la porte. L'oreille collée contre le bois, il assura son arme dans sa main et voulut ouvrir. La porte ne céda pas. Elle était vérouillée du côté opposé.

Un juron échappa à R. M. Kelly.

— Cette porte a été fermée exprès. Oserez-vous encore soutenir que vous n'en saviez rien !

L'attitude de son adversaire le surprit.

Celui-ci venait de se dresser d'un bond et s'était avancé vers lui. Sans prendre garde à l'arme, il lui saisit le poignet.

— Mais si cette porte est verrouillée, Kelly, c'est que quelqu'un s'est introduit dans cette chambre ! Ce n'est pas moi qui l'ai fermée : c'est celle par laquelle je suis entré !

R. M. Kelly fit un pas en arrière.

— Ce n'est pas vous qui avez fermé cette porte ?

— Ce n'est pas moi. Et si quelqu'un s'est introduit en fraude, il ne peut y avoir qu'un motif : le coffre-fort.

— *Hell !* gronda R. M. Kelly en se jetant contre la porte.

Devant sa résistance, il allait y asséner un coup de pied, mais James Ferguson Hay le prévint.

— La porte ne peut pas être enfoncée. Elle est d'un bois trop résistant et s'ouvre de ce côté-ci.

Faisant un nouvel effort aussi peu couronné de succès que le précédent, R. M. Kelly se pencha vers la serrure et y colla son oreille. Il perçut nettement un bruit de pas, puis, quelques secondes plus tard, un déclic qui raviva sa fureur. H. H. Kraton s'était levé et se tenait à son côté.

— Où donnent les fenêtres ? interrogea R. M. Kelly.

— Vous ne le savez donc pas ? s'étonna James Ferguson Hay.

La voix de R. M. Kelly trembla :

— Imbécile ! Voulez-vous me répondre ou sinon...

Devant le geste menaçant, le gouverneur de New-York s'exécuta.

— Sur la cour de derrière, celle qui ouvre sur Aubrey Street. Une ruelle y conduit trois maisons plus haut.

R. M. Kelly n'hésita pas.

— Vite ! expliqua-t-il à voix basse, nous allons tâcher de gagner notre inconnu de vitesse. Kraton va rester ici, au cas où on jugerait bon d'entrer dans cette pièce. Nous, nous diviserons nos efforts. Vous guetterez au coin de la ruelle tandis que je pénétrerai dans la cour. Il faut à tout prix savoir qui est cet homme et le motif de sa visite.

— Mais comment se fait-il que notre guetteur... commença H. H. Kraton.

— Assez ! coupa R. M. Kelly. On éclaircira cela plus tard. Vous voyez bien que quelque chose à dû lui arriver.

Il se dirigea vers la porte d'entrée et, après avoir manœuvré le verrou, allait l'ouvrir quand il s'arrêta. Une fois de plus, il lui avait semblé percevoir un bruit.

Imposant silence du geste, il retourna à la porte qui avait résisté à ses efforts, et se colla contre le panneau pour écouter. Il allait croire à une méprise de ses sens, quand machinalement sa main se posa sur la poignée et l'abaissa. Comme par enchantement, la porte s'ouvrit : le verrou, qui l'instant d'avant la retenait, avait été retiré.

Brutalement, son automatique à la main, R. M. Kelly repoussa le panneau et se tint debout sur le seuil. Tout de suite quelque chose attira son attention : un rectangle lumineux qui disparut presque aussitôt.

Il comprit que cela provenait d'une porte que l'on venait de refermer, mais dans ce court espace de temps, R. M. Kelly avait pu distinguer une autre vision : une silhouette sur laquelle il était impossible de se méprendre : une femme.

D'un bond, R. M. Kelly fut à cette porte, mais il ne put que pousser un juron. Elle était fermée et il entendit la clef grincer dans la serrure. Il se rua vers la fenêtre, mais dut perdre un temps précieux à ouvrir les volets.

Quand enfin la voie fut libre, et qu'il put sauter dans la cour, il dut se rendre à l'évidence : celle-ci était déserte. Il la traversa rapidement et, parvenu au petit portail de fer, constata son échec. Ce portail était fermé, et il était certain, du fait des hautes murailles qui entouraient la cour, que c'était uniquement par ce portail qu'avait pu fuir la silhouette féminine. Il haussa les épaules et, prenant son parti de la chose, rentra dans la maison.

— La femme qui a pénétré ici, déclara-t-il lentement, sans quitter James Ferguson du regard, avait à la fois la clef du portail et celle de la porte de cette pièce. Voyez-vous quelqu'un parmi vos familiers qui ait eu une raison quelconque de s'introduire ici nuitamment ?

— Non ! déclara James Ferguson Hay, après un moment de réflexion.

Il paraissait tellement éberlué que R. M. Kelly n'eut aucun doute sur sa bonne foi.

— Semble-t-on avoir pris quoi que ce soit dans cette pièce ?

Sans un mot, James Ferguson Hay parcourut la chambre du regard.

— Non, dit-il enfin. D'ailleurs, il n'y avait rien à prendre ici. Si ce n'est... si ce n'est ce que vous savez.

— Le coffre-fort ?

— Ai-je besoin de vous le dire ?

Il y eut un moment de silence, puis R. M. Kelly reprit avec une certaine hésitation :

— Pouvez-vous me dire si l'on y a touché ?

— Là encore, je ne vous apprendrai rien en vous disant que le coffre-fort est masqué.

LA MORT TIENT LES CARTES 97

Un sourire narquois fleurit sur le visage de R. M. Kelly.

— Évidemment ! Raison de plus pour que vous vous en assuriez sans vous gêner !

Avec un haussement d'épaules, James Ferguson Hay traversa la pièce et, parvenu près de la cheminée, s'agenouilla. Un peu sur la gauche, il y avait une plaque de cuivre perforée destinée à livrer passage à l'air chaud du foyer. La faisant glisser, il mit à jour une cavité d'environ vingt-cinq centimètres. Au fond, une petite porte blindée, munie d'un cadran, s'offrait à la vue.

— Pas mal imaginé, plaisanta R. M. Kelly en sifflotant.

James Ferguson Hay n'accusa pas la raillerie, mais, après un coup d'œil à la plaque blindée et au cadran, se releva lentement.

— On n'a touché à rien, dit-il. Tout est dans la position où je l'avais laissé.

R. M. Kelly fut sur le point d'ordonner à James Ferguson Hay d'ouvrir le coffre, mais, craignant une résistance de sa part, il se ravisa. D'ailleurs, depuis la minute où il avait vu s'enfuir cette silhouette féminine qui, selon toute évidence était une ennemie, il n'avait plus qu'une pensée : se trouver seul avec H. H. Kraton et étudier ce nouvel aspect du problème. Malgré l'indifférence superbe qu'il affectait, il était inquiet.

— Sans doute, expliqua-t-il en regardant la pièce du devant, votre visiteuse nocturne a-t-elle été troublée par notre intervention. Ce que je ne comprends pas, c'est qu'elle ait poussé l'amabilité jusqu'à tirer le verrou de cette porte. C'était jouer avec le danger.

— Peut-être, hasarda H. H. Kraton, a-t-elle cru avoir affaire à un domestique, et a-t-elle imaginé, devant notre silence, qu'il avait été chercher du secours. Elle aura rouvert la porte pour lui donner le change.

— Peut-être, acquiesça R. M. Kelly sans grande conviction. En tout cas, si elle pense s'en tirer à si bon compte, elle se trompe. Vous avez douté de mon amitié, James Ferguson, et je ne puis guère vous en blâmer. Mais à partir de cette nuit, vous pourrez dormir tranquille : nuit et jour, un de mes hommes veillera sur votre maison. Malheur aux visiteurs nocturnes.

— Exception faite pour vous, je suppose, riposta James Ferguson Hay en se redressant.

R. M. Kelly le regarda de son regard froid et perçant.

— James Ferguson, dit-il, je ne reviendrai plus qu'une fois : pour vous remercier de l'aide que vous m'aurez donnée. C'est vous seul qui déciderez de ma visite.

— Et si ne n'accepte pas ?

R. M. Kelly fit dédaigneusement claquer ses doigts.

— Je me contenterai de vous téléphoner. Vous comprenez que je ne tiendrai pas à afficher mon amitié pour un homme qui devra démissionner le lendemain et se voir, quelques semaines plus tard, envoyé au pénitencier pour dix ans.

James Ferguson Hay était livide.

— C'est votre dernier mot, Kelly ?

R. M. Kelly parut réfléchir, puis, saisissant le bras de son interlocuteur, il se mit à parler rapidement.

— Non, James Ferguson, mon dernier, le voici : démasquez les Ratiers et mettez-les dans l'impossibilité de nuire et il y aura une récompense pour vous : l'aveu signé de votre main et tous les documents prouvant votre culpabilité. Donnant, donnant.

James Ferguson Hay se raidit. Il était évident qu'un combat se livrait en lui.

— J'essaierai, dit-il enfin. Mais comment puis-je promettre ?

— Moi, je promets, rétorqua R. M. Kelly, et je tiendrai. A vous d'agir de même.

Il se dirigea vers la table où il avait posé son chapeau et sa cape, mais James Ferguson Hay le suivit.

— Me rendrez-vous aussi la lettre que j'avais écrite à ma fille pour le cas où quoi que ce soit m'arriverait ?

Il ne perçut pas le sourire de R. M. Kelly, mais vit son geste dédaigneux.

— Celle-là, James Ferguson, je ne pourrai malheureusement pas vous la rendre. Elle ne me paraissait d'aucun utilité. Je l'ai brûlée. Alors, convenu : donnant, donnant.

— Soit ! dit, d'une voix presque imperceptible, le gouverneur de New-York.

Sans un geste, sans un mot, il regarda ses visiteurs sortir. Il eut une vision brève de la rue et d'un trottoir où passait un couple attardé, puis cela disparut. La porte s'était refermée.

— Oh ! *my God ! my God !* soupira James Ferguson Hay en se retrouvant seul.

Un instant, il demeura plongé dans ses réflexions, puis, tout à coup se redressa : il venait d'apercevoir la lettre de sa fille au milieu de son bureau.

— Non, dit-il, il ne faut pas que tu saches la **vérité** sur ton père. Tout, plutôt que cela.

Il prit la lettre et, l'ayant portée à ses lèvres, se dirigea d'un pas mal assuré vers la pièce d'à côté. Parvenu à la cheminée, il fit glisser la plaque de cuivre et, un instant, manœuvra les disques du coffre. La porte de celui-ci s'ouvrit avec un petit déclic. Il allait y déposer la lettre de sa fille quand il s'arrêta net en poussant un cri de surprise.

Sur le devant du coffre, bien en évidence, il y avait une lettre au cachet brisé : la lettre qu'il avait destinée à sa fille et qu'une main inconnue lui avait volée. La lettre que cinq minutes plus tôt R. M. Kelly lui assurait avoir brûlée comme dénuée d'importance.

II

LA PISTE DE LA RATE

Sitôt parvenu dans la rue, H. H. Kraton se tourna vers R. M. Kelly.

— Comment se fait-il que notre homme...

— Inutile de spéculer, grogna R. M. Kelly. Le mieux est de voir par nous-mêmes.

Marchant rapidement vers la ruelle qu'il devait connaître de longue date, il y parvint en quelques enjambées. Un instant, il regarda autour de lui et parut perplexe.

— Je l'avais posté là, marmotta-t-il, et il avait ordre de nous avertir par trois coups de sifflet si quoi que ce soit d'inquiétant se produisait.

— Apparemment que sa curiosité a été mise en éveil puisqu'il a commencé à obéir à la consigne. Ce que je ne comprends pas...

— Peut-être s'est-il aperçu qu'il s'était trompé !

R. M. Kelly secoua la tête.

— Il serait à son poste, alors. Non, quelque chose d'anormal a dû se passer. Mais quoi ?

Il avait parcouru, dans toute sa longueur, la ruelle sombre et était parvenu dans la rue de derrière sur laquelle donnait la cour de la maison du gouverneur. Il regardait autour de lui d'un air inquisiteur en s'étonnant d'autant plus de l'absence de son homme que nul, parmi les siens, n'ignorait sa sévérité pour punir tout manquement à la consigne, quand la main de H. H. Kraton se posa sur son bras.

— Là-bas, lui dit ce dernier, regardez.

R. M. Kelly suivit la direction du doigt et fronça les sourcils. Emergeant du renfoncement formé par une porte, on apercevait une paire de souliers. Quelqu'un était couché là.

La décision de R. M. Kelly fut vite prise. Sortant son automatique, il le braqua sur la porte, tandis qu'il lançait :

— Hé, là-bas ! inutile de vous dissimuler. On vous a vu. Sortez tout de suite, ou par Dieu...

Il n'y eut aucune réponse et c'est en vain qu'il garda les yeux fixés sur la paire de souliers. Celui à qui elle appartenait ne jugea même pas utile de la faire disparaître.

— Sortez ! répéta plus sèchement R. M. Kelly. Vous voyez bien que je suis armé. Sortez ou je tire.

Le même silence et la même immobilité persistèrent, et un doute traversa l'esprit de R. M. Kelly. Tenant toujours la porte sous le feu de son automatique, il se dirigea vers elle et, parvenu à quelques mètres, ne put retenir un grognement. Un homme se trouvait bien dans le renfoncement de cette porte, mais il était accroupi au sol et tassé sur lui-même. S'il n'avait pas répondu aux sommations, c'est qu'il avait une bonne raison : il était évanoui. En même temps, R. M. Kelly faisait une autre constatation. Loin de lui être inconnu, cet homme lui était, au contraire, étrangement familier : c'était lui qu'il avait posté comme veilleur et qui n'avait pu lancer qu'une partie du signal !

— *Confound the fool !*[1] gronda R. M. Kelly. Voici donc la raison de son silence ! Cet imbécile s'est fait prendre comme un novice.

H. H. Kraton, qui s'était avancé à son tour, émit un avis plus optimiste.

— Puisqu'il a donné un coup de sifflet, expliqua-t-il, c'est qu'il a vu son adversaire. Il sera à même, une fois revenu à lui, de nous fournir quelque précision utile.

R. M. Kelly ne voulut pas en démordre.

— Probablement qu'il n'aura aperçu le danger que lorsqu'il était trop tard. Il nous dira avoir entrevu une silhouette féminine et être tombé assommé. J'ai bien envie, pour lui donner une leçon, de le laisser là. Il se débrouillera avec les *cops* qui le trouveront.

La voix de la raison parla par la bouche de H. H. Kraton.

— Dangereux, R. M. Ce serait attirer l'attention des *dicks*. Nous n'en avons pas besoin en ce moment.

R. M. Kelly n'était pas homme à persister dans une erreur.

— Vous avez peut-être raison, H. H. Dans ce cas, filez chercher un taxi. Moi, j'attendrai ici et, si quelque *cop* survient, on me louera, une fois de plus, de jouer au bon samaritain.

Il se mit à rire à cette pensée et, rejetant son chapeau en arrière d'une pichenette, regarda s'éloigner son complice, tout en remarquant à haute voix :

— En tout cas, pour une femme, elle tape ferme.

Sur le champ sa pensée se fixa sur celle dont la route venait de croiser la sienne ; et, s'adossant contre le mur, il se prit à réfléchir. La rue était déserte et aucun pas ne se faisait entendre. Il pouvait donc méditer tout à son aise.

Qui était cette femme dont il n'avait fait qu'entrevoir la silhouette ? Il lui avait bien semblé lui trouver une vague ressemblance avec celle qui, si audacieusement, était venue le narguer dans son appartement. Serait-il

1. Au diable l'imbécile !

possible, après tout ?... Il haussa les épaules comme si cette éventualité eût dû être bannie. La première faisait, sans erreur possible, partie des Ratiers, et comment ces damnés *skunks* auraient-ils pu être au courant de ses intentions contre le maire de New-York ? A moins que...

Il fixa un pavé de la rue qu'éclairait plus brillamment la lueur du réverbère, et demeura plongé dans sa méditation. Ses sourcils étaient contractés et tout son visage exprimait une anxiété croissante. Le bruit d'une voiture, qui s'arrêta dans un grincement de freins, le fit sursauter. Tout de suite, son sourire reparut.

— Mon ami, dit-il au chauffeur, qui regardait la porte et qui se grattait la tête, voici un gentleman qui a un peu trop célébré la fête de sa femme, il s'agit de le reconduire chez lui. Peut-être qu'avec votre aide...

Le chauffeur se leva pour lui prêter main-forte, mais, sans l'attendre, R. M. Kelly se dirigea vers la silhouette accroupie. Se penchant à son côté il lui redressa la tête. Dans ce mouvement, quelque chose qui lui avait échappé tomba au sol. Entre le menton et le gilet, il y avait une feuille de papier pliée en deux. Sur cette feuille, un mot avait été tracé au crayon à lèvres : *Rush.*[1]

Le dissimulant dans un replis de sa cape, R. M. Kelly se retourna le plus innocemment du monde. Le chauffeur n'avait rien vu, mais ce geste n'avait pas échappé à H. H. Kraton.

Tout en plaisantant, R. M. Kelly aida le chauffeur à transporter son pseudo-camarade dans la voiture ; puis, lesté de ce fardeau, le taxi repartit.

Il avait à peine démarré que H. H. Kraton leva les yeux vers R. M. Kelly.

— Pouvez-vous me dire, R. M., commença-t-il...

D'un coup de coude dans les côtes, celui-ci l'arrêta et lui montra l'homme évanoui. Sous l'effet du vent froid qui entrait par la vitre ouverte, il était lentement en train de revenir à lui.

— Tout à l'heure, déclara-t-il. Tout n'est pas bon pour toutes les oreilles.

1. De toute urgence.

Les deux hommes se turent et tinrent leurs regards fixés sur leur bizarre compagnon. Ce fut en vain pourtant qu'ils attendirent son réveil. L'homme ne revint pas à lui. Dix minutes plus tard, le taxi s'arrêtait à la porte d'une maison de la basse ville. C'était là où l'homme habitait.

— Voulez-vous que je vous aide à descendre votre ami ? interrogea le chauffeur dans un grand sourire.

R. M. Kelly déclina l'offre.

— Sa femme aurait une trop grosse émotion en se trouvant nez à nez avec un étranger, expliqua-t-il. Mon ami et moi, nous allons la ramener au bercail. Ce sera plus correct.

— Prenez garde qu'elle ne s'en prenne à vous ! plaisanta le chauffeur en clignant de l'œil.

Sans répondre à cette boutade, R. M. Kelly et H. H. Kraton descendirent de voiture et, s'étant emparés de l'homme évanoui, qu'ils maintenaient chacun d'un côté, gagnèrent la porte de l'immeuble. Ils l'ouvrirent et, l'ayant laissée retomber sur eux, firent quelques pas dans un corridor obscur encombré de boîtes à ordures.

— Où le mène-t-on ? questionna H. H. Kraton à mi-voix.

— Pas plus loin qu'ici, riposta R. M. Kelly. C'est encore trop bon pour cet imbécile.

D'une brusque secousse, accompagnée d'un coup de pied, il projeta l'homme en avant. Il y eut un bruit de boîtes à ordures qui s'entre-choquaient tandis qu'une plainte s'élevait.

— Ça lui apprendra ! conclut R. M. Kelly en regagnant l'entrée.

Comme ils regrimpaient en taxi, le chauffeur ne put résister au désir de se documenter.

— Et alors ? dit-il, sa femme a bien pris ça ?

— Elle l'attendait, riposta R. M. Kelly. En ce moment, elle est en train de le border dans son lit.

— *Hell !* Ce n'est pas la mienne qui agirait comme ça ! soliloqua le chauffeur en reprenant la route du Park Lane et en ne s'occupant plus que de son volant.

H. H. Kraton crut le moment venu de revenir à la charge.

— R. M., dit-il, il me semble que maintenant...

R. M. Kelly sortit le papier qu'il avait trouvé sur le corps de l'homme évanoui et l'étala sur ses genoux.

— *Rush*, lut-il à la clarté des réverbères qui aux taches de lumières diffuses faisaient succéder de grandes zones d'ombres.

— *Rush* ? s'étonna H. H. Kraton, qui peut nous écrire cela ?

R. M. Kelly déplia le papier et, grâce à la grosseur des lettres et à leur couleur, parvint à déchiffrer : « J'ai vu l'attaque sans pouvoir y remédier. Je me poste pour prendre la femme en filature. HELEN. »

Un sursaut d'étonnement redressa H. H. Kraton.

— Helen-la-soupe ! s'exclama-t-il. Que faisait-elle là ? C'est vous qui l'aviez postée ?

— Non, déclara R. M. Kelly.

— Mais alors ?

La voix grave de R. M. Kelly le convainquit qu'il disait la vérité.

— Helen-la-soupe est de ces créatures qui n'ont pas besoin qu'on leur mâche la besogne. Depuis la nuit où la femme lui a brûlé la politesse au Park Lane, elle veille. Elle nous aura vus sortir de l'hôtel et nous aura suivis.

— Pour nous espionner !

— Helen-la-soupe vit avec une idée fixe : venger Bamboo Charley. C'est une femme au grand cœur.

— Bah ! la *moll* d'un rat ! railla H. H. Kraton.

R. M. Kelly ne le suivit pas dans cette voie.

— La compagne d'un rat n'est pas forcément une rate. Helen-la-soupe en est la preuve.

Un moment, les deux hommes demeurèrent silencieux, les yeux fixés sur les lettres rouges que les cahots de la voiture faisaient danser. R. M. Kelly rompit le silence.

— La femme qui s'est introduite cette nuit chez James Ferguson ne se doute pas qu'elle est suivie et Helen-la-soupe n'est pas de celles qui abandonnent une piste. Cette nuit — j'en ai la certitude absolue — un coup de téléphone nous avertira qu'elle a réussi : nous serons fixés sur l'identité de notre rôdeuse.

Cette assurance ne parut guère impressionner H. H. Kraton.

— En quoi cela nous avancera-t-il ? Ce n'est peut-être qu'une vulgaire aventurière ! Une ennemie personnelle du gouverneur !

— Je ne crois pas, répondit calmement R. M. Kelly.

H. H. Kraton le contempla avec étonnement.

— Pourquoi dites-vous cela ?

Un sourire fugitif passa sur les lèvres de R. M. Kelly.

— Parce qu'il y a une question que vous aviez commencé à me poser et que vous avez oublié de reprendre, H. H.

— C'est vrai ! reconnut H. H. Kraton. Me direz-vous maintenant, R. M., pour quelle raison vous vous êtes introduit, sans rien m'en dire, chez James Ferguson, et pourquoi vous avez fait disparaître cette lettre écrite à sa fille ?

En comédien consommé, R. M. Kelly prit un temps avant de répondre. Un coup d'œil par la vitre du taxi lui ayant fait entrevoir un paysage familier, il ne voulut plus tarder.

— Ma réponse sera simple, H. H. : je n'ai pas dit la vérité à James Ferguson. Je ne le pouvais pas.

— C'est-à-dire ?

— Que ce n'est pas moi qui me suis introduit chez lui; que ce n'est pas moi qui ai ouvert ce coffre dont j'ignorais l'emplacement et la combinaison; enfin que ce n'est pas moi qui me suis emparé de cette lettre.

Une incompréhension complète se peignit sur le visage de H. H. Kraton.

— Mais si ce n'est pas vous, R. M., qui cela peut-il être ?

L'on n'était plus qu'à quelques tours de roues du Park Lane Hôtel et déjà l'on apercevait les clartés de son entrée. Sans se presser et comme si la chose n'eût eu qu'une importance relative, R. M. Kelly expliqua en détachant chaque mot :

— Il n'y a qu'une seule hypothèse de possible H. H. : les Ratiers ! Ces *skunks*, par un moyen que j'ignore, ont dû soupçonner l'emprise que nous exercions sur le gouverneur de New-York et ont voulu s'en assurer. Grâce à la lettre qu'ils ont entre les mains, ils sont au courant de tout.

H. H. Kraton blêmit.

— Mais cette femme alors... je veux dire la femme de cette nuit ?

L'auto ralentit et s'arrêta.

— Serait la même que celle de l'autre jour que cela ne m'étonnerait pas. Il n'y a pas à dire, Kraton, ils sont forts !

Il y eut de la panique dans la voix de Kraton.

— Ils risquent d'être plus fort que nous, R. M. !

R. M. Kelly lui saisit les poignets pour le rappeler à lui.

— Ils ne savent pas ce qu'ils risquent, H. H. ! Helen-la-soupe est sur leur piste. Leur démarche de ce soir pourrait bien être leur condamnation définitive.

Il se rejeta en arrière tandis qu'un *bell-hop*[1] du Park Lane s'avançait et ouvrait la portière. Sur le champ, le visage de R. M. Kelly retrouva sa grosse bonhomie.

— *Thank you, my boy, thank you !* tonitrua-t-il de sa voix de basse-taille, en émergeant de la voiture, et en glissant la main dans sa poche. Voilà de quoi régler le chauffeur. Gardez les quelques « dîmes » de monnaie pour vous. Ah ! Ah ! une salanée bonne nuit et je serais navré si tout le monde ne s'en ressentait pas. Vous venez, H. H. ?

Et tapant sur l'épaule de son compagnon, qui n'arrivait pas à se reprendre comme il l'eût désiré, il l'entraîna dans le hall en continuant à déclarer :

— Une damnée bonne nuit ! Un damné bon souper... et une damnée bonne fille. Voulez-vous parier, H. H., qu'elle nous téléphonera avant demain matin ?

III

TUE-LE...

Adossée à la cloison du petit Speakeasy où elle était venue se réfugier, Helen-la-soupe méditait. Devant elle,

1. Groom, chasseur.

le verre de Scotch, commandé plus par habitude que par désir, était encore plein. A peine y avait-elle trempé les lèvres. Tout ce qui venait de se dérouler était encore trop près, trop lourd de possibilités pour que tout son être ne fût pas en feu. Jamais encore elle n'avait ressenti pareille surexcitation; presque celle du limier lancé sur un animal sauvage et qui, enfin, vient de trouver la piste. Tout d'abord, elle éprouvait un orgueil intense du mouvement irréfléchi qui l'avait poussée à suivre R. M. Kelly et H. H. Kraton à leur sortie du Park Lane. Elle venait pour offrir une fois de plus ses services à R. M. Kelly et tout autre aurait rebroussé chemin en se promettant de revenir le lendemain. Elle avait préféré les suivre pour voir où ils allaient. Cela pourrait peut-être la fixer sur leur activité; car, en dépit de tous ses efforts, certaines phrases du *boss*, qui l'avaient cinglée au vif, continuaient à faire leur œuvre. C'est ainsi qu'elle avait vu les deux hommes arriver chez le gouverneur de New-York, sans soupçonner pourtant chez qui ils se trouvaient. Elle allait s'en retourner quand la vue d'un homme dissimulé à un tournant de rue lui avait donné à réfléchir. Pourquoi cet homme était-il là ? Etait-ce un ami ou un adversaire ? Pour s'en assurer, elle avait effectué un mouvement tournant, et c'est alors qu'elle avait été témoin de la scène d'agression. Elle avait vu une femme voilée surgir à pas de loup d'un corridor et s'approcher de l'homme. Celui-ci, averti par son sixième sens, s'était brusquement retourné et avait lancé un coup de sifflet. La seconde d'après, il s'écroulait sous le choc d'une matraque d'acier. Il était tombé comme une masse, mais dans ces quelques secondes, Helen-la-soupe avait pu apercevoir son visage : c'était un ami de Bamboo Charley. Un homme, par conséquent, à la solde de R. M. Kelly. Son premier mouvement avait été d'aller à son secours, mais elle n'en avait pas eu le temps. S'élançant vers une petite porte dissimulée dans le mur, l'inconnue l'avait ouverte et avait refermé à clef derrière elle. La décision d'Helen-la-soupe avait été aussitôt prise. Cette maison ne pouvait être que celle où se trouvait en ce moment R. M. Kelly et H. H. Kraton. Elle allait guetter cette femme et la prendre en filature à sa sortie. Qui sait si le hasard n'allait pas lui fournir un fil conducteur important ?

Trépidante de surexcitation à cette pensée, elle revit l'image de Bamboo Charley étendu au sol, tandis que sa main appuyait l'abominable fer rouge. Dieu ! pouvoir le venger !

Tout de suite, la nécessité d'avertir R. M. Kelly lui apparut. Elle ne trouva qu'un moyen : la note qu'elle confia, si l'on peut dire, à l'homme évanoui, dans l'espoir qu'il la trouverait à son réveil. L'ayant, en conséquence, tiré dans l'embrasure de la porte, elle s'était tapie dans un corridor et avait attendu. Elle avait vu réapparaître la silhouette féminine, puis les lampes électriques s'allumer dans la pièce. A la vue de R. M. Kelly, son cœur s'était presque arrêté de battre ! Qu'il découvrît la femme et tout son projet était à l'eau. Il lui serait impossible de la suivre. Il n'en avait rien été heureusement, et c'est sans encombre que l'inconnue avait regagné la rue, en ne prêtant aucune attention au corps tassé contre la porte. A ce moment-là, Helen-la-soupe avait reçu un nouveau choc. La femme avait enlevé son capuchon et Helen-la-soupe s'était raidie; l'inconnue qu'elle avait devant elle n'était autre que l'aventurière qui s'était fait passer pour la sœur de Bamboo Charley et qui, si audacieusement, avait réussi à échapper à son châtiment. Il n'y avait plus de doute à avoir : elle était bien sur la piste des Ratiers.

Le reste de la filature n'avait été que jeu d'enfant. Certaine de ne pas être suivie, l'inconnue avait tranquillement emprunté l'avenue déserte à cette heure et, parvenue à l'angle de l'autre rue, avait retrouvé une petite voiture qui l'attendait. Elle s'était installée au volant et aurait brûlé la politesse à l'ombre qui s'attachait à ses pas si un taxi n'était brusquement passé dans ces parages. Sur la promesse d'un bon pourboire et l'assurance que la femme en auto était une rivale dont on voulait savoir l'adresse, le chauffeur n'avait fait aucune difficulté pour se mettre de la partie.

Maintenant, immobile en face de son verre de whisky toujours plein, la tête appuyée sur sa paume, Helen-la-soupe rêvait en savourant son triomphe. Elle savait qui était cette femme énigmatique. Et elle savait plus encore. Elle savait qui était un des Ratiers et où il avait son gîte.

La sonnerie du téléphone dans la petite cabine au fond du speakeasy la tira de sa méditation. L'Italien qui dirigeait la Joint, et qui était en train de jouer au « penny ante »[1] avec quelques compatriotes, se leva et, presque aussitôt, sortit la tête de la cabine.

— Est-ce qu'il y a quelqu'un parmi vous autres « guys »[2] qui a demandé le Chickering 3-6209 ? prononça-t-il en parcourant la salle du regard.

Helen-la-soupe s'était déjà levée à l'énoncé du numéro de fantaisie qu'elle avait laissé au secrétaire de Kelly pour éviter toute indiscrétion. Le gros Italien cligna de l'œil.

— Hé ! hé ! pas un guy à ce que je vois, mais une douce petite lady. *Come on dear.* Espérons que le gentleman sera encore libre pour la nuit.

Il y eut quelques éclats de rire, tandis que Helen-la-soupe, avec un haussement d'épaules, se dirigeait vers la cabine. Elle savait qu'une fois la porte refermée rien de ce qu'elle pourrait dire ne filtrerait au dehors.

— Allo ! commença-t-elle, Checkering 3-6209 ?

R. M. Kelly ne s'amusa pas à perdre du temps et entra dans le vif du sujet.

— C'est vous, Helen ?

Elle acquiesça et il poursuivit :

— J'ai trouvé votre note, et Kernock m'a dit que vous lui aviez téléphoné de vous appeler dès mon retour. Vous avez du nouveau ?

Helen-la-soupe s'était promis une joie intense quand viendrait le moment de révéler à R. M. Kelly ce qu'elle avait appris. Pourtant, quelque chose se serra dans son cœur. Elle sentait qu'elle allait condamner une femme à mort. Il lui fallut la vision de Bamboo Charley marqué au front pour lui rendre toute sa haine.

— La femme qui a assommé votre sentinelle cette nuit et qui s'est introduite dans la maison où vous vous trouviez n'est autre que celle qui s'est fait passer pour la sœur de Bamboo Charley.

1. Poker à petits enjeux.
2. Types.

— *Damned bastard !* grogna R. M. Kelly. Je m'en doutais. Vous avez pu la suivre ?

— Oui. Je n'ai évidemment pas pu m'enquérir de son nom, mais elle habite 14 Amsterdam Avenue 72ᵉ Rue Ouest.

— Maison à appartements ? Hôtel ? Demeure privée ? jeta R. M. Kelly.

— Demeure privée.

— Rien de plus facile à idenitfier dans ce cas.

De sa même voix ferme, Helen-la-soupe continua :

— Un jardin entoure la maison et l'on y pénètre par un porche de. style colonial.

— Vous avez pû y rentrer ?

Il y eut une petite note de triomphe et d'orgueil dans la voix d'Helen-la-soupe.

— Oui. La chambre à coucher de la femme est au rez-de-chaussée, à l'angle de la maison. J'ai vu s'allumer les fenêtres, et j'ai pu obtenir un coup d'œil de l'intérieur.

— Bravo ! tonitrua R. M. Kelly. Cela nous mâche la besogne.

Helen-la-soupe poursuivit :

— Ce n'est pas tout. Dissimulée derrière un massif de rhododendrons, j'ai pu saisir une communication téléphonique.

R. M. Kelly jeta plutôt qu'il ne prononça le mot :

— Importante ?

— Jugez-en vous-même. Je m'en souviens mot pour mot : « Mon cher Ratier, c'est fait. Rassurez-vous sur mon compte. Le gouverneur aura de quoi méditer cette nuit et les nuits suivantes. »

Il y eut un moment de silence à l'autre bout du fil. R. M. Kelly devait réfléchir, à moins qu'il ne fût occupé à transcrire ces paroles. Au bout de quelques secondes, au cours desquelles Helen-la-soupe observa le même mutisme, il demanda :

— Quelle attitude avait elle en disant cela ?

— L'amusement le plus intense. Elle riait comme s'il se fût agi d'une bonne plaisanterie.

— *Damned bitch !* [1] bougonna R. M. Kelly...

1. Damnée chienne.

Il n'acheva pas, car Helen-la-soupe continuait :

— Je n'ai pas encore fini et voici, je pense, ce qui vous permettra d'agir. J'ai entendu le numéro demandé: c'est Chelsea 2092.

Un juron retentit au bout du fil. Un juron de joie.

— Helen, c'est splendide. Nous tenons la piste de ces damnés Ratiers. Charley Bamboo sera vengé grâce à vous. Gardez la ligne, j'ai besoin de vérifier quelque chose.

L'attente d'Helen-la-soupe fut assez longue. Elle avait ouvert la porte de la cabine pour voir si nul indiscret ne s'était approché, mais sur un clignement d'œil du gros Italien, accompagné d'une plaisanterie assez forte, elle jugea plus sage de refermer. S'accoudant à la planchette, elle se prit à rêver.

Venger Bamboo Charley ! Oui, c'était là le motif qui la guidait et qui l'avait soutenue jusque-là. Mais à la pensée de la menace que contenait la phrase de R. M. Kelly, elle ne pouvait s'empêcher de ressentir une certaine pitié pour la femme dont elle tenait le sort entre les mains. Dans quelques jours, cette nuit peut-être, les tueurs de Kelly s'introduiraient dans sa chambre. Ils l'emmèneraient faire une promenade au cours de laquelle ils iraient jusqu'à la torture pour lui arracher ce qu'elle pourrait savoir. Dieu sait où s'arrêterait leur cruauté ! Certes, on avait agi de même avec Bamboo Charley, mais il s'agissait d'homme contre homme; tandis qu'à présent...

Comme une voix se faisait entendre dans le récepteur, elle frissonna.

— Vous êtes toujour là, Helen ?

Elle répondit, la gorge un peu contractée, et R. M. Kelly continua :

— J'ai vérifié pour le Chelsea 2092. C'est dans une maison composée d'ateliers d'artistes et le numéro qui nous intéresse est au quatrième. Vous me suivez bien ?

— Oui, acquiesça Helen.

— L'on n'a pu me dire qui était l'occupant du moment; mais cela n'a aucune importance. Les studios sont d'un accès très facile et ouvrent tous sur une galerie. Vous comprenez ce que je veux dire ?

— Oui, prononça à nouveau Helen-la-soupe. Vous voulez...

— Exactement. Que vous alliez faire une petite visite domiciliaire là-bas. Je suppose que c'était dans vos intentions ?

Une fois de plus, Helen-la-soupe dut acquiescer.

— Dans ce cas, vous avez carte blanche. Et quand je dis blanche, cela ne s'applique pas aux cartouches que vous pourriez emporter !

— Entendu, dit Helen.

— Quand on rencontre un reptile, on l'écrase, ma petite Helen. Et quand il s'agit d'un Ratier...

Il se mit à rire, mais, brusquement, son rire cassa.

— Pendant ce temps, je vais voir ce qu'il y a à faire du côté d'Amsterdam Avenue. La nuit ne se passera pas sans que les rôles soient renversés : les chasseurs vont devenir les chassés. Je vais lui faire faire une petite promenade. Pas plus tard que tout de suite, même !

— Merveilleux ! prononça presque imperceptiblement Helen-la-soupe qui revoyait la jeune fille, assise sur un coin de table, et téléphonant d'un air enjoué.

R. M. Kelly dut sentir que quelque chose d'anormal se passait dans l'esprit de son interlocutrice. Il n'était pas homme à ne pas mettre tous les atouts de son côté.

— Helen, prononça-t-il d'une voix si basse qu'on eût dit qu'il confiait un secret, souvenez-vous du signe que vous avez dû imprimer sur le front de Charley. L'homme chez qui vous allez est peut-être celui qui vous a tenu la main.

Un coup de fouet n'aurait pas agi différemment sur Helen-la-soupe. Elle se redressa tandis qu'un flot de sang teignait son visage.

— Charley sera vengé ! lança-t-elle durement. Et moi aussi.

Reposant le récepteur, elle ouvrit la porte et sortit. Le gros Italien devait guetter sa réapparition.

— Il en a pris du temps à se décider, votre amoureux ! plaisanta-t-il en empochant les enjeux qu'il venait de gagner.

Sans même s'asseoir, Helen-la-soupe saisit son verre et le vida d'un trait.

— Bravo ! proclama le gros Italien, voilà comme on

doit traiter le bon vieux Scotch. Mais quand une femme en absorbe une pareille dose d'une lampée, l'homme qu'elle va voir n'a qu'à bien se tenir.

Un sourire cruel passa sur le visage d'Helen-la-soupe, comme elle traversait le petit speakeasy. Cet Italien ne savait pas si bien dire. Elle allait venger Bamboo Charley; et toute à cette pensée, elle oubliait celle qu'un moment auparavant elle avait été sur le point de plaindre : la femme chez qui R. M. Kelly allait dépêcher ses hommes.

IV

LA RATE ET LES RATIERS

Le jeune homme était certainement un artiste. Tout dans la pièce le démontrait. Les toiles accrochées aux murs, les esquisses épinglées contre un paravaent et, sur un chevalet, un grand tableau représentant un nu inachevé. Dans un coin, drapé dans une pièce de soie, un mannequin se dressait. Il était impossible de se méprendre sur cette atmosphère spéciale que l'on trouve à la fois à Chelsea, à Londres, et à Greenwich Village, à New-York. Pourtant, c'est en vain que l'on eût cherché quoi que ce fût de bohème ou de négligé dans l'occupant du lieu. Vêtu d'une robe de chambre qui devait sortir de chez le meilleur chemisier de la 5e Avenue il avait cet air jeune et ouvert qui caractérise la jeunesse américaine ainsi que ce visage tanné des joueurs de golf et des habitués des croisières. En dépit de l'heure tardive, il était debout devant un Ronéo et, tout en buvant de temps à autre quelques gorgées d'un verre de whisky posé sur la table, manœuvrait l'appareil et faisait sortir exemplaire sur exemplaire.

Quiconque aurait jeté un coup d'œil sur un des papiers qui jonchaient le sol n'aurait pas manqué de ressentir un léger choc. Ce n'était autre qu'une de ces notes comme en recevaient depuis plusieurs jours tous les journaux de New-York. Celle-ci s'intitulait : « Les

Ratiers ne lâchent pas prise. Ils sont prêts à refrapper. *Cave canem*. »

Une dernière feuille jaillit de la machine, sur quoi, remplissant à nouveau son verre, le jeune homme se redressa.

Il réunit les petits feuillets, les compta, et un instant demeura hésitant. Il avait envie de communiquer son texte à quelqu'un. Il étendait la main vers le téléphone quand une horloge sonna dans le lointain. Il était trois heures du matin, et ce son de cloche le détourna de son idée.

« Non, réfléchit-il. Elle s'est couchée trop tard pour que je trouble son premier sommeil. Bah ! elle lira cela demain comme tout le monde, dans les éditions de midi. »

Il se leva et, ôtant sa robe de chambre, apparut en gilet de soirée. Endossant un smoking qui se trouvait sur le dossier d'une chaise, il prit son manteau et, s'étant dirigé vers la porte, sortit de l'atelier.

Tout en sifflotant, il descendit l'escalier, mais comme il traversait la cour d'honneur, il leva machinalement la tête. Il lui avait semblé entendre un léger frôlement provenant d'un des étages supérieurs. Il regarda un instant, puis avec une moue fataliste sortit dans la rue pour aller jeter son courrier à la poste.

Cinq minutes ne s'étaient pas écoulées qu'il était de retour.

Retroquant son veston pour sa confortable robe de chambre, il alluma une cigarette et, après s'être installé à son bureau, se mit à travailler. Il avait maintenant devant lui le petit carnet noir que quelques nuits plus tôt il avait adroitement soustrait à R. M. Kelly. Une à une il en tourna les pages, s'arrêtant à certaines pour prendre des notes, quand tout à coup il releva la tête. Quelque chose dans son subconscient venait de lui signaler que tout n'était pas pour le mieux. Exactement comme si son esprit eût fait apparaître un disque rouge. Il regarda autour de lui sans que quoi que ce fût dans sa position pût révéler qu'il fût sur le qui-vive. Il se demandait s'il ne s'était pas trompé, quand il se raidit. Dans la glace qui était en face de lui, il venait d'apercevoir un reflet métallique. Quelqu'un était dissimulé derrière la grande toile du chevalet et le tenait en joue. Comprenant que son salut résidait dans sa seule présence d'esprit, il décrocha son récepteur et demanda un numéro.

Son cerveau qui travaillait à toute révolution venait de faire la déduction suivante : la menace de mort qui planait sur lui ne pouvait venir que des gens qu'il traquait. Le rat qui était posté derrière la toile inachevée, dans la fausse sécurité où il se croyait, se garderait bien de tirer, avant d'avoir entendu ce qui allait se dire par téléphone. Ce pouvait être une piste nouvelle qui s'ouvrait pour lui. Il attendrait pour agir.

C'est ce qui se passa, et c'est le plus tranquillement du monde que le jeune homme put obtenir sa communication.

Il lançait à peine son « allo » quand, tout à coup, tout s'éteignit dans la pièce.

Bien qu'il fût l'auteur de cette obscurité, il n'en proféra pas moins un juron destiné à donner le change.

— Encore une panne d'électricité ! expliqua-t-il pour le bénéfice de la personne qu'il avait au bout du fil. C'est la troisième depuis hier. Cette ville devient impossible !

Il écouta la réponse et, tout en parlant, se laissa glisser au sol où il rampa pendant quelques mètres sur le tapis. Maintenant, son adversaire pouvait commencer le feu d'artifice si ça lui chantait, il était hors du champ de tir et à l'abri de toute attaque brusquée.

Il ne put s'empêcher de sourire en songeant à la mine que devait faire l'individu caché derrière la toile, et eût-il pu apercevoir Helen-la-soupe qu'il eût été satisfait. Celle-ci avait eu peine à réfréner une exclamation devant l'obscurité soudaine, et son cœur s'était mis à battre plus fort au bruit suspect qui avait suivi. Malgré toute son assurance, un doute venait de naître en elle : avait-elle été repérée et tout cela n'était-il qu'une ruse ?

Ses soupçons se changèrent vite en certitude. D'une voix aussi calme que s'il eût été dans un salon, l'homme s'était mis à parler.

— Navré de vous réveiller, chère amie, mais un petit incident vient de se produire qui motive mon appel.

J'ai dans mon atelier un représentant de l'aimable race des rats. Il a un revolver un peu trop brillant à la main et, si je n'avais fait l'obscurité, je ne sais trop où j'en serais.

Il écouta la réponse et se mit à rire comme si tout n'était qu'une bonne plaisanterie.

— Non ! Non ! Inutile d'alerter qui que ce soit et encore moins la police. J'ai un moyen bien plus simple pour me tirer d'embarras. J'ai sous la main quelques-uns des petits projectiles qui m'ont si bien réussi l'autre soir. Comme j'ai toujours mon masque à proximité, je ne crains rien. Je vais en faire éclater un et le tour sera joué. Je voulais seulement vous faire goûter l'humour de la chose, tout en avertissant l'homme au revolver du sort qui l'attend. Il pourrait bien faire une petite promenade et avoir, avant peu, un rat imprimé au front. *So long dear !* faites de beaux rêves.

Le jeune homme raccrocha et se remit à rire. Helen-la-soupe ne bougea pas, mais demeura le bras tendu. Elle éprouvait une folle impulsion de tirer au hasard, d'épuiser tout le barillet de son arme dans l'espoir d'un coup heureux. Elle eut la force de se contenir. Un tel geste n'aurait eu qu'un résultat : la laisser désarmée aux mains de son adversaire, et sans doute provoquer l'arrivée des voisins. Elle n'avait qu'une chose à faire : attendre.

Il lui sembla que des heures s'écoulaient, et pourtant, au tic tac de la pendule, elle put se rendre compte que seules des secondes passaient. L'homme ne bougeait pas, et, au silence de tombe qui régnait dans la pièce, on eût pu croire qu'aucun être vivant ne s'y trouvait. Helen-la-soupe songea à ce qui s'était déroulé quelques jours plus tôt dans l'appartement de R. M. Kelly, et sentit une peur animale s'emparer d'elle. Elle n'aurait pas bronché devant un automatique braqué sur elle, mais de se trouver là, dans cette pièce où tout à l'heure retentirait une petite explosion sourde, tandis que des vapeurs la prendraient à la gorge, lui causait un malaise physique épouvantable.

Tout à coup, un léger son la fit tressaillir. Cela ne provenait plus des parages de la table, mais d'un autre emplacement, plus sur la gauche. Ce bruit, qui pouvait tout laisser craindre, lui rendit son contrôle sur elle-même. Ce n'était plus ce silence de tombe. Elle savait que l'adversaire était là.

Presque au même instant, un léger déclic se produisit et une flammèche bleue éclaira vaguement la pièce. On venait d'allumer un briquet.

Elle aperçut une silhouette étrangement droite et raide, mais ne perdit pas son temps à réfléchir. Jetant son bras dans sa direction, elle tira. Elle perçut le choc de la balle, et fut certaine d'avoir touché juste. Mais c'est en vain qu'elle attendit une chute. La petite flamme s'était éteinte.

En même temps, un cri de surprise avait jailli, non pas de la bouche de la silhouette, mais du tapis.

— *Hell !* une femme !

Helen-la-soupe pivota sur elle-même, mais, avant qu'elle eû le temps de prendre une détermination, la voix continua.

— Ai-je besoin de vous dire que je vous tiens sous mon revolver et que vous êtes ma prisonnière ? Seulement, comme je ne tue pas les femmes dans l'obscurité, je vais redonner la lumière. Cela ne vous ferait rien de jeter votre arme ?

Une vague de révolte parcourut le corps d'Helen-la-soupe. Elle fut sur le point de rompre son mutisme, mais elle parvint à se contenir. La voix du jeune homme poursuivit.

— Allons, qu'attendez-vous ? Vous voyez bien que vous êtes battue. Que pouvez-vous faire dans cette nuit. Je vous répète que je vous tiens sous le feu de mon revolver.

Sans déceler son mouvement par le moindre bruit, Helen-la-soupe s'était avancée d'un pas. Elle frôla une petite table sur laquelle, machinalement, elle appuya une main. Comme elle la posait avec précaution, elle sentit sous ses doigts quelque chose de rond et de dur. Ce devait être une bonbonnière ou quelque objet chinois. Comme dans un éclair, une idée lui traversa le cerveau.

Faisant disparaître son automatique dans son corsage, elle crispa sa main sur l'objet.

— Soit, dit-elle en raffermissant sa voix, je vous obéis. Je suis battue. J'ai confiance en vous.

Elle fit un pas dans la direction de la fenêtre et elle lança l'objet à toute volée. Il y eut un bruit de vitre brisée puis, un peu plus tard, le choc de la bonbonnière contre le sol de la cour.

— Je ne vous en demandais pas tant, railla le jeune homme. Ne bougez pas.

Brusquement, la lampe du bureau se ralluma, et un coup d'œil montra à Helen-la-soupe pourquoi sa balle n'avait produit aucun effet. Le jeune homme surprit son regard et devina sa déception.

— Oui, dit-il, ce n'est qu'un mannequin. Vous avez visé trop haut, j'étais couché à ses pieds.

Il s'arrêta net car la physionomie de la femme venait de le frapper. Sa voix se contracta.

— La maîtresse de Bamboo Charley !

Les bras pendant le long du corps, elle marcha sur lui.

— Oui, dit-elle sourdement, la maîtresse de l'homme que vous avez exécuté sous mes yeux. Celle dont un de vous...

Une boule lui monta à la gorge et le jeune homme inclina la tête.

— Je sais, dit-il, et peut-être ce raffinement de cruauté fut-il inutile. Vous valez mieux que ça.

Il parlait lentement, et l'on eût dit qu'il essayait de la déchiffrer.

— Ne m'en veuillez pas de mes paroles, continua-t-il. Un rat comme Bamboo Charley était indigne d'une femme comme vous. Indigne de votre fidélité à son souvenir.

Elle ne répondit pas car elle pensait. Une joie intense se formait en elle et grandissait au fur et à mesure des paroles de cet homme. Il ne savait rien. Il se croyait maître de la situation. Et tout à l'heure...

Elle fut sur le point de tirer son automatique et de l'abattre, mais elle se raisonna. Ç'aurait été se priver de la moitié du plaisir. Elle allait jouer avec lui comme le chat avec la souris. Peut-être parviendrait-elle à savoir le nom de l'homme...

Elle eut un vertige. Et si c'était lui ? Elle se redressa froide et méprisante.

— Pourquoi ne m'abattez-vous pas ? jeta-t-elle. Je ne suis qu'une rate, la femelle d'un rat. Je suis de leur sang et de leur race. Qu'attendez-vous ?

Elle était à quelques pas de lui et ses yeux étincelaient. Il sourit comme s'il eût trouvé le spectacle magnifique.

— Non, dit-il, vous valez mieux qu'eux. Votre attitude présente le prouve. Bamboo Charley et les autres ont crié de lâcheté devant la mort. Vous, vous l'affrontez. Vous n'êtes pas une rate et je ne vous tuerai pas.

Elle eut un rire méprisant.

— Parce que vous vous imaginez m'amener à trahir ? N'espérez pas cela. Je suis la femelle d'un rat. Si vous ne me tuez pas, vous le regretterez.

— Pourquoi ?

Le geste d'Helen-la-soupe fut si rapide qu'on eût dit un coup de fouet. Plongeant la main dans son corsage, elle en tira son automatique et tint l'homme en joue.

— Parce que c'est moi qui vais le faire.

L'homme ne broncha pas. Il regarda la vitre brisée puis reporta son regard vers la petite table. Il vit qu'un objet manquait.

— Bien joué ! dit-il. Je me suis laissé prendre. Jamais un rat n'aurait imaginé ça ! Vous voyez bien !

Il parlait lentement, pesant chaque mot, mais avec une sorte d'indifférence qui ne pouvait être que feinte. Elle se demanda si elle tirerait tout de suite ou si, au contraire, elle lui infligerait le supplice de l'attente !

Sans cesser de le tenir sous son feu, elle s'approcha encore un peu.

— Je vais vous tuer, prononça-t-elle avec une joie mauvaise, et comme je n'ai pas de fer chaud à la main, c'est à l'encre que je vous tracerai un rat sur le front ! Vous serez le premier à partir, et il y en aura d'autres. Grâce à vous, et à ce que je trouverai sans doute ici, j'aurai toutes les pistes des ignobles assassins que vous êtes. Bamboo Charley sera vengé !

Elle craignit que le jeune homme ne s'élançât sur elle, et prudemment fit un pas en arrière. Il n'en manifesta aucune velléité et continua à la contempler en secouant la tête.

— Dommage ! dit-il enfin. J'aurais pu vous apprendre tant de choses intéressantes.

— Trop tard ! rétorqua-t-elle farouchement en s'apprêtant à appuyer sur la gâchette.

Il continua.

— Par exemple, le nom de l'homme qui vous a tenu la main. Et aussi le sort qui vous était réservé si, Bamboo Charley et vous, vous vous étiez embarqués à bord de l'*Aquitania*.

Elle releva la tête.

— Que voulez-vous dire ?

— Ce qu'une dépêche du Havre m'a appris ce soir et ce qui sera demain dans tous les journaux.

Elle s'exaspéra.

— Quoi donc ?

— Qu'au cours de la première nuit de la traversée une bombe a éclaté sous le lit d'une cabine de première. La cabine 221. Celle, il me semble, que vous deviez occuper avec Bamboo Charley ?

Le revolver trembla légèrement dans sa main.

— Et après ? Nous n'étions pas dedans, n'est-ce pas ?

Il sourit.

— Non ! mais vous auriez dû y être. C'est ce qu'avait escompté celui qui avait fait placer ce petit colis sous le lit.

— Les Ratiers, n'est-ce pas ?

Il corrigea.

— Non. L'homme que vous servez et pour le compte de qui vous êtes ici ce soir : R. M. Kelly.

Machinalement, elle laissa retomber son bras, mais il ne tenta pas de profiter de l'occasion. D'ailleurs, elle se ressaisit vite.

— Ce n'est pas vrai. C'est un mensonge infâme. Ce sont les Ratiers qui... et vous voudriez...

La voix calme du jeune homme l'interrompit.

— Vous ne me tenez plus sous le feu de votre arme, et vous pouvez remarquer que je n'ai pas tenté d'en profiter. Voulez-vous vous approcher de mon bureau ?

Elle le regarda interloquée.

— Pourquoi ?

— Pour feuilleter ce petit carnet qui s'y trouve. Il y a une page qui vous intéressera.

La femme eut une minute d'hésitation. Pourtant, elle se décida. Il y avait dans la calme voix de cet homme quelque chose qui lui en imposait. Sans le quitter du regard, elle alla au bureau et prit le petit carnet.

— Feuilletez-le, dit-il, vous verrez une page cornée. Je ne comprenais pas exactement de quoi il s'agissait, mais la dépêche de ce soir m'a éclairé.

Elle obéit et eut vite fait de trouver l'endroit que l'homme lui avait indiqué.

— Lisez, dit-il.

Sa voix grave s'éleva dans la pièce.

— « 221. 100 dollars à Gus Stevenson pour cadeau final 23..10. 3. 15. »

Un instant, elle demeura immobile, puis, enfin, elle demanda.

— Qu'est-ce que cela veut dire ?

Sa voix était blanche maintenant, mais, au lieu de lui répondre, le jeune homme préféra la questionner.

— Quel était le numéro de la cabine que vous deviez occuper à bord de l'*Aquitania* ?

— 221.

— Rien de plus clair alors. Savez-vous le jour et l'heure où s'est produite l'explosion de la bombe que l'on avait déposée sous le lit ? le 23 octobre à 3 h. 15. Date indiquée par le chiffre mystérieux qui m'avait tout d'abord intrigué.

La femme reposa le carnet et elle dut s'appuyer au dossier d'une chaise.

— Mais pourquoi cela ? demanda-t-elle en passant son autre main devant son front.

Le jeune homme la regarda fixement.

— Parce que l'homme que vous servez est le rat de la pire espèce : celui qui supprime ses collaborateurs quand il n'en a plus besoin. Vous lui aviez rendu un service, mais vous pouviez être gênants, le jour possible où la police vous aurait tenus. Vous en saviez trop. Alors, il a agi. Le cadeau final, comme lui-même le reconnaît.

Une expression douloureuse se peignit sur le visage de la femme. Sans réfléchir à ce qu'elle faisait, elle posa

son automatique sur la table qui était à côté d'eux. Il
ne fit pas un geste pour le saisir. Il l'observait en silence. Brusquement, elle se reprit avec un frisson.

— Je ne vous crois pas ! délcara-t-elle sourdement.
Une telle traîtrise est impossible. Jamais un homme...

Il lui coupa la parole.

— Ce n'est pas un homme : c'est un rat.

Elle ne répondit pas, et il poursuivit en lui désignant
le carnet noir ainsi qu'une dépêche qui se trouvait à
côté.

— Compulsez ces documents. Et jugez par vous-
même.

Elle secoua la tête sans la relever, et il s'en étonna.

— Vous ne le voulez pas ?

Il y eut une lassitude infinie dans la réponse.

— Non. C'est abominable, mais je vous crois.

Comme si cet aveu eût détruit le dernier ressort qui
la soutenait, elle s'écroula dans un fauteuil et se cacha
la tête dans les mains. Il l'observa en silence, sans savoir
ce qu'il devait faire. Il était gêné par ses larmes. Pour
meubler ce silence, il prit une cigarette et l'alluma à
son briquet.

— Je l'avais bien dit, prononça-t-il comme s'il se fût
parlé à lui-même. Vous n'êtes pas à votre place parmi
ces gens-là.

Elle crispa son mouchoir dans sa paume humide.

— J'aimais Charley et on l'a tué !

Brusquement, un frisson agita ses épaules, comme si
elle se fût éveillée d'un cauchemar et, se levant délibé-
rément, elle alla à la glace qui se trouvait au-dessus de
la cheminée. Tout en s'efforçant de maîtriser le tremblement de ses mains, elle se remit un peu de rouge et
un peu de poudre. Puis, ôtant son chapeau, elle se
recoiffa. Ce n'est qu'après avoir entièrement rectifié sa
mise qu'elle retourna vers le jeune homme et se posta
devant lui.

— Et maintenant ? prononça-t-elle avec une sorte de
défi dans la voix.

Le jeune homme soutint son regard.

— Et maintenant ?

Elle rougit un peu et continua :

— Vous avez tué l'homme que j'aimais et vous avez

détruit la foi que j'avais en celui pour qui nous travaillions. Je suppose que vous n'allez pas en rester là ?

— En effet, dit le jeune homme, nous avons juré de détruire les Têtes des rats. Nous marcherons tranquillement vers notre but. Mais je vous le répète, nous ne vous considérons comme un d'eux. Rien ne vous arrivera.

Elle eut un éclat de rire méprisant.

— C'est tout ce que vous attendez de moi ? Décidément, vous avez une trop haute opinion de mes vertus. Un autre m'aurait demandé de trahir. Pour ne le faites-vous pas ?

Son visage était dur et buté, mais le jeune homme ne n'en inquiéta pas.

— Parce qu'il ne peut être question de trahison quand il s'agit de justice. C'est vous que l'on a trahie en vous envoyant ainsi que Bamboo Charley à la mort. En nous aidant, vous ne ferez que venger le souvenir de l'homme que vous aimez toujours.

Le visage de la femme ne se détendit pas.

— Et vous croyez que je vous aiderai ?

Le jeune homme jeta sa cigarette et inclina la tête.

— Oui.

Ce fut comme si une rafale emportait le masque d'impassibilité de la femme. Son souffle devint court, plus rapide. Elle pâlit et rougit tour à tour. Sa poitrine se gonfla.

— Si j'acceptais de vous aider, vous doutez-vous de la condition primordiale que j'y mettrais ?

A nouveau le jeune homme inclina la tête.

— Oui, je le sais.

— Dites-la, alors, cette condition, si vous la savez ?

Les yeux au loin, le jeune homme prononça :

— Vous me demanderiez de vous dire le nom de l'homme qui vous a mis le fer chaud à la main. L'homme qui vous a fait imprimer le rat maudit sur le front du gangster que l'on venait d'exécuter.

Elle lui saisit les poignets, mais il ne tenta pas de se dégager.

— Puisque vous le savez si bien, cria-t-elle, êtes-vous prêt à me répondre sans mentir ?

— Pourquoi mentirais-je ?

— Qui est-ce, alors ?

— C'est moi.

Elle se rejeta en arrière et, un sentiment d'horreur au fond des yeux, demeura la bouche ouverte. On aurait dit qu'elle allait hurler de souffrance.

— Vous ! parvint-elle à articuler.

Il poursuivit de la même voix blanche.

— Il fallait mettre un terme aux agissements de cette bande infâme et répondre à la terreur par la terreur. Nous avons agi. Reconnaissez que l'homme que vous aimiez méritait son sort. La chaise électrique l'attendait. Il n'y a que sur vous que nous nous sommes trompés : vous ne méritiez pas cette épreuve.

Pour se ressaisir, la femme posa la main sur la table qui était à côté d'elle. Sous ses doigts, elle sentit l'acier de l'automatique qu'elle avait posé quelques instants auparavant. Pas une seconde la tentation ne lui vint de s'en servir.

— Vous avez été franc, dit-elle, et je suppose que je ne dois pas vous en vouloir. C'était la guerre.

— Oui, dit le jeune homme, la guerre ! Une guerre où vous étiez les sacrifiés, tandis que les Têtes...

Elle se redressa, les yeux étincelants.

— Il faut les abattre. Ce n'est pas vous qui avez tué Charley. C'est lui qui l'avait condamné, alors qu'il lui tapait sur l'épaule.

— Vous êtes donc avec nous, maintenant ?

— Oui. En souvenir de lui.

Dans un geste spontané, il lui tendit la main, mais, au rappel du geste de l'autre nuit, elle eut un mouvement de recul involontaire. Il allait s'excuser, mais, sans lui en donner le temps, elle se ravisa.

— Avec vous, répéta-t-elle, avec vous pour détruire les lâches !

Le jeune homme allait lui dire que le jour de la vengeance n'était plus loin, quand une horloge sonna dans la nuit. On eût dit qu'un fer chaud touchait la femme.

— Grands dieux ! s'exclama-t-elle en reculant dans un geste angoissé.

Le front du jeune homme se plissa.

— Quoi donc ?

Elle le regarda avec égarement tandis que le sang teignait son visage. Elle parla enfin à mots hachés.

— Cette nuit, j'ai suivi Kelly et Kraton comme ils se rendaient chez le maire de New-York. J'ai vu la femme qui s'est introduite derrière eux et j'ai pu la filer comme elle repartait. C'est par son coup de téléphone que j'ai pu venir ici.

— Après ? Après ? continua le jeune homme.

La femme dut lutter pour avoir le courage de continuer son aveu.

— J'ai téléphoné à Kelly et je lui ai livré la femme. Il m'a dit que cette nuit il en aurait fini avec elle... et qu'on l'emmènerait faire une promenade.

Le jeune homme était déjà à son téléphone. Mais c'est en vain qu'il composa le numéro. Enfin, il se releva. Il était blême, et sa voix sonna étrangement.

— On ne répond pas ! dit-il. Et j'ai l'impresssion que la ligne a dû être coupée.

Debout au milieu de la pièce, Helen-la-soupe se comprimait le cœur de ses deux poings.

— Il a dit qu'il allait la faire emmener en promenade, mais il n'a pas dû agir lui-même. Il a dû...

Elle s'arrêta comme si une inspiration la frappait.

— C'est le seul espoir qui nous reste, jeta-t-elle. Voulez-vous vous fier à mois ?

Le jeune homme était déjà à sa table et tirait d'un tiroir des chargeurs qu'il glissait dans la poche de son smoking.

— J'ai foi dans la poignée de main que vous m'avez donnée. N'oubliez pas votre revolver. Venez.

Il jeta un pardessus sur ses épaules et alla vers la porte.

— Il a dit qu'il allait l'emmener en promenade, reprit-elle. Vous comprenez ce que cela veut dire ?

— Oui, dit le jeune homme. Et c'est pourquoi je suis prêt à vous suivre aveuglément.

Et, sans un autre mot, Helen-la-soupe sortit de la pièce avec l'homme qu'elle était venue tuer. L'homme que, de deux heures plus tôt, elle avait cru haïr le plus au monde.

V

L'OMBRE DE LA MORT

— Allez, grouille !

Une poigne brutale s'abattit sur le bras de la femme blottie au fond de l'automobile, et qui, tout au long de la route, n'avait pas prononcé une parole, on eût pu croire qu'elle dormait mais, en dépit de ses yeux fermés, elle n'en était pas moins bien éveillée.

Elle regarda l'homme qui venait de l'apostropher. Il avait un front bas et buté, des oreilles en feuille de chou, et un visage exprimant une bestialité sauvage. Il portait un chandail et avait un foulard vert autour du cou.

— On débarque ! jeta-t-il en joignant le geste à la parole.

La femme se sentit tirée hors de la voiture et, ayant manqué le marchepied, faillit tomber au sol.

— Et la politesse envers les dames, Budding ? Qu'est-ce qu'on en fait ? railla une voix, qui n'était autre que celle de l'homme au volant.

L'individu que l'on venait d'appeler Budding, et qui était un des plus sinistres tueurs à la solde de R. M. Kelly, se tourna vers le chauffeur en grognant :

— *Stow it* [1], hé, Mutton ! je sais pourquoi je suis ici.

— Ça va ! grommela l'autre. Si on ne peut plus plaisanter maintenant !

La femme frissonna. Elle était en pyjama de nuit et semblait avoir été tirée de son lit. Ses cheveux débouclés tombaient en désordre sur son front.

— Allez marche, lui jeta l'homme, et ne me joue plus un petit tour comme tout à l'heure.

Il jeta un coup d'œil sur sa main ensanglantée, où s'apercevait une blessure, qui ne pouvait avoir été causée que par un coup de dent.

— *Beastly little skunk !* [2] Je ne sais ce qui me retient de vous casser toutes les dents !

1. Boucle-la !
2. Sale petit skunk !

Le chauffeur, qui avait sauté au sol et qui s'était posté aux côtés de la femme, plaisanta à nouveau.

— Bah ! elle aura voulu te montrer que les chiennes ratières mordaient comme les autres. Elle va malheureusement savoir, dans quelques instants, que les rats mordent mieux.

L'allusion était transparente mais, en dépit du froid, la femme s'appliqua à ne pas frissonner. Elle ne voulait pas que cela fût mis sur le compte de la frayeur.

Assumant un air de parfaite indifférence, elle se laissa entraîner par les deux hommes, tout en cherchant à deviner où elle pouvait être.

La course avait été assez longue et, depuis leur sortie de Jersey City, elle n'avait pu s'y reconnaître. Pourtant, il lui semblait bien qu'elle devait toujours être dans l'Etat de New-Jersey. Mais où exactement ? Et puis, qui donc à cette heure de la nuit, ou plutôt du matin, pourrait y soupçonner sa présence ? A cette pensée, le froid lui monta au cœur, et elle fut heureuse de l'obscurité. Aucun des deux hommes n'avait pu voir son trouble. A nouveau, la question lancinante se reposa à son esprit : qu'allaient lui apporter les quelques minutes qui allaient suivre ? La réponse ne semblait guère douteuse. Si on l'avait tirée de son lit, en pleine nuit, pour l'emmener faire un promenade, il ne pouvait y avoir de doute, ni sur le motif, ni sur l'identité des agresseurs. Après tant d'échecs, les rats allaient inscrire un succès à leur acitf.

— J'ai joué, et j'ai perdu ! prononça-t-elle pour elle seule. Quelle faute avons-nous donc commise ?

Un rayon de lumière, qui éclaira le visage bestial de l'homme, changea le cours de ses idées. Sans doute était-ce à lui qu'était réservé le rôle final.

« Pourvu qu'il ne me torture pas », songea-t-elle en sentant sa chair se hérisser.

Ce qui se passa l'empêcha de s'attarder à cette abominable pensée. Le rayon qui venait de jaillir provenait d'une fenêtre garnie de barreaux. Elle aperçut une maison basse, un peu sur le côté d'une vague clairière. Tout autour, de grands sapins élevaient leurs fûts noirs. L'endroit ne pouvait être mieux choisi pour une exécution. L'homme qui avait servi de chauffeur remarqua :

— Derrick nous aura entendu venir. Le voici qui allume sa lanterne.

L'homme au mufle bestial ne répondit pas, et continua de marcher vers la maison. Comme il soulevait le heurtoir, la porte s'ouvrit.

— *Good night*, prononça le nouveau venu, vous n'avez pas perdu de temps à ce que je vois.

L'homme au chandail poussa sa victime dans la pièce et la projeta vers un fauteuil, où elle s'effondra.

— Ferme tout et boucle les volets, commanda-t-il. Pas besoin qu'on sache que la baraque est occupée.

L'homme, qui avait l'air d'un tenancier de bar, haussa les épaules.

— Rien à craindre, en cette saison. On n'est plus en été, à l'heure des randonnées amoureuses dans la forêt.

— Ne parle pas tant, jeta l'homme au chandail d'une voix rêche.

— Bon ! bon, on y va.

Il assura la porte, avec deux lourdes barres de fer, puis ferma hermétiquement tous les volets. Nul rayon de lumière ne pouvait filtrer.

— C'est fait! annonça-t-il en revenant vers le groupe.

— Tu as préparé ce qu'on t'avait demandé ? interrogea l'homme au chandail.

— Oui.

— Donne-moi ça, alors.

L'homme se dirigea vers un casier et en sortit un rouleau de cordes, qu'il jeta à son interlocuteur. Celui-ci le saisit au vol et, ayant déroulé une des extrémités, la fit siffler dans l'air. Le front mauvais, il marcha vers sa prisonnière, et celle-ci crut qu'il allait l'en frapper. Rien dans sa physionomie, pourtant, ne décela sa crainte.

L'homme la regarda un instant, de ses yeux alourdis par l'alcool, et se mit à ricaner.

— Rassure-toi, Baby, ce n'est ni pour t'attacher, ni pour te battre. Simplement pour te faire danser à quelques centimètres du sol. Tu saisis ? Dommage qu'il n'y ait pas de glace pour te permettre une dernière vision.

Le chauffeur ne dut pas aimer ce genre de plaisanterie, car il coupa :

— *Stow it*, Budding ! finissons-en, et fichons le camp !

Quelle idée de ne pas se servir du revolver comme d'habitude. On n'est pas le bourreau, tout de même !

L'homme au chandail ricana.

— On le sera pour une nuit. Ça nous permettra de connaître ses sensations. Rien à dire : ordre du *boss* !

Il se retourna vers l'occupant de la maison.

— Tu as préparé le reste du programme ?

Le doigt de l'autre montra un solide piton, planté au plafond.

— *Okay*. Alors, on y va.

Il s'approcha de la jeune fille, qui avait écouté cet échange de propos comme s'il ne se fût pas agi d'elle, et jeta la corde à son complice :

— Accroche ça là-haut, pendant que je reste près de la *moll*. J'ai comme une idée qu'une fois dans mes bras elle gigotera un peu plus.

Assurant une chaise, le chauffeur se hissa vers le plafond.

— Je n'aime pas ça, dit-il en accrochant la corde. Le *boss* pourrait tout de même donner son sale ouvrage à d'autres.

— Et le fric aussi, sans doute ? railla l'homme au chandail.

Une voix calme et indifférente s'éleva. C'était celle de la prisonnière, et on eût dit qu'elle se trouvait dans un salon.

— Ça ne vous ferait rien de me donner une cigarette ? Il y a des moments où l'on en a vraiment envie !

La voix était douce, et seul l'observateur le plus perspicace aurait pu discerner que, derrière ce masque souriant, il y avait une angoisse poussée à l'extrême. Le fait d'ailleurs de demander une cigarette en était une preuve : la jeune fille avait peur de son silence.

L'homme au chandail allait répondre par un refus brutal, mais le chauffeur le prévint :

— Prends les miennes, Buddy, tu ne peux tout de même pas lui refuser ça !

L'homme attrapa le paquet au vol et le tendit à la jeune fille qui en prit une.

— Un peu de feu aussi ? demanda-t-elle.

Cette fois, l'homme au chandail s'exécuta. Il tira un briquet de sa poche et, l'approchant de la jeune fille, attendit qu'elle s'en fût servi. La clarté accentua son étrange pâleur. Ses joues sans fard étaient livides. Seule une plaque rouge marquait l'emplacement des pommettes.

— Merci, dit-elle en se laissant aller contre le dossier du fauteuil.

Ce calme indifférent acheva d'exaspérer son bourreau.

— Si tu crois retarder ce qui t'attend, tu te trompes ! Dès que la corde sera attachée au piton, tu y mettras ton joli petit cou et tu pourras danser. Dommage que tu ne puisses voir ce qui se passera après !

La jeune fille arqua les sourcils tout en renvoyant une bouffée vers le plafond.

— Et qu'est-ce qui se passera après ?

L'homme au chandail se frotta les mains.

— Le petit dessin que je te mettrai au front avec mon stylo rempli d'acide à défaut de fer chaud : un rat.

La jeune fille dut enfoncer ses paumes dans les bras du fauteuil pour conserver son indifférence.

— Ah ! dit-elle, et pourquoi un rat, s'il vous plaît ?

L'homme, qui était un être frustre et qui redoutait quelque piège, ne la suivit pas sur ce terrain.

— Assez ! je ne suis pas ici pour répondre à des questions imbéciles. Si tu crois m'épater, tu as tort. Pour un peu, je ne sais...

Il s'approcha le poing levé, et elle ne put s'empêcher de fermer les yeux. L'intervention du chauffeur mit fin à cette scène.

— Oh ! la ferme, Budding. Finissons-en et fichons le camp ! La voilà ta corde.

L'homme au chandail en saisit une extrémité et tira de toutes ses forces.

— Ça va. Prépare le nœud coulant et je t'apporte le paquet. Avec son petit pyjama de soie, elle fera très bien au bout du fil.

En dépit de toutes ses résolutions, la jeune fille vit que la cigarette qu'elle tenait au bout de ses doigts tremblait. Elle regarda fixement l'homme qui avançait et se raidit.

— Je ne veux pas avoir peur ! prononça-t-elle tout bas avec exaltation.

Pourtant, elle se demanda si elle parviendrait à ne

pas crier lorsque ces deux mains s'abattraient sur elle.

Elle les vit venir et ne cria pas. Seulement, elle respira plus rapidement et, ôtant sa cigarette de sa bouche, la jeta au sol.

— Vous auriez pu me laisser achever ma cigarette, remarqua-t-elle.

Elle avait craint de ne pouvoir articuler les mots et fut heureuse de voir que sa voix avait à peine tremblé. L'homme était derrière elle et elle sentit ses grosses mains s'incruster dans sa chair. La seconde d'après, l'homme l'avait saisie à bras-le-corps.

— Tu y es, Mutton ? interrogea-t-il.

Elle n'entendit rien — sans doute le chauffeur avait-il répondu par un signe de tête — mais elle se sentit soulevée de son fauteuil. Pour la première fois, elle comprit que l'horrible chose contre quoi se révoltait toute sa jeunesse allait se réaliser. Jusqu'à cette minute, elle avait espéré, contre l'espoir, que quelque chose arriverait.

Elle ouvrit grand les yeux et aperçut la corde qui pendait au plafond. Le chauffeur, monté sur une chaise, tenait ouvert le nœud coulant. Le gardien de la maison était à son côté, prêt à le seconder. Une boule lui monta à la gorge. Ainsi, on allait la pendre. On allait l'accrocher à cette corde et, demain, ceux qui la découvriraient — si jamais on parvenait à la découvrir — ne trouveraient plus qu'un cadavre inerte et déjà roide.

L'homme qui la portait s'était écarté du fauteuil et se dirigeait vers le milieu de la pièce. Elle ne voyait plus que le nœud coulant. Dans sa terreur, elle enfonça ses ongles dans la chair de son bourreau. Celui-ci n'y prit pas garde.

— Mon Dieu, mon Dieu ! sanglota-t-elle.

Comme en réponse, une sonnerie aigrelette retentit dans la pièce d'à côté. Surpris par ce bruit inattendu, l'homme au chandail s'arrêta net.

— Le téléphone ! expliqua l'occupant de la maison.

L'homme au chandail s'était repris avec un gros rire.

— Vas-y, Derrick. Si c'est le *boss*, dis-lui que dans cinq minutes tout sera fini.

Derrick s'éloigna et laissa la porte ouverte. Tenant toujours son fardeau entre les bras, l'homme au chandail demeura l'oreille tendue. Au ton de son camarade au téléphone, il devina que quelqu'un d'importance était au bout du fil. Presque aussitôt, d'ailleurs, Derrick revint.

— Alors ? interrogea l'homme au chandail. C'est le *boss* ?

— Non, mais de la part du *boss*. Il sera ici dans vingt minutes et ordonne qu'on l'attende. Il veut interroger la prisonnière et lui arracher ses secrets.

Devant cette perspective qui le réjouissait, l'homme serra si fortement le frêle corps de la jeune fille que celle-ci poussa un cri et perdit presque la respiration.

— *Sorry baby !* railla-t-il. La petite fête est remise à tout à l'heure. Je t'assure que tu ne perdras rien pour attendre.

Il la posa au sol et la poussa brutalement vers le fauteuil.

— Allez ! rassieds-toi et sois sage, sinon...

La jeune fille, dont tant d'émotions avaient coupé les jambes, ne parvint pas à s'accrocher au fauteuil et tomba au sol. Elle se releva lentement et fixa son bourreau :

— Brute ! lança-t-elle, vous parlerez moins haut quand les Ratiers vous tiendront !

Devant ce rappel, l'homme bondit sur elle. Il allait la frapper, mais la voix de son camarade le rappela à la raison.

— Idiot ! Tu veux que le *boss* la trouve assommée quand il arrivera ?

L'homme grommela quelques mots inintelligibles et alla s'asseoir sur une chaise qui était près d'une table.

— Au fait, continua le chauffeur, en déposant le nœud coulant, qu'est-ce qui a téléphoné pour le *boss* ?

— Une femme. Elle m'a dit son nom. Helen-la-soupe.

— Rien à craindre avec celle-là, approuva le chauffeur. Son homme a été tué par les Ratiers il y a quelques jours. C'était la *moll* de Bamboo Charley. Elle a une revanche à prendre sur eux.

— Elle vient aussi ?

L'occupant de la maison haussa les épaules.

— Elle a seulement annoncé que le boss s'était mis en route et qu'il ne fallait rien faire en attendant.

L'homme au chandail se mit à rire.

— Elle aurait pu téléphoner trop tard !

— C'est la première chose qu'elle m'a demandé. J'ai heureusement pu la rassurer.

— Alors, attendons ! conclut l'homme au chandail en jetant un coup d'œil de côté. Pas de danger que la gosse nous joue un tour à sa façon et aucune crainte qu'elle ait un revolver sous son pyjama. C'est là l'agrément d'enlever les gens de leur lit. Je rigole encore en voyant sa tête !

Il se renversa sur sa chaise.

— Au fait, on ne boit rien dans cette baraque ?

Le chauffeur secoua la tête.

— Pas quand le boss doit venir. Après, tant que tu voudras. Jamais avant.

— Parfait ? Qu'est-ce qu'on fait alors ? Tu as des cartes ?

L'homme à qui s'adressait cette question se hâta de répondre.

— Des cartes et des dés, comme vous voudrez.

— Va pour les dés. Une petite partie de *craps* nous fera passer le temps.

Dans la pièce éclairée par une seule ampoule, les trois hommes se mirent à jouer. En dehors du bruit des dés, et des jurons, tout était silencieux. Dans son fauteuil, la tête appuyée contre le dossier, la jeune fille semblait dormir. Pourtant ses yeux étaient ouverts : elle regardait la corde qui pendait au plafond et rêvait.

Tout à l'heure, quand l'ordre de surseoir à son exécution avait été donné, elle avait cru défaillir de bonheur. Maintenant, dans le mystère de cette pièce, sous la garde de ces trois hommes qui ne s'occupaient plus que de leur jeu, elle comprenait combien son illusion avait été chimérique. Que pouvait-elle attendre ? Nul n'entrerait dans sa chambre avant le matin. Une fois même sa disparition constatée, seuls ceux avec qui elle travaillait comprendraient d'où venait le coup. Quelle aide pourrait fournir la police ? Simplement faire découvrir son cadavre un peu plus tôt, un peu plus tard. Elle était entre les mains de gens de qui elle n'avait à espérer nulle grâce.

A cette pensée, sa chair se contracta. Tout à l'heure,

il ne s'agissait que de pendaison. Maintenant, l'homme qui allait venir voudrait lui arracher ses secrets; secrets qu'elle était décidée à ne pas lui livrer. S'inclinerait-il devant sa volonté ou, au contraire, pour en venir à bout, n'aurait-il pas recours à tous les moyens ?

Elle se mordit les lèvres. Dieu ! Pourvu que ces hommes ne soient pas trop cruels ! Pourvu surtout que sous la douleur elle ne dévoile pas ce qu'elle voulait cacher !

Elle sentit un frisson la parcourir auquel succéda une vague de froid. Elle contempla ses pieds nus, et songea que, sous son pyjama, elle était, hélas ! nue, Reportant son regard vers les trois hommes, elle s'absorba dans leur contemplation.

N'eussent été les brefs coups d'œil que lui décochait l'homme au chandail, on aurait dit que, tout à son jeu, il avait totalement oublié sa présence. Fortement secoués par le chauffeur, les dès roulèrent sur la table. Celui-ci annonça le point en grognant, et il allait ramener les dés vers lui quand il s'arrêta.

— Drôle tout de même que le *boss* n'ait pas téléphoné lui-même ou ne se soit pas servi de Kernock. C'est la première fois qu'il utilise une *moll* !

L'homme au chandail haussa ses épaules de lutteur.

— Probable qu'il était pressé et qu'il n'a pas voulu déranger Kernock. Ce *guy* à lunettes doit dormir quelquefois ! Alors, comme la *moll* était là..

Tout en agitant ses dés, le chauffeur cligna de l'œil.

— Et pourquoi était-elle là, la *moll* ? Est-ce que par hasard le *boss* et elle...

Il éclata de rire et inclinait le cornet quand il s'arrêta.

— N'empêche que ça me semble drôle. Le patron n'a jamais agi ainsi.

L'homme au chandail trouva la chose ridicule.

— Il faut bien un commencement à tout. Toi, tu te méfierais d'une ombre !

— L'homme qui se méfie d'une ombre, rétorqua sèchement le chauffeur, est sûr d'en éviter une autre plus désagréable encore.

— Laquelle ?

— Celle de la potence ou de la chaise, suivant le cas.

Posant les dés sur la table, il repoussa sa chaise et se leva.

— Je vais faire confirmer l'ordre.

— Par lui-même sans doute ? Idiot ! puisqu'il est parti !

— Il y aura toujours Kernock.

— Il ne saura rien. Allons, joue, bon Dieu !

Devant le refus de son compagnon, l'homme au chandail ricana :

— Eh bien ! vas te faire traiter d'imbécile. Si le *boss* frappe pendant ce temps, j'irai ouvrir.

Le chauffeur se dirigea vers la porte qui donnait dans la pièce d'à côté et la referma derrière lui. La jeune fille demeura les yeux fixés sur ce panneau de bois derrière lequel se décidait, peut-être, sa destinée. Elle en était au point où l'esprit se refuse à travailler. Tout lui paraissait flou, et puis elle avait froid et ne cherchait plus à dissimuler ses frissons. Il lui sembla que la porte se rouvrait presque immédiatement. Le chauffeur était sur le seuil, il était blême.

— Imbécile ! jeta-t-il, on allait faire du beau travail. Le *boss* n'a jamais téléphoné, et quelqu'un a dû se servir du nom de la moll. Il sera ici dans vingt minutes, et veut tout trouver terminé.

Avec un juron, l'homme au chandail s'était jeté vers la femme. A sa fureur, on devinait l'effroi que devait lui inspirer celui qui allait venir. Son aspect était tel qu'à son approche la femme se dressa dans son fauteuil et poussa un cri.

Il était déjà sur elle et l'on aurait dit qu'il voulait lui faire payer sa déconvenue. La saisissant à bras-le-corps il la porta vers le milieu de la pièce. La résistance de sa victime ne fut pas longue. A bout de forces, elle se laissa aller, et ce ne fut qu'un être sans réaction qu'il hissa vers le nœud fatal.

Juché sur le tabouret, le chauffeur la prit par ses épaules et allait accomplir son acte hideux quand il s'arrêta. Un coup venait d'être frappé à la porte. Sans attendre, l'occupant de la maison répondit à l'appel et allait tirer le premier verrou quand la voix de l'homme au chandail l'arrêta :

— Et alors, qu'est-ce qui te prend ?

L'homme le regarda d'un air indécis.

— C'est peut-être le *boss* ?

L'autre ricana.

— Le *boss* ne peut être ici que dans vingt minutes. Il l'a dit lui-même. Il tient aussi à ce que tout soit fini. Alors !

Un nouveau coup, plus violent cette fois, retentit contre la porte, tandis qu'une voix s'élevait. Une voix de femme.

— Budding, c'est moi, Helen, la femme de Charley. Ouvrez vite, j'ai une communication urgente à vous faire.

Le chauffeur ouvrait la bouche mais, d'un regard terrible, l'homme au chandail lui imposa silence.

— La corde ! jeta-t-il, il y a du louche là-dessous. Mais une fois que la *moll* se balancera...

La jeune fille, qui avait toute sa connaissance, se raidit, mais c'est en vain qu'elle voulut tenter une suprême résistance. Ses pieds qui ne touchaient plus le sol ne purent que battre sans résultat contre les jambes de son bourreau.

— Vite ! grommela celui-ci en la hissant vers le chauffeur.

Celui-ci se penchait pour la saisir quand, brusquement, l'unique ampoule qui éclairait la pièce s'éteignit.

— Allume à côté, ordonna le tueur en chef à l'occupant de la maison.

C'est en vain que celui-ci tourna le commutateur, il n'y eut aucune lumière.

— C'est une panne, dit-il.

L'homme au chandail s'exaspéra.

— A moins qu'ils n'aient coupé le courant ! C'est facile, le fil passe par la porte. Mais s'ils s'imaginent nous gêner...

Il rit bruyamment et, élevant le corps de la jeune fille vers son aide, lui broya les bras. Celle-ci ne put retenir un cri tandis que l'homme sur son escabeau la saisissait et, à tâtons lui passait le nœud coulant autour du cou.

Elle sentit la corde rêche contre sa chair, et eut un mouvement de recul qui resserra le nœud. Perdant tout contrôle sur elle-même, elle appela de toutes ses forces.

— Au secours, Richard ! Ils me pendent. Ils me...

Une main brutale se posa sur ses lèvres. Au même instant, l'homme sauta à bas de l'escabeau et elle sentit la corde s'incruster dans sa gorge et lui couper la respiration. Tout tourna en elle et autour d'elle. Elle ouvrit la bouche pour aspirer un peu de cet air qui la sauverait, mais ce fut en vain. Elle eut l'impression que ses poumons étaient en feu et allaient éclater. Ses tempes se mirent à battre puis, tout sombra dans une nuit rouge et brûlante. Elle était évanouie.

VI

CHIENS DE POLICE... ET CHIENS RATIERS

Au dehors, un cri répondit à celui de la jeune fille, et une main secoua la porte. En même temps, une voix d'homme s'élevait.

— Ouvrez ! ouvrez tout de suite si vous tenez à la vie, ou par Dieu...

Devant le silence complet qui continua à régner dans la maison, la voix de l'homme se fit suppliante.

— Ouvrez au nom du ciel. Je vous jure que vous pourrez partir en toute sécurité. Je vous le jure sur l'Evangile. Ouvrez ? Ouvrez donc, voyons !

L'homme au chandail avait saisi le bras de son accolyte et tous deux s'étaient rapprochés de la porte, en se tenant soigneusement de chaque côté. Il donna un coup de coude à son camarade.

— Cinq minutes de silence et la *moll* sera morte. Dommage qu'on ne puisse la voir gigoter au bout de sa ficelle. Il faudra que ce type nous paie de notre déconvenue.

Le chauffeur allait répondre, mais quelque chose lui coupa la parole. Une balle venait de s'enfoncer dans le bois et était passée à quelques centimètres de son visage. C'étaient les nouveaux venus qui passaient à l'action. En même temps, de longs hululements sinistres s'élevaient dans la nuit.

— Bon Dieu ! qu'est-ce que c'est que ça ! souffla l'homme au chandail à l'occupant de la maison.

— Les chiens qui sont dans la pièce de derrière, riposta l'autre après un temps. Quant à la porte, aucune crainte à avoir. Elle est solide et il n'y a pas une poutre dans les environs. Ils ne vont tout de même pas s'amuser à couper un arbre !

— Le *boss* sera ici avant. Tu parles alors d'un feu d'artifice. Mais quelle voix, ces cabots ! c'est à vous glacer le sang. Dis donc, il n'y a aucune fenêtre d'où nous puissions riposter ?

— Aucune. Ce n'est qu'un bungalow et ce serait folie d'ouvrir les volets.

— Alors attendons, conclut l'homme au chandail.

Un nouveau coup de feu claqua contre la porte, fendant légèrement une des planches, mais sans aucun danger pour les occupants de la maison. Changeant alors de tactique, l'adversaire se jeta contre le panneau, dans la pensée folle de l'enfoncer. La porte vibra, mais ce fut tout. Le tueur se mit à ricaner.

— Et pendant ce temps, la corde fait son effet. Amuse-toi, mon vieux, si le cœur t'en dit !

Dehors, sur le seuil de cette maison maudite, le jeune artiste de Greenwich Village n'entendit pas ces paroles. Ce furent son cœur et son cerveau qui les lui crièrent.

Revenant à l'assaut, il demeura adossé contre cette porte, les cheveux défaits et le revolver à la main. Il n'avait plus son air d'insouciante jeunesse. Son visage était dur et ses traits crispés. Dans l'effort, son bouton de col avait sauté.

Reculant de trois pas, il braqua son arme contre la porte et tira à nouveau. Il comprit l'inutilité de son geste, et, dans un sanglot de rage, se tourna vers la femme qui se tenait à ses côtés. Il voulait lui crier son angoisse mais il ne put que constater une chose : la femme n'était plus là.

Il se demandait ce que pouvait signifier cette disparition qui ressemblait si étonnamment à une désertion, quand il tressaillit. Un bruit inattendu venait de monter dans la nuit, provenant de l'endroit où il avait laissé sa voiture : le bruit d'un moteur que l'on met en marche. Il ne pouvait y avoir qu'une explication : la femme l'abandonnait après l'avoir probablement conduit dans un guet-apens.

Brusquement, il s'immobilisa. Là-bas, entre les arbres, il venait d'apercevoir la clarté aveuglante de ses phares. Contrairement à ses suppositions, la voiture ne se dirigeait pas vers New-York, elle venait vers lui.

Il se demandait ce que pouvait signifier ce manège, quand, dans un éclair, il comprit.

A quelques centaines de mètres de la clairière, il y, avait un tronçon de route en ligne droite, et c'est vers cette route que se dirigeait la voiture. Il vit la femme au volant s'aplatir contre la direction et appuyer à fond sur l'accélérateur. Le moteur rugit tandis que dans un tourbillon de feuilles mortes, la voiture semblait s'envoler.

Les choses se déroulèrent si rapidement que le jeune homme n'eut pas le temps de réfléchir. Il vit la voiture passer en trombe devant lui et foncer sur la petite maison. Il voulut appeler, crier que c'était pure folie et que la mort était au bout, mais les mots s'étranglèrent dans sa gorge. Le bolide était déjà sur la maison.

Sous le choc, la porte fut arrachée de ses gonds. Il y eut un vacarme effroyable de bois déchiré, de verre brisé, d'acier qui se tord. Une des ailes de la voiture accrochant un des montants de la porte, la jeta sur le côté, arrêtant ainsi sa progression. Un des phares, broyé sous le choc, s'éteignit, mais l'autre continua à projeter ses rayons. Rejetée en arrière, les mains toujours crispées à son volant, la femme ne bougeait plus. Seule, l'obscurité où elle était plongée empêchait d'apercevoir le filet de sang qui lui coulait du front.

Dans la pièce où les trois hommes se tenaient silencieusement, la confusion et la consternation étaient à leur comble. Au bruit du moteur, ils avaient cru tout d'abord à l'arrivée de celui qu'ils attendaient. Le tonnerre grandissant les avait confirmés dans cette pensée. Il avait fallu le choc brutal, suivi de l'enfoncement de la porte, pour leur faire comprendre la vérité. Sous le heurt, un mur se lézarda et pas une vitre ne demeura intacte. Un pan le plafond aussi s'effondra, mais ils n'eurent pas le temps de faire l'inventaire des choses. Ils contemplaient d'un œil hébété le phare qui les aveuglait quand trois détonations retentirent. C'était le jeune homme qui, parachevant l'œuvre héroïque de sa compagne, s'était rué sur ses traces et qui, debout sur le seuil, à bout portant, visait ses adversaires. La première balle atteignit l'homme au chandail à l'épaule et lui fit piquer du nez. La seconde frappa le chauffeur en plein front. Il s'écroula sans un mot, et sans même avoir pu atteindre son arme. La troisième fracassa le bras droit de l'occupant de la maison.

Sautant dans la pièce, le jeune homme se dirigeait vers lui quand un léger bruit le fit retourner. L'homme au chandail ayant réussi à atteindre son revolver venait de lever le bras et visait la jeune fille pendue à sa corde.

Dans un cri, le jeune homme fut sur lui, et avant que le doigt du tueur eût pu appuyer sur la gâchette il avait tiré. L'homme écarta les bras, oscilla sur lui-même, puis retomba lourdement au sol. La balle, lui crevant l'œil, avait atteint le cerveau.

Le jeune homme était déjà sur l'escabeau et soutenait le corps inerte de la jeune fille. Posant le canon de son revolver sur la corde, il tira et, instantanément, celle-ci se rompit. Maintenant ce corps dans ses bras, il sauta doucement au sol et allait la poser sur le fauteuil, quand il se ravisa. Allant vers l'homme qui tenait son bras et qui semblait souffrir le martyre, il lui mit son arme sous le nez.

— Pourquoi n'a-t-on pas ouvert quand j'ai frappé ?

L'homme le regarda d'un regard hargneux, mais une secousse du revolver le rendit plus malléable.

— On avait été avisés d'avoir à se méfier.

— Votre patron doit venir ?

— Oui. On l'attend. Et quand il sera là...

Le regard fut si mauvais et le sourire si cruel que le jeune homme fut sur le point de tirer. Il se contint néanmoins. Il réfléchit une seconde sur le meilleur moyen de le mettre hors d'action et tout à coup se décida. Elevant le bras, il lui laissa violemment retomber la crosse de son arme sur le crâne. Déjà affaibli par la douleur et la perte de sang, l'homme glissa le long du mur et s'affaissa au sol en gémissant.

Etendant alors la jeune fille par terre, il se pencha sur elle. La clarté du phare lui montra ses yeux ouverts mais démunis de vie, ses lèvres exsangues, ses pommettes livides. On aurait dit une morte, et une seconde son cœur se serra. Se pourrait-il qu'il fût arrivé trop tard ? Posant son oreille contre sa poitrine, il écouta. Un sourire se dessina enfin sur ses lèvres : le cœur battait.

Il se relevait pour aller chercher un peu d'eau, quand il rougit. Il venait de se souvenir de celle qui avait risqué sa vie pour rendre ce sauvetage possible. Dans la surexcitation du moment, il l'avait oubliée.

Laissant la jeune fille étendue sur le sol, il alla vers l'auto et monta sur le marchepied. La femme était toujours immobile, renversée en arrière, et du sang coulait librement de la blessure qu'elle avait à la tête. Il lui prit la main et lui tâta le pouls. Il battait régulièrement. Il ouvrait une des poches pour prendre la gourde d'alcool qui s'y trouvait toujours quand la femme ouvrit les yeux. Un instant, elle le contempla sans paraître comprendre ce qui avait pu se passer puis, brusquement, ses souvenirs lui revinrent.

— La jeune fille ? jeta-t-elle d'une voix rauque.

Il lui montra le corps et elle poussa un cri.

— Morte ?

Il se hâta de la détromper.

— Non, mais il était temps ! Il faut agir vite car si nous tardons trop...

La voix de la femme l'interrompit.

— Et les hommes ?

— Deux ont payé de leur vie; le troisième est hors d'état de nuire. Seulement, j'ai appris quelque chose : Kelly va venir.

A cette mention, la femme se redressa, mais retomba assise tout aussitôt.

— J'ai les jambes coupées, dit-elle. Je me tiens à peine debout.

Elle passa la main sur son visage et la retira teintée de sang.

— Ce doit être cette blessure. Vous n'avez pas un peu d'eau ? Quelque chose ?

Le jeune homme prit la gourde et, dévissant le capuchon d'argent, la lui tendit.

— Buvez, dit-il, et n'ayez pas peur d'en prendre trop. Vous avez besoin d'un remontant.

Elle lui obéit et il dut l'arrêter en lui posant la main sur le bras. Ses joues étaient colorées et elle respirait avec plus de facilité.

— Il faut partir d'ici, dit-elle en se remettant debout, et en portant la main à son front qui lui faisait mal. Il ne faut pas que Kelly nous trouve. Nous nous occuperons de la jeune fille en route.

Il haussa les épaules.

— Comment voulez-vous que nous repartions. Nous n'avons plus de voiture ?

Posant la main sur son épaule, elle sauta au sol et oscilla légèrement.

— Vous oubliez celle qui les a amenés. Tout à l'heure, tandis que vous vous attaquiez à la porte, je l'ai aperçue de l'autre côté de la maison.

Le jeune homme était déjà parti. Quelques secondes plus tard, il revint en secouant la tête.

— Ils ont ôté la clef de mise en marche, on ne peut pas s'en servir.

— Elle doit forcément se trouver sur un des hommes que vous avez tués. Il faut aller la chercher tout de suite.

Ils se dirigeaient tous deux vers la maison, quand la main de la femme se crispa sur son bras.

— Ecoutez ! dit-elle.

Il s'arrêta et fronça les sourcils. Au loin, sur la route qu'ils avaient suivie, on entendit un bruit de moteur. Le même nom jaillit sur leurs lèvres en même temps.

— Kelly !

— S'ils nous trouve ici, continua la femme, nous sommes perdus.

— Je ne vois qu'une chose, suggéra le jeune homme, emporter mon amie et nous cacher dans les bois. Nous pourrons ainsi nous occuper d'elle.

La femme secoua la tête.

— Kelly verra l'auto démolie et l'autre voiture inutilisée. Il comprendra que nous n'avons pu repartir, il fera fouiller les bois.

Le sourire qui s'étendit sur le visage du jeune homme lui coupa la parole.

— Non ? s'étonna-t-elle. Pourquoi ?

— Parce qu'il n'en aura pas le temps. Vous oubliez le coup de téléphone que j'ai donné pendant que vous téléphoniez à la Joint de Moonshine Bill. J'ai pris mes précautions.

— Ah ! répliqua la femme sans comprendre.

Elle allait le questionner, mais elle changea d'avis. Le bruit du moteur se rapprochait.

— Vite dit-elle en entraînant l'homme dans la pièce.

Il saisirent le corps immobile de la jeune fille et, la portant par les pieds et par les épaules, la sortirent de la maison. Comme ils repassaient devant la voiture fracassée, le jeune homme étendit la main vers le panneau de bord. Instantanément le phare s'éteignit.

— Inutile de les prévenir que quelque chose n'a pas marché. Ils le découvriront toujours assez tôt.

— Par ici, dit la femme en montrant un petit sentier qui se perdait dans les fourrés. Je suis déjà venue et je connais une cachette.

Ils s'enfoncèrent sous les arbres et, au bout d'une centaine de yards, le jeune homme voulut s'arrêter.

— C'est trop près, lui souffla la femme.

Elle devina plus qu'elle ne vit son geste de dénégation.

— Non, dit-il, ici, croyez-moi.

Ils posèrent le corps de la jeune fille sur l'herbe et, tandis qu'il appuyait sa main contre son cœur, Helen-la-soupe regarda dans la direction de la route. Elle vit une tache lumineuse glisser d'arbre en arbre, puis il y eut un grincement de pneus et le bruit cessa.

— Ils sont arrivés, dit-elle à voix basse. Ils vont tout découvrir et alors...

— Chut ! souffla le jeune homme, attendez et laissez-moi faire.

A la pression de sa main, elle devina sa tension nerveuse, mais subjuguée par son calme, elle aussi tendit l'oreille.

Elle entendit des cris provenir de la maison où s'était déroulé le drame, tandis que des clartés jouaient dans la clairière. Ayant constaté l'échec de son plan et appris la vérité du blessé qui devait être revenu à lui, R. M. Kelly essayait de relever les pistes.

Des voix confuses se firent entendre puis, dans le silence de la nuit, une phrase se détacha nettement.

— Du moment que leur voiture est démolie et que l'autre est là, ils ne doivent pas être loin !

Une voix coupante riposta :

— Dans ce cas, ils ne perdront rien pour attendre !

— Kelly ! souffla la jeune femme à l'oreille du jeune homme.

Elle s'était agenouillée près de lui et, comme lui, gardait les yeux fixés sur les buissons. La voix de Kelly poursuivit :

— Les chiens sont là ?

Les deux fugitifs ne purent pas saisir la réponse, mais la riposte de Kelly leur fit passer un frisson dans la colonne vertébrale.

— Qu'on les lâche tous les deux immédiatement. En partant de la voiture démolie, ils n'auront aucun mal à les retrouver.

La main d'Helen-la-soupe se glaça dans celle du jeune homme.

— Mon Dieu ! gémit-elle. Ils vont se servir des chiens. Nous sommes perdus !

Le jeune homme dut éprouver la même angoisse, et il se levait, dans l'intention probable de fuir plus loin, quand il s'arrêta.

— Ecoutez ! jeta-t-il d'une voix vibrante.

Sur la grand'route, il y avait à nouveau un bruit de moteur et, au fracas qui s'élevait, il était aisé de voir que la voiture allait à un train d'enfer. La femme n'osa pas se laisser aller à l'espérance.

— Qui vous dit que c'est du secours ? C'est peut-être du renfort pour Kelly ?

Le jeune homme avait déjà les bras autour de la taille de la jeune fille.

— Vite ! dit-il. Il faut nous tenir prêts. Si le ciel ne nous a pas abandonnés, d'ici cinq minutes nous serons loin.

Déchirée entre le doute et l'espoir, mais pourtant impressionnée par son calme, la femme lui obéit.

Tout à coup, elle frissonna. Un son lugubre, auquel en répondit un second, venait de s'élever dans la nuit.

Les deux *bloodhounds* donnaient de la voix avant de s'élancer sur la piste.

— Les chiens ! gémit-elle. Ils seront ici dans deux minutes, et nous allons être déchirés !

Son revolver à la main, tous ses nerfs tendus, le jeune homme cherchait à percer la nuit. Une voix s'éleva brusquement.

— Mais faites taire ces cabots !... Bon Dieu ! Qu'est-ce qui peut s'amener maintenant ?

Un nouvel aboiement monta, mais fut brusquement interrompu. L'ordre de Kelly venait d'être obéi.

Il y eut un moment de silence que troua seul le fracas grandissant du moteur. Il n'y avait plus de doute à avoir sur la destination de la voiture : elle devait certainement se rendre à la petite maison. La voix de Kelly résonna, sèche, cinglante.

— Rentrez les chiens. Et, dès que la voiture sera ici, soyez prêts à agir. Ce ne peut être que les Ratiers. Seulement, comment diable ont-ils pu relever la piste ?

Il acheva sa phrase par un juron et tout retomba dans le silence.

A nouveau, des clartés dansèrent sur les troncs d'arbres; puis il y eut les mêmes grincements de freins, suivis du même arrêt.

— Attention ! lança le jeune homme en saisissant la jeune fille dans ses bras.

Helen-la-soupe ne répondit pas. Elle attendait, tous ses nerfs à vif, le moment où allait commencer la fusillade. Cela leur donnerait évidemment un instant de répit, mais après ?

En dépit de ses craintes, rien ne vint. Elle entendit des appels de surprise, des voix qu'elle ne reconnut pas. Puis le silence se fit. Les nouveaux venus et Kelly avaient dû pénétrer dans la maison.

— Maintenant ! jeta le jeune homme en s'élançant dans le fourré.

En dépit du fardeau qu'il serrait contre sa poitrine, il marchait vite, insensible aux gifles et aux égratignures des buissons. Comprenant de moins en moins sa tactique, Helen-la-soupe se contenta de le suivre.

Les quelques cent yards furent vite parcourus et bientôt, au bout de la clairière sombre, la maison apparut.

Devant sa porte, les deux voitures étaient arrêtées. Une avait ses phares éteints et Helen-la-soupe reconnut la voiture de Kelly; l'autre avait encore ses feux allumés. Dans un éclair, la femme eut l'intuition du projet de son compagnon.

— Attention ! lui cria-t-il en se préparant à franchir l'espace libre.

Là était évidemment le moment critique de la manœuvre. Qu'une des personnes que l'on apercevait aller et venir dans la pièce, à la clarté d'une torche électrique, se hasardât sur le seuil, et c'était l'écroulement de tout le plan. Replié sur lui-même, le jeune homme se mit à courir et Helen-la-soupe l'imita. Il atteignit la voiture aux phares allumés et, déposant son fardeau sur le siège, bondit au volant.

— Montez ! jeta-t-il d'une voix haletante.

Helen-la-soupe était déjà dans la voiture.

— Couchez-vous ! cria le jeune homme, tandis qu'éclatait, dans le silence de la nuit, le fracas du moteur. Couchez-vous ! Rien ne nous dit quelle sera leur réaction.

Le bond que fit la voiture coupa la respiration d'Helen-la-soupe. Se cramponnant à une des courroies, elle se tassa sur les coussins. La force du vent lui arracha son chapeau et fit voler ses cheveux. Elle eut l'impression qu'elle tournait sur elle-même et qu'elle allait être projetée hors du véhicule. C'était la voiture qui venait de virer sur deux roues. Helen-la-soupe aperçut dans une vision floue des hommes qui gesticulaient au seuil de la porte défoncée. Elle ne put distinguer aucune de leurs paroles. Le bruit du moteur noyait tout.

Relevant la tête, elle hasarda un regard derrière elle pour voir si on s'élançait à leur poursuite, mais rien de ce qu'elle craignait ne se produisit. Maintenant, d'ailleurs, la vision de la maison s'était effacée. Elle n'apercevait plus que la route plongée dans la nuit et que ne balayait aucun cône de lumière blanche.

Pendant quelques milles, elle demeura silencieuse, laissant son esprit et son cœur se remettre en place. Elle pouvait apercevoir devant elle la silhouette élégante du jeune homme. Lui aussi était nu-tête. Au début, il était demeuré tassé contre son volant, comme s'il eût voulu communiquer à la voiture sa propre surexcitation. Petit à petit, il se relâcha de cette tension et n'y eut plus bientôt qu'une silhouette jeune, conduisant avec l'insouciance d'un chauffeur qui en a vu bien d'autres.

Comme la voiture prenait pour la troisième fois un chemin de traverse, afin de dépister toute poursuite possible, elle le vit glisser la main dans la poche de son smoking et esquisser un geste de dépit. Tirant une boîte de cigarettes de la poche de son manteau, elle lui toucha légèrement l'épaule. A cette vue, son visage s'éclaira.

— *Thanks*, lui dit-il en en prenant une.

Il la porta à sa bouche et l'alluma au briquet qu'elle lui tendit.

Un instant, il fuma sans parler, et elle ne put s'empêcher d'admirer le calme de son visage. Jamais on n'aurait pu s'imaginer que cet homme venait de vivre des heures d'angoisse et avait à côté de lui une femme qui avait frôlé la mort. Enfin, jetant sa cigarette, il se retourna et demanda :

— On est un peu plus rassurée maintenant ?

Elle inclina la tête et il plaisanta :

— Je vous disais bien que nous nous en tirerions grâce aux nouveaux venus !

Elle se pencha vers lui et posa la question qui l'intriguait depuis le départ de la forêt.

— Comment pouviez-vous savoir que cette aide viendrait ?

Il eut une petite expression amusée.

— Parce que j'avais pris soin de la commander à l'avance.

Il vit sa non-compréhension et continua :

— Dès que vous êtes revenue de téléphoner à Moonshine Bill et que j'ai eu le renseignement, je vous ai raconté que j'allais prévenir un ami de mon absence. Ce n'est pas précisément un ami que j'ai appelé.

— Qui donc alors ?

— L'homme à qui appartient cette voiture. L'homme qui, une fois déjà au cours du dîner des Elks, est venu empêcher un crime crime signé Kelly : Mortimer Brett.

— Le lieutenant de police ?

— Lui-même.

Devant cette révélation, elle resta confondue, puis elle s'étonna :

— Mais pourquoi ne pas l'avoir attendu pour confondre Kelly ?

Les yeux fixés sur la route, le jeune homme se mit à siffloter. On aurait dit qu'il n'avait pas entendu. Tout à coup, pourtant, il se décida à répondre.

— Parce que, prononça-t-il lentement, ce sont les Ratiers qui ont déclaré la guerre aux rats et qui veulent les exterminer. Ils ont une raison pour ne pas vouloir de l'aide de la police : la police les gênerait.

VII

MERCI, MR. KELLY !

Pendant ce temps, une scène un peu différente se jouait dans la petite maison de la clairière. Kelly, qui était prêt à faire face à n'importe qu'elle attaque, avait eu peine à se maîtriser en voyant Mortimer Brett sauter de voiture. Que pouvait bien signifier la venue du lieutenant de police ? Les premières paroles de celui-ci lui donnèrent heureusement le ton.

— Vous voyez que nous n'avons perdu de temps ! lui lança-t-il en lui tendant la main.

Instantanément, le souvenir de ce qui s'était passé lors du banquet des Elks revint à la mémoire de R. M. Kelly. Une fois de plus, quelqu'un — un des immondes Ratiers, plus que probablement — avait alerté la police et, par ironie suprême, mis cet avertissement sur son dos.

Ignorant pourtant ce qui avait pu être dit, R. M. Kelly se tint sur ses gardes, et c'est en silence qu'il suivit le lieutenant et les deux hommes qui l'accompagnaient vers la petite maison. La vue de l'automobile fracassée, et obstruant la porte défoncée, changea heureusement le cours de la conversation.

— Accident ? interrogea laconiquement un des hommes.

Mortimer Brett secoua la tête.

— Plutôt moyen nouveau et original d'enfoncer une porte. Voyons un peu ce qu'il y a là-dedans.

Tirant sa torche électrique, il se faufila entre les débris et pénétra dans la pièce. Tout de suite, la vue des deux cadavres le frappa.

— Ah ! les deux hommes dont vous m'aviez parlé ?

La gêne de R. M. Kelly ne lui échappa pas.

— *Sorry !* s'excusa-t-il à voix basse.

Il sifflota quelques secondes, puis reprit à haute voix, en apercevant le blessé qui faisait des efforts pour se soulever :

— Vous connaissez cet homme ?

R. M. Kelly secoua la tête. Il cherchait ce qu'il pourrait dire de plausible, tout en ne s'engageant pas à fond.

— Quand je suis arrivé, seul, il y a cinq minutes...

— Vous n'avez pas été vite ! observa Mortimer Brett.

R. M. Kelly ne releva pas la remarque.

— J'ai trouvé la porte défoncée et les deux corps dans la position où vous les voyez. J'allais poursuivre mes recherches...

La main de Mortimer Brett se posa sur son bras et l'interrompit.

— Ecoutez ! jeta le policier.

L'avertissement était inutile. Lui aussi avait nettement perçu le hululement des chiens. Il jura intérieurement, en se promettant de punir, comme il le faudrait, les hommes qu'il avait dépêchés avec les bêtes dans la pièce arrière; mais il n'eut pas le temps de fournir une explication. Un bruit de moteur venait d'éclater, faisant trembler toutes les vitres brisées de la maison.

Mortimer Brett avait déjà son revolver à la main.

— Qu'est-ce que cela signifie ? s'exclama-t-il en se ruant vers la porte.

Il heurta les décombres de la voiture brisée et, avec un juron retentissant, s'étala au sol. Il étendit la main pour ramasser son arme qui lui avait échappé, quand quelque chose passa en trombe devant la porte. Il reconnut sa voiture.

— Vite ! lançat-til en se relevant et en appelant ses hommes d'un coup de sifflet.

Ceux-ci accoururent mais, avant que Mortimer Brett ne se fût relevé, l'automobile était déjà loin.

— A sa poursuite ! hurla-t-il.

Ses hommes s'apprêtaient à lui obéir quand brusquement il éleva la main.

— Stop ! Il y a des chiens ici et probablement aussi des hommes. Ce sont eux qu'il faut arrêter. Avec l'avance qu'ont les autres, rien ne nous dit que nous les rattraperions. Occupons-nous de la maison.

Il se dirigea vers le blessé, qui avait réussi à se mettre debout, et le prit par l'épaule.

— Il y a des hommes et des chiens ici. Où sont-ils ? Parle, ou sinon...

Il lui planta le canon de son revolver contre la tempe, mais l'homme demeura muet. Un instant, le regard craintif du blessé se tourna vers son chef comme s'il eût voulu le consulter; celui-ci, qui était penché sur la voiture brisée, et qui semblait curieusement examiner quelque chose, n'y prit pas garde.

— Parle ! répéta Mortimer Brett.

La voix contenait une menace si visible que, cette fois, l'homme ne crut pas devoir persister dans son attitude. D'ailleurs, un nouveau cri de chien — un cri de souffrance, aurait-on dit — venait de s'élever.

— Je ne sais pas, dit-il. Mais il y a une autre pièce derrière celle-ci. J'ai vu des hommes en sortir. Ceux qui m'ont blessé.

Mortimer Brett ne l'écoutait plus. Le repoussant contre le mur, il alla à la porte et tenta de l'ouvrir. Elle était fermée à clef et elle résista.

— Donovan ! commanda-t-il. Enfonce-moi cette porte.

L'homme s'approcha et s'appuya contre le panneau. C'était un colosse et, avant d'appartenir à la police métropolitaine, il avait acquis une véritable célébrité comme lutteur de catch. Il se borna à appliquer son poids contre la porte. Il n'y eut d'abord aucun résultat, puis un craquement sourd annonça sa réussite. La porte venait de se fendre en deux, et quelques coups de pied en eurent facilement raison. Mortimer Brett était déjà sur le seuil, sa torche électrique d'une main, son revolver de l'autre.

Sous le rayon lumineux, la pièce entière lui fut révélée. Il n'y avait personne. Seulement, la fenêtre qui donnait sur la forêt était ouverte, et deux formes gisaient au sol : les deux *bloodhounds*.

— *Damn !* grogna Mortimer Brett. Battu par ces *skunks !*

Il s'approcha d'un des chiens et allait s'étonner de ne pas lui voir de blessure, quand l'homme qui avait défoncé la porte lui tendit un objet qu'il venait de ramasser. C'était une barre d'acier terminée par une boule.

— Assommés ! dit-il en désignant les chiens du doigt.

Mortimer Brett glissa la barre dans sa poche et se dirigea vers la fenêtre. A quelques mètres devant lui, il aperçut la masse sombre de la forêt.

— Autant vouloir chercher une aiguille dans une botte de foin, grommela-t-il.

Pivotant sur lui-même, il s'adressa à ses deux hommes qui attendaient ses ordres.

— Fouillez toute la maison. Relevez les empreintes et empaquetez-moi ce gaillard qui nous reste. Il doit en savoir long, et il faudra bien que de gré ou de force il consente à parler.

Il regagna la pièce où R. M. Kelly était resté. Le blessé était toujours debout dans son coin, et R. M. Kelly paraissait veiller sur lui. La vue du fragment de corde attaché au plafond attira l'attention du lieutenant.

— Ah ! ah ! dit-il en sautant sur l'escabeau et en l'examinant.

Il vit que la corde avait été sectionnée par un coup de revolver et fronça les sourcils.

— On dirait que l'on s'est amusé à pendre quelqu'un ici ! remarqua-t-il. Ça ne peut tout de même pas être la...

Il s'arrêta net et, décrochant la corde, la roula soigneusement et la tendit à un de ses hommes. Ressautant à terre, il se mit à fouiller chaque coin et recoin. R. M. Kelly le suivait pas à pas, et le lieutenant demeurait silencieux.

Enfin, il estima en avoir assez vu et, sur le rapport de ses hommes, se dirigea vers le seuil. Le blessé était

déjà dans l'auto de R. M. Kelly, maintenu par une chaî-
nette d'acier. Mortimer Brett réfléchit une seconde.

— Rendez-vous au Quartier Général. Je rentrerai
avec M. Kelly, s'il le permet ?

— Mais comment ? s'étonna R. M. Kelly.

Le lieutenant de police lui montra la voiture qui avait
amené la jeune fille et auprès de laquelle se tenait un
de ses hommes.

— Celle-ci, dit-il. Il n'y a pas la clef, mais, en réar-
rangeant les fils, rien ne sera plus simple que de la
faire partir.

R. M. Kelly ne fit aucune difficulté et, quelques secondes plus tard, les deux voitures prenaient le chemin du
retour. Un des policiers restait en faction pour assurer
la garde de la maison, et attendre les experts que devait
lui envoyer le lieutenant.

Il y avait environ cinq minutes que celui-ci roulait
en compagnie de R. M. Kelly, qui tenait le volant, quand
il se décida enfin à sortir de son mutisme.

— Probable que la jeune fille, dont vous m'avez
signalé l'enlèvement, a dû être sauvée, Mr. Kelly. Avouez
qu'elle a eu de la chance qu'un homme du milieu, à qui
vous aviez rendu service dans le temps, vous ait signalé
le fait ?

Prétextant l'attention qu'il donnait à la route, R. M.
Kelly se contenta de hocher la tête. Mortimer Brett
poursuivit :

— Ce que je n'arrive pas à comprendre, c'est cette
corde ? Ce n'est pourtant pas pour la pendre qu'on l'a
enlevée !

— Qui sait ! crut bon de déclarer R. M. Kelly.

Pendant près d'un mille, le lieutenant de police demeura plongé dans ses méditations. Tout à coup, il
reprit, comme s'il eût suivi le cours de sa pensée :

— Là où vous nous rendriez un grand service,
Mr. Kelly, c'est en tâchant de savoir le nom de cette
jeune fille. Sa situation sociale tout au moins. Pour moi,
j'ai l'impression qu'il doit s'agir de quelque *gun moll*[1]
en herbe. Vous ne pensez pas ?

Il enfonça sa casquette, qu'une rafale de vent avait

1. Compagne de gangster.

failli emporter et, tout en laissant, lui aussi, son regard se perdre au long de la route, il acheva en riant :

— Dommage, tout de même, que vous persistiez à ne pas sortir de votre incognito ! La police vous doit une rude chandelle ! Et pour la seconde fois, Mr. Kelly !

Quelque chose, dans le ton, alarma R. M. Kelly. Sans tourner la tête, il glissa un œil vers le lieutenant. Ce qu'il aperçut de son sourire bonasse et de son visage ingénu le convainquit qu'il avait tort de s'alarmer. Comme tous ces damnés dicks, le lieutenant était un de ces imbéciles qui ne voient pas plus loin que le bout de leur nez.

— Merci bien ! dit-il, en éclatant de son bon gros rire jovial, je n'ai aucune envie d'être assassiné !

— Bah ! répliqua nonchalemment le lieutenant, ça vous arrivera peut-être un jour, quand même. Vous ne vous l'êtes jamais dit, Mr. Kelly ?

R. M. Kelly préféra feindre n'avoir pas entendu, et actionna rapidement son klaxon. Devant lui, une clarté embrasait la voûte du ciel, dénotant l'approche d'une grande cité. New-York était là, et il songeait que du travail urgent l'attendait.

VIII

LES RATS AUX ABOIS

— H. H. ! annonça Kernock, en glissant son visage étroit dans l'entre-bâillement de la porte.

R. M. Kelly abaissa la tête, et la minute d'après H. H. Kraton faisait son apparition. Il était plus ministre anglican que jamais, et semblait méditer sur les vicissitudes de la dépravation humaine à New-York. Tout en se frottant les mains l'une contre l'autre, il attendit que la porte eût été refermée.

— Well, R. M. ? dit-il enfin d'une voix de prédicateur. Et comment vont les choses, selon vous, ce matin ?

R. M. Kelly lui tendit un journal qui se trouvait sur

son bureau, mais H. H. Kraton ne fit aucun geste pour le prendre.

— J'ai lu ! dit-il simplement. Ainsi, ces damnés Ratiers ont encore eu le dessus ?

— Oui, déclara laconiquement R. M. Kelly en continuant d'écrire.

H. H. Kraton poursuivit.

— Deux de vos hommes, à ce qu'il paraît; sans compter un troisième en prison ! Ce que je ne m'explique pas, c'est l'arrivée de la police. Cela ne vous paraît pas bizarre ?

R. M. Kelly secoua la tête.

— La police avait été prévenue.

— Ah ! s'étonna H. H. Kraton, et par qui ?

R. M. Kelly, cette fois, consentit à relever la tête.

— Par moi. Comme la dernière fois.

Ne voyant pas venir la réaction qu'il attendait, il corrigea :

— Du moins, par quelqu'un qui se fait passer pour moi. Cela m'a valu des félicitations de la police, et l'expression de sa reconnaissance émue. C'est drôle, vous ne trouvez pas ?

— Dangereux et incompréhensible, surtout ! rétorqua H. H. Kraton en fronçant les sourcils.

R. M. Kelly jeta sa plume et se renversa dans son fauteuil Il n'avait plus son air ironique. Au contraire, son visage exprimait une résolution farouche.

— Incompréhensible et dangereux, en effet, prononçat-il lentement. Dangereux surtout, et je ne vous cache pas, H. H., que pour la première fois je commence à être inquiet.

— Ah ! constata simplement H. H. Kraton.

— Ce que cherche l'homme qui s'amuse à poser pour moi, continua R. M. Kelly, est facile à deviner : Il cherche à me compromettre. Vous même, H. H., au dîner des Elks, vous avez eu vos soupçons. J'ai pu les dissiper; mais il n'en sera peut-être pas toujours ainsi. Cette nuit, lorsque Mortimer Brett est arrivé au rendez-vous, où je ne l'attendais guère, il a prononcé des paroles imprudentes.

— Quelqu'un les a entendues ?

— Je ne sais pas au juste. Seulement un de mes hommes, celui qui est blessé et qu'on a arrêté, était à quelques pas.

— Il faudrait s'en assurer.

R. M. Kelly avança sa grosse lèvre inférieure et fit la moue.

— Inutile, dit-il.

— Pourquoi ?

La moue de R. M. Kelly se mua en un sourire amusé.

— Mon blessé aurait eu quelque petit accident, ce matin, que cela ne me surprendrait pas. Les hôpitaux sont si mal surveillés ! D'ailleurs, rien à craindre : on mettra cela sur le compte d'un suicide.

— Bravo ! approuva H. H. Kraton. Le danger immédiat est donc conjuré. Mais ensuite ? Les Ratiers ne vont pas en rester là. Ils recommenceront leur petite plaisanterie. Vos hommes finiront par avoir leurs soupçons, et les miens aussi.

— Ils n'auront pas besoin d'attendre pour cela, déclara froidement R. M. Kelly.

S'accoudant à son bureau, il regarda fixement H. H. Kraton.

— H. H., dit-il, savez-vous pourquoi nous avons été battus hier ? Pourquoi la jeune fille que j'avais donné l'ordre d'enlever et d'exécuter, afin de répondre à la terreur par la terreur, a été sauvée, et pourquoi deux de mes hommes ont été abattus ? Simplement parce que nous avons été trahis.

Devant le silence épouvanté de Kraton, il continua :

— Cette nuit, alors que j'avais relancé mes hommes, là où je suis toujours certain de les trouver, une femme a téléphoné de ma part — vous entendez bien : de ma part ! — pour connaître l'endroit où aurait lieu l'exécution. Elle prétendait avoir surpris une menace contre mes deux tueurs et il était indispensable qu'elle leur en fît part. Trompé par ce récit, Moonshine Bill a parlé.

H. H. Kraton ne se frottait plus les mains.

— Ce que je ne comprends pas, c'est que Moonshine Bill ait parlé.

— Il a la meilleure des excuses : cette femme était celle qui avait rendu possible l'enlèvement de la jeune fille, en nous révélant ses rapports avec les Ratiers.

H. H. Kraton se pencha brusquement en avant.

— Vous savez donc qui ils sont ?

— Nous tenions quelques fils, mais je doute fort que cela puisse nous servir maintenant. Pourtant, j'ai eu un moment de joie car, en plus de nous avoir révélé l'adresse de la fille, la femme en question avait découvert la piste de l'un des Ratiers, et je lui avais donné l'ordre de l'abattre.

— Elle l'a fait ?

Lentement, R. M. Kelly secoua la tête.

— C'est cet homme qui a ravi la jeune fille à la mort. Je l'ai su par la plaque de sa voiture. Or, il n'a pu être renseigné que par la femme que j'avais envoyée là-bas.

— Et qui est cette femme ?

— Helen-la-soupe !

H. H. Kraton ne put réprimer un saut en arrière.

— La *moll* de Bamboo Charley ?

— Exactement. La *moll* de Bamboo Charley, qui s'était offerte à nous pour venger la mort de son amant.

— Mais comment expliquer ?

R. M. Kelly eut un geste d'indifférence.

— Peut-être très simplement. Entre le moment où Helen-la-soupe a pénétré chez le Ratier pour l'assassiner et celui où elle a téléphoné à Moonshine Bill, pour me trahir, il a dû se placer un fait important : elle a sans doute appris que mon intention, en les faisant s'embarquer sur l'*Aquitania*, son rat d'amant et elle, était de les supprimer.

H. H. Kraton écarquilla les yeux.

— Comment cet homme, ce Ratier, pouvait-il savoir cela ?

R. M. Kelly eut un petit rire sec.

— On commet des erreurs à tout âge, H. H., et j'en ai commis une. J'ai eu trop d'ordre.

— Comment cela ?

— Un carnet où je notais, en termes assez ambigus — mais évidemment pas assez — toutes mes opérations m'a été volé.

— Quand ?

— Je m'en suis aperçu ce matin, mais tout me porte à croire que le vol a eu lieu le jour où la jeune fille au chandail marron, celle qui se prétendait la sœur de Bamboo Charley, m'a été enlevée.

Je pensais qu'il ne s'agissait que d'un papier. C'était pis.

— Avez-vous appris ce qu'était devenue la vraie sœur de Bamboo Charley.

— Elle est au Texas, où elle désirait aller, afin d'être loin de son frère. Elle a pu partir, grâce à l'argent que des âmes charitables lui ont fourni. Les Ratiers évidemment. Ils comptaient se servir de cette substitution pour connaître notre organisation.

Le ton de R. M. Kelly devint persifleur.

— Mais dans quel but ?

— Vous ne vous en êtes pas encore aperçu ?

— Je voulais dire : pourquoi ce désir de nous supprimer en commençant par nos hommes ?

R. M. Kelly ne répondit pas tout de suite. Tirant une boîte de cigares, il la tendit à H. H. Kraton qui déclina l'offre et en choisit un lui-même, qu'il se contenta de mâchonner.

— C'est le problème que je cherche à résoudre, H. H., dit-il enfin. J'avais pensé à une bande adverse et je me disais que l'on pourrait peut-être s'entendre, mais les révélations d'Helen-la-soupe me replongent dans le doute. Savez-vous qui est la jeune fille que j'ai fait enlever hier, et le jeune homme que je comtais faire abattre par cette damnée *moll* ? Simplement Doreen Morgan, la fille d'Urich Morgan, le banquier, et Richard Bentley, le fils du célèbre collectionneur. Allez trouver une explication maintenant !

H. H. Kraton crut avoir une inspiration.

— Le goût de l'aventure ne survit pas à certaines petites expériences. Or, apparemment que les Ratiers ne renoncent pas. Lisez ceci.

Il tira un papier de sa poche et le tendit à H. H. Kraton.

— Je l'ai trouvé, il y a une heure, dans un exemplaire du *Times*, que m'a apporté le chasseur. J'ai préféré ne pas questionner le gosse. Cela montre, en tout cas, que même ici nos adversaires veillent. Lisez.

Sortant ses binocles, H. H. Kraton lut à haute voix :

« Les circonstances ne nous ont permis ni de joindre

la marque du rat, ni d'ajouter deux hommes de Kraton à ceux que nous avons dû abattre. Ce n'est que partie remise. Nous sommes au chiffre quatre. Une mort encore et ce sera votre tour. D'ailleurs, soulignez la révolte des chiens. Les Ratiers. »

H. H. Kraton rendit le papier à R. M. Kelly.

— Ils n'oublient qu'une chose, dit-il, en esquissant un sourire cruel, le premier depuis son entrée.

— Laquelle ? demanda Kelly, en faisant jouer son briquet et en mettant le feu au papier.

— Que vous connaissez leur identité, et que vous pouvez les frapper.

R. M. Kelly laissa le petit papier se consumer entièrement avant de répondre.

— Non, dit-il enfin.

— Pourquoi ?

— Parce que vous oubliez la dernière phrase, la seule qui compte. Nous n'aurons pas le temps d'agir. Ils vont tâcher de nous gagner de vitesse par une chose : la révolte des chiens. La révolte de nos hommes. Helen-la-soupe doit déjà être à l'œuvre.

— Ça s'abat, une femme.

— Inutilement, quand le mal est déjà fait. En ce moment, grâce à ce carnet, mes hommes doivent déjà savoir que j'ai voulu supprimer Bamboo Charley et sa *moll*. Demain, je devrai tout en craindre.

— Il y a les miens, suggéra H. H. Kraton.

— Vos hommes savent que nous avons partie liée. Ils nous envelopperont dans la même suspicion.

H. H. Kraton verdit. C'est d'une façon saccadée qu'il se frottait les mains, maintenant.

— Alors, que proposez-vous, R. M. ? Vous n'êtes pas homme à attendre le coup de grâce tout de même ?

Le gros rire avec lequel R. M. Kelly accueillit cette phrase fut bien pour le rassurer.

— Non, H. H. Je ne veux pas attendre et, encore moins, jeter le gant. J'ai mon plan, et s'il réussit... Seulement, il y a une condition primordiale : il faut que ce soit vous qui agissiez.

H. H. Kraton ôta ses lorgnons, les essuya avec sa pochette et les remit dans son gilet.

— Comment cela, R. M. ?

— En me trahissant, H. H. Vous en sentez-vous le courage ?

Devant cette phrase qui mettait en doute son cran moral, H. H. Kraton rougit violemment. R. M. Kelly continua.

— Nous possédons un fil, c'est à nous de nous servir de cette piste. Vous allez feindre de vous rallier aux Ratiers, d'avoir peur, de crier grâce. Vous n'aurez pas de mal à bien jouer cette comédie, et il y a cent chances sur cent pour qu'ils tombent dans le panneau. Vous offrirez de me livrer; non seulement moi, mais toute ma bande. Vous raconterez que, pris de panique, je m'apprête à fuir et veux tout liquider. La « Joint » de Moonshine Bill vous servira à merveille. Afin de leur donner confiance, vous y viendrez avec moi, mais vous leur aurez révélé le moyen d'y arriver sans encombre. Cela coûtera la vie de Snowwhite, mais c'est de peu d'importance. Ils croiront avoir toute la bande en main, alors qu'ils seront sur le bord du gouffre. Aucun ne sortira vivant. Aucun de mes hommes non plus.

— Comment cela ?

— J'en fais mon affaire.

— Mais un tel massacre en plein New-York fera du scandale. Toute la presse en parlera, on saura que nous y étions mêlés !

— Certes ! et pour une bonne raison !

H. H. Kraton regarda R. M. Kelly sans comprendre. A demi-couché sur son bureau, celui-ci acheva de lui dévoiler sa pensée.

— Pour la simple raison que Mortimer Brett sera avisé que quelque chose se trame... et cette fois vraiment par moi. Il faut qu'il sache que j'ai voulu, une fois de plus, aider la police... et que j'en ai été victime aussi bien que vous.

Les yeux de H. H. Kraton s'agrandirent. Malgré la gravité de l'heure, un petit éclat de rire échappa à R. M. Kelly.

— Je suppose que votre argent est en Europe, ou ailleurs ?

— Oui approuva, H. H. Kraton.

— Qu'est-ce qui nous empêche de nous retirer de l'autre côté de l'eau et d'y vivre heureux ? Nous avons certains de nos hommes qui nous ressemblent vaguement. Ils nous ressembleront encore bien plus après l'explosion qui sera censée nous avoir fait disparaître.

H. H. Kraton demeura silencieux. Un pli de scepticisme barrait son front.

— Helen-la-soupe pourra parler. D'autres également.

R. M. Kelly secoua lentement la tête.

— Non. Ils en ont trop sur la conscience. Un homme seul pourrait le faire, et il mourra la nuit même de notre disparition : le Gouverneur de New-York.

H. H. Kraton le regarda avec effarement.

— Vous allez le faire tuer ?

R. M. Kelly éclata de rire.

— J'ai cru qu'il pourrait nous être utile vivant. Ces damnés Ratiers ont été les plus forts. Je dois donc m'assurer de son silence. Ce soir, je lui offrirai de lui rendre toutes les pièces l'incriminant... en échange de quelque chose.

— De quoi ?

— De son suicide.

— Il refusera !

— Il a une fille. Le seul être devant qui il tienne à rester sans tache. Il acceptera.

H. H. Kraton ne répondit rien. Les yeux fixés au tapis, il méditait. Il en oubliait même de se frotter les mains.

— R. M., dit-il enfin d'une voix sourde, vous êtes le génie du Mal.

Une flamme passa dans le regard de R. M. Kelly.

— Félicitez-vous-en, H. H., et ne l'oubliez pas quand vous vivrez béatement quelque part, sur la Riviera. Et maintenant, au travail.

Sans s'expliquer plus amplement, R. M. Kelly posa la main sur son téléphone. Il avait un sourire cruel sur le visage.

— Je vais sonner l'appartement privé de Richard Bentley, dit-il lentement. Quand vous l'aurez au bout du fil, vous lui ferez une offre : celle de me trahir.

— Entendu, acquiesça H. H. Kraton, subjugué par ce calme.

R. M. Kelly jeta son cigare dans le cendrier et approchait sa bouche du récepteur, quand quatre petits coups rapides furent frappés à sa porte. C'était le signal d'extrême urgence. A nouveau, quatre petits coups retentirent.

— Entrez ! lança R. M. Kelly en se laissant aller contre le dossier de son fauteuil et en retrouvant instantanément son bon sourire qui savait si bien tromper le monde.

IX

L'APPAT DANS LA TRAPPE

La porte s'ouvrit, révélant la physionomie de Kernock. Il semblait effaré. Glissant à pas furtifs, il s'avança vers le bureau et, parvenu à son patron, se pencha à son oreille. Il ne prononça qu'un nom.

— Helen-la-soupe.

R. M. Kelly s'attendait si peu à cette visite qu'il en sursauta.

— Quoi ? lança-t-il.

Du doigt, le petit secrétaire désigna la pièce derrière lui.

— Elle est là ! continua-t-il à voix basse. Elle dit avoir absolument besoin de vous parler.

Le front de R. M. Kelly s'était plissé, et il n'y avait plus aucune trace d'aménité dans son regard. Pourtant, au bout de quelques secondes, un sourire flotta à nouveau sur ses lèvres.

— *All right*, dit-il en élevant la voix et en lui rendant toute sa sonorité. Faites-la entrer. Helen-la-soupe est toujours la bienvenue ici !

Kernock allait se retirer, lorsque, d'un bond, H. H. Kraton se leva.

— Mais c'est de la folie, R. M. Cette femme est peut-être armée... Elle peut vouloir...

Les veines du cou de R. M. Kelly saillirent.

— Assez! Faites entrer cette femme, Kernock, répéta-t-il à voix basse. Et qu'elle ait bien l'impression d'être la bienvenue.

Puisant un cigare dans sa boîte, il le porta à sa bouche et se mit à le mâchonner. N'importe qui aurait été trompé par la béatitude peinte sur son visage.

Ce fut de sa bonne grosse voix qu'il accueillit Helen-la-soupe. Elle portait le costume qu'elle avait déjà lors de leurs précédentes entrevues, et la seul chose un peu différente était la couleur de son visage. Cette fois, elle avait plus que librement usé du rouge. D'un coup d'œil, R. M. Kelly nota le fait, tout en continuant à mâchonner son cigare.

— *Well !* Helen, dit-il après lui avoir désigné un siège de la main, et qu'est-ce qui me vaut le plaisir de votre visite ce matin ?

Comme la visiteuse gardait le silence, il ajouta :

— Je suppose que vous avez lu les journaux ?

Helen-la-soupe inclina légèrement la tête.

— Je les ai lus, R. M. C'est justement pour cela que j'ai voulu vous voir. Croyez bien que j'ai fait de mon mieux.

La voix de basse-taille de R. M. Kelly aurait donné le change au plus malin.

— Qui est-ce qui songe à vous en rendre responsable, *old girl ?* Ce n'est pas de votre faute si le sort a été contre nous. Nous aurons notre revanche.

Se penchant brusquement en avant, il lança.

— Vous avez téléphoné à Moonshine Bill cette nuit, à ce que j'ai compris. Pourquoi ?

Helen-la-soupe, qui s'attendait à cette question, ne fut pas prise au dépourvu.

— Alors que j'étais chez l'homme que vous m'aviez chargée d'abattre, il a reçu un coup de téléphone.

— Ah ? De qui ?

— Je ne sais pas. C'était quelqu'un qui avait assisté à l'enlèvement de la jeune fille et qui donnait l'alarme.

— Vous avez pu saisir ce qu'il disait ?

— Grâce aux réponses. Il annonçait qu'il allait s'élancer sur la piste des ravisseurs, et il donnait des directives. L'homme chez qui j'étais a déclaré qu'il arrivait.

— Vous auriez dû l'abattre.

— Je n'ai plus eu qu'une pensée : entrer en contact

avec vos hommes et les prévenir. Alors j'ai songé à Moonshine Bill.

— Pourquoi ne pas vous être adressée à moi ?

— Je l'ai fait un peu plus tard, mais je n'ai pas pu avoir la communication.

R. M. Kelly ne répondit rien. Les yeux fermés, il semblait perdu dans ses méditations. Assis près de la fenêtre, H. H. Kraton suivait chaque geste de la femme, mais elle ne semblait même pas avoir conscience de sa présence. Elle n'avait d'yeux que pour R. M. Kelly. Enfin, celui-ci rompit son mutisme.

— Alors, vous avez agi ?

— Oui. Je me suis procuré une auto. Cela m'a pris du temps et, quand je suis arrivée aux abords de la maison que m'avait indiquée Moonshine Bill, j'ai compris que quelque chose d'anormal avait dû se passer. J'ai vu des uniformes. Les *cops* étaient là.

— C'est de la chance que vous ne soyez pas tombée entre leurs mains. Mais vous avez dit le mot exact : quelque chose d'anormal s'était passé. Savez-vous quoi, Helen ?

Elle secoua la tête.

Il continua d'une voix lointaine, et comme lourde de regrets.

— Nous avons été trahis. Trahis d'une manière qui m'a d'abord paru inconcevable. Seulement, j'espère que ce mystère n'en sera pas un longtemps. La personne qui nous a trahis a peut-être commis une faute ! Qui sait si elle n'a pas laissé sa signature ?

Helen-la-soupe ne put s'empêcher de ressentir un petit frisson intérieur, mais le sourire dont R. M. Kelly enveloppa ces phrases la trompa. Il continua.

— Je ne m'avoue jamais battu, Helen, et je vous jure que les morts de cette nuit seront vengés. En même temps que Bamboo Charley. Avouez que c'est son souvenir plus que tout qui vous attache à moi ?

— C'est exact ! reconnut Helen-la-soupe d'une voix légèrement troublée.

Jetant son cigare d'un mouvement brusque, R. M. Kelly se leva et se dirigea vers elle.

— Tiens, dit-il, vous avez déchiré votre robe ?

Helen-la-soupe suivit le regard de R. M. Kelly et ressentit un choc. Au bas de sa jupe de tweed gris, il y avait un accroc et, sur environ cinq centimètres, le morceau manquait.

— C'est vrai, dit-elle, je ne m'en étais pas aperçue dans ma hâte à venir. Je ferai faire un point au vestiaire en redescendant.

— Dommage qu'il manque un morceau, continua lentement R. M. Kelly.

— Je pourrai peut-être le réassortir.

— Non, dit-il. C'est inutile.

— Pourquoi ? interrogea Helen-la-soupe de plus en plus interloquée.

Lentement, R. M. Kelly sortit son portefeuille et, l'ayant ouvert, en tira quelque chose.

— Parce que le voilà, dit-il en étendant la main, et en laissant apercevoir un morceau d'étoffe qui ne pouvait provenir que de la déchirure.

Brusquement, la main de Kelly s'abattit sur le bras d'Helen-la-soupe et le lui serra comme dans une vis.

— J'ai trouvé ce morceau, dit-il posément, dans la voiture démolie dont on s'était servi pour enfoncer une porte. Dans le choc, un éclat de bois a déchiré la robe. J'aurais pu ignorer la personne à qui je devais mon échec mais, ainsi que je le disais tout à l'heure, la trahison a été signée.

Il attira Helen-la-soupe à lui, et, penché sur son visage, chercha à lire dans ses yeux. Il n'y vit qu'un affolement intense. Tout son corps tremblait.

— Chienne ! prononça-t-il entre ses dents. Et tu t'imaginais que ça allait passer comme ça !

Faisant un pas en arrière, il projeta son bras. Il y eut un choc sourd et, atteinte en plein visage, la femme s'écroula sur le tapis. R. M. Kelly était déjà près d'elle.

— Debout, chienne, ou sans cela...

Elle fit effort pour se relever mais, comme elle portait ses deux mains à sa poitrine, H. H. Kraton se dressa d'un bond.

— Attention, R. M., elle est peut-être armée !

R. M. Kelly se contenta de ricaner. Saisissant la femme par les épaules, il la traîna vers son fauteuil et l'y projeta.

— Fouillez-la, Kraton, ordonna-t-il sèchement, en lui

maintenant les poignets. C'est un petit travail qui vous amusera.

Les mains de Kraton parcoururent le corps de la femme avec une véritable volupté malsaine. Malgré toute sa répulsion, elle se laissa faire sans proférer un mot.

— Ça va, H. H. ! jeta enfin R. M. Kelly en lui lâchant les mains. Et maintenant, chienne, à nous deux. Je suppose que tu te doutes du sort qui t'attend ?

Comme elle observait un silence obstiné, R. M. Kelly leva les mains.

— Tu vas me répondre, ou sans cela...

Elle se tassa dans le fauteuil et parvint à murmurer.

— Oui. Vous allez me tuer. Je le sais.

Le gros rire de R. M. Kelly éclata comme un ouragan.

— Te tuer ? comme ça ? simplement ? Tu n'oublies qu'une chose, c'est que les morts ne sentent plus rien, or, je veux que tu souffres. Abominablement.

Les traits de la femme se creusèrent, et l'on eût dit que tout le sang partait de son visage. R. M. Kelly continua en persiflant :

— Tu vas souffrir, et tout de suite. Je ne te donne pas deux heures pour appeler la mort... et pour me remercier quand enfin je te la donnerai.

— Non ! non ! râla la femme.

Retournant à son bureau, R. M. Kelly posa la main sur un bouton. La respiration plus courte, H. H. Kraton suivait toute la scène sans rien dire. La façon plus rapide dont il se frottait les mains disait clairement sa surexcitation. R. M. Kelly demeura le doigt sur le bouton.

— Tu connais les hommes à mon service, et tu as été à même d'apprécier leur dureté. As-tu jamais entendu parler de Lian-Chou, le petit cuisinier chinois ?

Ce nom dut dire quelque chose à Helen-la-soupe, car à son énoncé elle porta ses deux mains à sa bouche, dans un geste d'horreur.

R. M. Kelly jouit de son effroi.

— C'est lui que je vais convoquer. Entre ses mains, tu auras tout le temps de regretter ta folie.

Il se retourna vers le bureau et joua avec le bouton.

On aurait dit qu'il n'arrivait pas à prendre son part'. Tout à coup, il se mit à hocher la tête.

— A moins... commença-t-il.

Il s'arrêta comme s'il n'eût pas été très sûr de sa décision puis, claquant des doigts, il fixa Helen-la-soupe.

— A moins, reprit-il très lentement, que tu ne nous aides à réparer le mal que tu as fait. Donnant, donnant. Ta vie contre cet acte.

Helen-la-soupe ne répondit pas. Elle se borna à relever la tête et à regarder R. M. Kelly avec anxiété.

Celui-ci ne la laissa pas longtemps dans le doute.

— Pour une raison que je ne m'amuserai pas à chercher, tu as permis à ceux qui veulent ma perte de remporter la victoire cette nuit. Tu vas m'aider à leur tendre un piège.

La tête d'Helen-la-soupe s'inclina.

— Après le service que tu leur as rendu, ces gens doivent avoir confiance en toi ? Tu vas t'en servir pour les perdre.

Un tremblement nerveux agita les lèvres d'Helen-la-soupe, mais R. M. Kelly n'y prit pas garde. Il parlait maintenant d'un ton calme, comme s'il eût dicté l'ordre le plus banal à l'un de ses subordonnés.

— Je suppose que je puis compter sur ton obéissance? Est-ce oui ?

Helen-la-soupe éloigna de sa bouche le petit mouchoir qu'elle était en train de mordiller, et regarda fixement son maître.

— Oui, dit-elle enfin, d'une voix si basse que c'est à peine si le mot fut distinct.

— C'est ce que tu as de mieux à faire, énonça Kelly froidement en s'asseyant à son bureau.

Prenant une plume et attirant un bloc-notes, il se mit à écrire. A trois reprises, il déchira la page commencée. Enfin, il fut satisfait de son texte. Il le relut soigneusement puis, se renversant contre le dossier de son fauteuil, tapota sur son buvard.

— Voilà ! dit-il lentement ! Tu vas appeler toi-même l'homme chez qui tu t'es introduite cette nuit. Comme tu connais sa voix, aucune erreur ne sera possible. Quand il sera à l'appareil, tu lui liras le message que j'ai écrit sur cette feuille. Mais attention : il ne doit avoir aucun soupçon. Rien dans ta voix ne doit te trahir. Il se peut qu'il t'interroge. C'est même certain. Tu pareras à ce danger en lui disant ta crainte de voir ta communication interceptée. Tu seras supposée téléphoner d'une *drugstore* où il y a du monde. Cela expliquera ta concision. Je ne te fais aucune menace; je n'aurai aucune arme pendant que tu parleras. J'ai mieux que ça. J'ai ce bouton sur lequel il me suffit de presser. Tu as bien compris ?

— Oui, dit la femme en inclinant la tête.

R. M. Kelly se leva.

— Alors, viens à l'appareil. Voici le papier. Mais d'abord lis-le.

Helen-la-soupe se laissa tomber dans le fauteuil et prit la note qu'il lui tendit.

— Lis, répéta R. M. Kelly.

Lentement, elle se mit à lire à haute voix. Sa voix tremblait, et R. M. Kelly eut peur que ce détail ne fît naître des soupçons. Ouvrant un tiroir, il en sortit une bouteille de whisky et, ayant rempli un verre au trois-quarts, le lui tendit.

— Bois, dit-il.

Elle vida le verre d'un trait, et le feu du liquide lui mit instantanément un peu de rouge au visage.

— Le numéro est sur le bloc, dit R. M. Kelly. Demande-le maintenant.

Ce fut le valet de chambre qui répondit, mais à l'énoncé de son nom, elle eut bientôt au bout du fil celui qu'elle désirait. Elle reconnut tout de suite sa voix, si jeune, si dégagée de tout souci, et elle ne put s'empêcher de frissonner. R. M. Kelly vit le danger.

— Attention ! prononça-t-il en étendant la main vers le bouton.

Helen-la-soupe se raidit et ses doigts se crispèrent sur le papier.

— Allo, lut-elle d'une voix blanche; ne m'interrogez pas car je risque ma vie. J'ai revu celui que vous savez et il ne soupçonne rien. Seulement, il a peur et veut réorganiser sa bande. Après-demain, à deux heures du matin, il sera à son repaire habituel : la Joint de Moon-

shine Bill. La ruelle qui est au bout de Catherine Street
Slip, du côté de l'*Elevated* [1]. L'autre sera avec lui. Pour y
parvenir, il faut d'abord passer devant le gardien nègre.
Tuez-le, mais sans bruit. Je serai à la porte et je vous
ferai entrer dès que je vous entendrai gratter. Il y a une
pièce en haut d'où vous verrez tout. Le moment venu
vous n'aurez qu'à agir. Ni l'un ni l'autre ne pourront
vous échapper, et je m'arrangerai pour faire croire à
la bande que la police cerne la maison. Ne discutez pas.
Répondez-moi seulement oui ou non ?

En dépit de l'objurgation, le jeune homme, intrigué
par le son de la voix, dut poser une question. Les yeux
fixés sur R. M. Kelly, Helen-la-soupe jeta rapidement :

— Dans une *drugstore*, et l'on peut venir d'un moment à l'autre. Si l'on me voyait, ce serait terrible. Je
vous en supplie, répondez oui ou non ?

Elle attendit une seconde, puis inclina la tête en poussant un petit soupir.

— Merci, dit-elle, comptez sur moi.

Elle reposa l'appareil et s'accouda au bureau. On aurait dit qu'elle cherchait à calmer les battements de son
cœur.

— Alors ? interrogea négligemment R. M. Kelly.

Elle tressaillit comme si elle eût oublié sa présence.

— L'homme a répondu oui. Il sera après-demain au
rendez-vous.

— Parfait. Tu as tenu ta partie du marché. A moi de
tenir la mienne.

Helen-la-soupe se redressa.

— Je suis libre ?

Le franc rire de R. M. Kelly sonna dans la pièce.

— Pas encore ! Mais la Chine n'aura pas à intervenir. C'est déjà quelque chose. Tu seras libre après-
demain. La légende veut que le rat traqué ne sache pas
se défendre. Les Ratiers vont apprendre que la légende
a menti.

Il rit à nouveau de son bon gros rire, et se dirigea
vers la porte de communication.

— Kernock, appela-t-il.

Le petit secrétaire apparut et, du menton, R. M. Kelly

1. **Métro aérien.**

lui désigna Helen-la-soupe.

— Une petite dame que je te confie jusqu'à après-demain. Elle vient d'avoir quelques émotions et a besoin de repos. Tiens-la en lieu sûr, mais sans aucune rigueur. Elle vient de nous rendre service.

— Entendu, *boss*, acquiesça le jeune secrétaire.

Il se dirigea vers Helen-la-soupe et lui mit la main sur l'épaule. A ce contact, elle tressaillit violemment.

— Venez, dit-il simplement.

Elle se leva sans un mot et, d'un pas d'automate, traversa la pièce. Comme elle passait près de l'endroit où son chapeau et son sac étaient tombés, elle les ramassa, mais ce fut sa seule réaction. L'instant d'après, la porte se refermait sur elle.

H. H. Kraton, qui avait assisté à toute la scène sans prononcer une parole, se mit à hocher la tête.

— Comptez-vous vraiment la libérer après-demain, R. M. ?

R. M. Kelly se mit à rire. Non pas un rire sonore cette fois, mais un rire silencieux, qui soulevait chaque bourrelet de graisse de son visage.

— Après-demain, dit-il, Snowwhite, qui en sait un peu trop, aura été supprimé. La maison où ce damné Ratier s'aventurera — en bonne compagnie j'espère — sautera quelques moments plus tard, histoire d'occuper la police. Est-ce ma faute si Helen-la-soupe et quelques-uns de ceux qui pourraient nous trahis n'ont pas le temps de se sauver ? Le ciel est avec nous, H. H. ! Dans trois jours, les journaux nous pleureront comme des martyrs, et aucune voix ne s'élèvera contre nous.

H. H. Kraton continua à hocher la tête.

— Il y a James Ferguson Hay.

La voix de R. M. Kelly se durcit.

— Vous oubliez ce que je vous ai dit, H. H... La publication des documents ou son suicide. Il n'hésitera pas.

— Dieu vous entende, R. M. !

Cette fois, le gros rire de R. M. Kelly éclata :

— Pour ce qui est de Dieu, cela vous regarde, H. H. Moi, je suis plus terre à terre : j'agis.

A la minute même où ces paroles étaient prononcées, un jeune homme assis au pied d'un lit, auprès d'une jeune fille, était plongé dans ses réflexions. Il portait un costume de sport qui mettait en valeur sa jeunesse et sa carrure athlétique, mais quelque chose dans le regard corrigeait ce qu'il y aurait pu avoir de trop dur dans la mâchoire. Adossée contre ses oreillers, la jeune fille le contemplait en souriant. Elle portait un pyjama de soie blanche et son cou était entouré d'un bandage. Elle était très pâle et de larges cernes noirs s'étendaient sous ses yeux.

— Richard, dit-elle doucement, pensez-vous vraiment pouvoir avoir foi dans une femme qui, une fois déjà, a trahi ?

Ricahrd Bentley ne releva pas la tête.

— Oui, dit-il, je l'ai jugée d'emblée. Ce n'est pas une rate. Sa place n'est pas parmis ces gens-là.

— Pourtant, nous avons abattu son ami, et c'est vous-même qui l'avez obligée...

— Elle sait tout, et pourtant je crois en elle. Elle avait commis une erreur et elle a vu où était la vérité. En retournant ce matin chez Kelly pour faire semblant de nous livrer à lui, elle a risqué sa vie.

— Kelly aurait pu ne pas la soupçonner.

Le jeune homme secoua la tête.

— Elle se l'imaginait si peu que voici le billet qu'elle m'a laissé. Je l'ai trouvé sur la table du cabinet de toilette où elle avait été s'arranger.

La jeune fille prit le papier et lut à haute voix :

« J'ai peur que Kelly ne sache tout. Cela ruinerait notre plan. Si je meurs, sachez que je n'étais pas une rate, et que je vous pardonne. Helen. »

Le jeune homme reprit le papier et le remit dans sa poche.

— Pensez-vous encore que cette femme puisse nous trahir ?

— Non. Mais quel risque vous courrez après-demain !

Richard Bentley, qui avait pris un livre sur une table, le jeta en l'air et le rattrapa au vol en riant. On eût dit qu'il s'agissait de la plus innocente partie de plaisir.

— Le dernier acte de la tragédie, en tout cas, espérons-le. Ce qui me console, c'est qu'après le petit incident de l'autre nuit vous allez enfin consentir à vous tenir tranquille et à me laisser agir.

— Vous croyez ?

Richard Bentley se retourna brusquement.

— Vous n'avez tout de même pas l'intention, dans l'état où vous êtes, de m'accompagner après-demain ?

La jeune fille voulut hocher la tête, mais ce geste lui causa une telle douleur qu'elle fit la grimace.

— Si, dit-elle d'une voix ferme. J'ai juré d'être à la mise à mort de la bête... et j'y serai. Vous savez bien que je fais toujours ce que je veux !

Richard Bentley eut un haussement d'épaules fataliste.

— J'aurais préféré agir seul mais, après tout, vous avez peut-être raison. Seulement, si la pendaison n'arrive pas à vous assagir, je me demande ce qui sera capable de le faire !

La jeune fille se mit à rire.

— La chaise électrique... à moins que ce ne soit le mariage !

Il la prit dans ses bras, et un long moment la tint serrée contre lui, bouche contre bouche.

— Je préfère encore le mariage, dit-il, c'est plus agréable et c'est plus long. Seulement, si nous voulons sortir victorieux de cette petite épreuve, je ferais bien d'aller veiller aux derniers préparatifs.

— Vous assurer que vos pistolets marchent bien ? railla la jeune fille.

Richard Bentley la contempla d'un air ambigu, mi-moqueur, mi-sérieux.

— Non, dit-il lentement; m'occuper de quelque chose de bien plus sérieux que cela : téléphoner à mon blanchisseur chinois de donner à mes manchettes la plus grande rigidité à laquelle son art puisse parvenir. Notre réussite en dépend... et ma vie.

Sa voix s'était assombrie en prononçant ces dernières paroles, et la jeune fille corrigea.

— Nos vies. Vous avez confiance ?

Il hésita un instant.

— C'est audacieux, mais c'est l'unique moyen. J'ai foi.

— Alors, moi aussi.

Spontanément, elle se jeta dans ses bras et le tint serré contre elle.

— Oh ! Richard, ne plus avoir cette épée de Damoclés suspendue sur sa tête et pouvoir « le » sauver !

Il l'embrassa tendrement et, se dégageant de son étreinte, la posa sur ses oreillers. Un peu de rose s'était glissé sur ses joues.

— On le tranchera ce nœud, dit-il légèrement, et la vie sera belle. Je vais faire le nécessaire pour cela, *honey dear.*

Comme il arrivait à la porte, il se mit à rire et lança.

— Je vais m'occuper de mes manchettes. *Good bye, Sweetie !*

X

FACE A FACE

Richard Bentley s'avança avec précaution. Il était à proximité de la ruelle au bout de laquelle se trouvait la Joint de Moonshine Bill. Un bruit de pas à peine perceptible se fit entendre quelque part sur sa droite, dans l'ombre plus dense formée par la projection d'un balcon. Il s'arrêta un instant et écouta. La jeune fille, qui était restée à quelques pas en arrière, le rejoignit. Du geste, il lui imposa silence. Plus rien ne bougea, et à nouveau régna ce silence absolu qui semblait si lourd de menaces.

Il allait repartir quand, une fois de plus, il s'immobilisa. Un rond de clarté venait de décrire une trajectoire sur le mur derrière lui et, pendant l'espace d'une seconde, son visage avait été en pleine lumière. C'est en vain, pourtant, qu'il attendit une attaque. La jeune fille, qui lui avait saisi le bras, lui montra de la main la fenêtre d'où était partie la clarté. Cela avait dû provenir de la lanterne d'un des occupants de la maison. Rassuré sur ce point, il reprit sa marche en avant.

Il arriva à l'entrée de la ruelle. C'était là où l'attendait la première menace, mais il pensait pouvoir y faire face. Il fut bientôt sous la fenêtre du rez-de-chaussée, où chaque nuit veillait Snowwhite. Sans qu'un mot eût été échangé entre eux, la jeune fille était demeurée un peu en arrière.

Se coulant contre la muraille, il s'aplatit sur le côté

de la fenêtre, en tirant la main qu'il avait gardée jus-qu'alors dans sa poche. Avec une rare insouciance, la jeune fille reprit son chemin, en cherchant, aurait-on dit, à attirer l'attention par le bruit de ses pas. Elle passait devant la fenêtre, quand une tête crépue surgit brutalement et lui ordonna de s'arrêter. Elle obéit, mais comme le nègre allait lui intimer l'ordre de retourner sur ses pas, elle l'appela par son nom.

Devant la nouveauté de ce cas, Snowwhite se pencha pour mieux voir à qui il avait affaire. Il n'acheva pas son geste. La seconde d'après, une masse d'acier s'abattit sur son crâne et, sous la force du coup, il perdit l'équilibre et s'affala dans l'étroite ruelle.

Richard Bentley se pencha sur lui. Son grand corps inerte gisait flasque et sans vie, et du sang tiède lui poissait la figure. Le poussant du pied, le long du mur, Richard Bentley rejoignit la jeune fille.

— Aucune crainte qu'il ne revienne à lui avant que nous ayons fini ?

La voix de Richard Bentley fut aussi calme que d'habitude.

— Il ne pouvait nous gêner qu'en signalant notre arrivée. Nous avons paré à ce danger. Nous pouvons marcher.

Abandonnant le corps immobile du vieux nègre, ils reprirent silencieusement leur chemin, et se dirigèrent vers le bout de la ruelle. L'émotion qui les étreignait en dépit d'eux-mêmes les empêcha d'entendre un bruit léger de pas qui les suivaient. On eût dit aussi que, par moment, il y avait le même rond lumineux.

Brusquement, la Joint de Moonshine Bill se dressa devant eux. Ils aperçurent sa porte lépreuse, surmontée d'une minable ampoule rouge. Un écriteau était collé contre le panneau et, quand ils n'en furent plus qu'à quelques pas, ils purent déchiffrer son texte :

CLOTURE MOMENTANÉE
POUR CAUSE D'EMBELLISSEMENTS

— Pour cause de mort serait plus juste, remarqua Richard Bentley en souriant.

Il nota le frisson qui parcourut le corps de sa compagne, et regretta sa plaisanterie. La mort, en effet, était trop proche.

Portant ses mains à ses deux poches, pour s'assurer de la présence de ses armes, il se pencha vers la jeune fille.

— Prenez votre revolver. Mais, sous aucun prétexte, ne vous amusez à vous en servir.

Elle lui obéit, en lui indiquant d'un mouvement de tête qu'elle avait compris.

Ils étaient tout contre la porte, maintenant et, bien qu'ils tendissent l'oreille, aucun son ne leur parvenait de la vieille maison obscure. Un silence absolu planait. Un silence de tragédie. Il levait la main, pour gratter le bois selon les instructions qu'il avait reçues, quand il s'arrêta. Se retournant vers la jeune fille, il la saisit dans ses bras et posa sa bouche contre ses lèvres. Un instant, elle s'abandonna puis, se reprenant, elle le repoussa doucement. Aucune parole ne fut prononcée, mais tous deux étaient pâles comme la mort.

Posant enfin sa main contre le bois, Richard Bentley fit le signal convenu.

Il allait recommencer, croyant n'avoir pas été entendu, quand il s'arrêta. L'on remuait de l'autre côté de la porte. Quelqu'un tirait les verrous.

Instinctivement, il porta la main à la poche de son veston, mais tout aussitôt haussa les épaules. Il avait décidé d'avoir foi en cette femme. L'heure n'était plus aux doutes, maintenant.

Un dernier verrou grinça, puis la porte tourna sur ses gonds. Dans l'obscurité de la pièce, il lui fut impossible de reconnaître qui leur avait ouvert. Presque aussitôt, d'ailleurs, une main se posa sur son bras, tandis qu'une voix reconnaissable glissait à son oreille, mais très distinctement :

— Venez ! Ils sont ici depuis un quart d'heure. J'ai eu peur que vous ne tardiez trop. Ils sont dans la salle du fond, et vous pourrez tout voir et tout entendre de celle où je vais vous mener.

Elle referma la porte, sans perdre son temps à remettre les verrous, et leur fit traverser la pièce. Elle marchait lentement, guidant Richard Bentley par la main, tandis que celui-ci tenait le bras de la jeune fille. Com-

me elle parvenait aux premières marches, elle demanda
à Richard Bentley :

— Vous êtes armé ?

— Oui, riposta le jeune homme.

— Alors montons. Le seul danger serait si l'on nous
rencontrait dans l'escalier. Une fois dans la chambre,
vous serez à l'abri, et la fenêtre qui s'ouvre sur la rue
de derrière vous assurera un moyen de fuite.

Quelques marches craquèrent sinistrement au cours
de l'ascension mais, en dépit de cela, rien d'imprévu ne
se passa. Brusquement la femme s'arrêta. Ils étaient
parvenus au premier palier.

— Chut ! souffla-t-elle en se penchant sur la rampe.

Aucun bruit suspect ne la frappa et, après un petit
moment d'attente, elle traversa le palier. Elle ouvrit une
porte et en franchit le seuil, imitée par Richard Bentley
et par sa compagne.

— Fermez, leur glissa-t-elle en s'immobilisant.

La jeune fille obéit mais, pour calmer le battement de
son cœur, s'adossa contre le panneau. Debout près d'elle,
Richard Bentley chercha à percer l'obscurité intense qui
l'entourait. Il étendit la main pour sentir le bras de
leur guide, mais il fut déçu. Helen-la-soupe n'était plus
près de lui. Il allait l'appeler par son nom, quand quelque chose le fit violemment sursauter. Une voix masculine venait de s'élever.

— L'on pourrait peut-être allumer, prononça-t-elle
ironiquement, cela permettrait à nos visiteurs de voir
clair, et de prendre des sièges.

Comme par enchantement, la lumière jaillit et, dans
son mouvement de recul, Richard Bentley ne put que
constater ce fait : c'était Helen-la-soupe qui venait de
tourner le commutateur.

Il portait ses deux mains à ses poches pour saisir
ses revolvers, quand il sentit quelque chose de froid
contre sa tempe. C'étaient deux des hommes postés dans
la pièce, et que dans son trouble il n'avait pas aperçus,
qui l'avaient devancé. En même temps, un cri poussé
par sa jeune compagne l'avertissait qu'elle aussi était
réduite à l'impuissance comme lui. Il ne leur restait
plus qu'à payer le prix de leur étourderie.

S'immobilisant, au contact des deux automatiques

pressés contre ses tempes, Richard Bentley laissa son
regard errer autour de la pièce. Helen-la-soupe était
toujours debout contre le mur, les yeux fixés au sol.
Quatre gangsters au masque de brute encadraient les
prisonniers, mais ce n'est pas sur eux que l'attention
de Richard Bentley se fixa. Deux hommes étaient assis
à une table et le contemplaient en riant : R. M. Kelly et
H. H. Kraton.

R. M. Kelly avait son visage réjoui et bon enfant.
Quant à H. H. Kraton, il se frottait les mains, et semblait
marmotter quelque prière. Il était aussi pâle que son
complice était rubicond. La voix gouailleuse de R. M.
Kelly s'éleva :

— Et qui nous vaut le plaisir de votre visite ? prononça-t-il en souriant.

Devant le silence des deux prisonniers, il eut un petit
mouvement d'étonnement.

— Ce sont probablement les petits joujoux que vous
avez contre le front qui vous coupent la parole ? Alors,
nous allons nous en dispenser.

Fronçant les sourcils, il lança d'un ton de commandement :

— Fouillez-les !

Un des hommes de chaque groupe fit un pas en avant,
tandis que son camarade demeurait immobile.

— Haut les mains, vite ! damnés *skunks !*

R. M. Kelly intervint.

— Eh là ! Hé là ! de la douceur, n'oubliez pas que ce
sont des visiteurs... de marque.

Les bras de la jeune fille s'élevèrent au-dessus de sa
tête, tandis que ceux de Richard Bentley s'arrêtaient à
la hauteur de ses épaules.

— Plus haut ! *you bastard !* grogna l'homme qui lui
faisait face.

Richard Bentley secoua la tête.

— Je ne peux pas. J'ai eu l'omoplate cassée en jouant
au polo.

R. M. Kelly fut toute conciliation.

— Ça ira comme ça, Fabian. Tu n'as tout de même
pas besoin qu'ils touchent le plafond.

Tout en bougonnant, l'homme se mit à effectuer sa
fouille.

Laissant ses grosses mains courir sur la poitrine, puis glisser le long du corps, ils s'arrêta aux poches du veston, et en tira les deux automatiques qu'il examina en connaisseur. Son camarade procédait de même vis-à-vis de la jeune fille, et n'avait aucune peine à trouver le revolver qu'elle avait dissimulé dans son corsage.

— Hé ! hé ! remarqua R. M. Kelly. Trois revolvers pour une visite amicale, c'est beaucoup. Vous ne trouvez pas, Kraton ?

H. H. Kraton hocha la tête et, sans plus s'occuper de lui, R. M. Kelly revint à ses prisonniers.

— Je pourrais vous demander la raison de cet arsenal ambulant. J'aime mieux mettre cela sur le compte de l'insécurité des rues.

Il se renversa en arrière en riant, mais brusquement se redressa.

— Mon Dieu ! et moi qui laisse une dame debout ! Deux chaises, Fabian, vite !

L'homme qui avait fouillé Richard Bentley s'exécuta, et deux chaises furent placées derrière les prisonniers.

— Vous m'excuserez, continua Kelly, si je prends quelques petits précautions peu en usage dans les salons. Vous-mêmes y avez contrevenu en venant armé. Je me contenterai de vous faire attacher. Vous verrez comme on parle bien ainsi !

La voix changea et claqua.

— Allons, qu'on ligote ces gens !

En un tournemain, la jeune fille fut liée au dossier de sa chaise, et réduite à l'impuissance complète. Quiconque aurait attentivement regardé Richard Bentley se serait aperçu qu'il pâlissait, tandis qu'il jetait un rapide coup d'œil à Helen-la-soupe. Celle-ci, qui avait brusquement relevé la tête, vit ce coup d'œil, mais ne broncha pas. Elle aussi, pourtant, pâlit sous son fard.

Vainement Richard Bentley argua-t-il de son omoplate cassée; R. M. Kelly prit la chose en riant.

— Raison de plus pour avoir un petit support, dit-il. Vous verrez.

Une seconde, Richard Bentley fut sur le point de résister, mais un nouveau coup d'œil à Helen-la-soupe le fit changer d'avis. Avec un haussement d'épaules fataliste, il s'abandonna, et bientôt, tout comme la jeune fille, il se vit ligoté au dossier de la chaise.

Tirant un cigare de sa poche et l'enfournant dans sa bouche, R. M. Kelly contempla un moment le spectacle qu'il avait devant lui.

— Quelle heure, H. H. ? demanda-t-il d'un air indifférent en allumant son cigare.

— 2 h. 27, R. M., dit Kraton de sa voix morne en consultant sa montre.

R. M. Kelly assura la combustion de son Corona, avant de continuer

— Dommage qu'un de ces damnés journalistes ne soit pas présents pour noter ce fait. Cela aurait amusé le public de savoir que le 30 octobre, à 2 h. 27, un grand événement s'était produit : Le renversement des rôles.

— Comment cela ? interrogea Richard Bentley, qui savait parfaitement où l'autre voulait en venir.

— Ce ne sont plus les rats qui sont pris au piège, ce sont les Ratiers.

Il éclata de son gros rire sonore et, pendant l'espace de quelques secondes, un sourire éclaira également le visage blême de H. H. Kraton. Presque aussitôt, il poursuivit :

— Seulement, ce fait bien établi, puis-je vous demander, avec toute la politesse dont on doit faire preuve devant une femme, quelle était votre intention en venant ici, cette nuit ?

Richard Bentley fut beau joueur.

— Mais certainement !

— Ah ! et quel était ce but ?

— Parachever l'œuvre commencée et vous abattre, vous et votre complice, comme deux bêtes puantes et malfaisantes.

Malgré son contrôle, R. M. Kelly fut sur le point d'éclater. Une abominable grimace tordit son visage, tandis que sa main saisissait un des revolvers que l'on avait posés sur sa table. Un instant, ont put croire qu'il allait d'un coup terminer la tragédie. La jeune fille était livide et, dans l'attente de la détonation, Richard Bentley avait fermé les yeux. La voix inattendue d'Helen-la-soupe défendit la situation.

— Non, Kelly. Vous le regretteriez. Vous avez d'autres choses à apprendre d'eux.

R. M. Kelly passa la main devant son front et, avec un sourire nerveux, reposa l'arme.

— Vous avez raison, Helen. Merci de m'avoir arrêté. Et merci également d'avoir si bien trompé ces *skunks*. Je n'ai rien perdu de ce que vous leur avez dit depuis leur entrée, car je me méfiais, et j'étais prêt à vous abattre. Vous avez été digne de Charley. Bravo !

Il tira un mouchoir de sa poche et s'épongea le visage. Il était en nage.

— Ceci réglé, dit-il en revenant à Richard Bentley, il y a certaines choses que je désire savoir. Une surtout. Pourriez-vous me dire la raison de cette campagne entreprise par les Ratiers contre moi ?

Le jeune homme garda son silence dédaigneux, et R. M. Kelly reprit :

— Je vous ai posé une question. Voulez-vous y répondre ?

— Non, déclara sèchement Richard Bentley.

Les yeux de R. M. Kelly s'amincirent dangereusement.

— Vous ne voulez pas parler ? dit-il en se penchant en avant.

— Non ! répéta le jeune homme. Il me semble que c'est net.

R. M. Kelly ricana.

— Oh ! parfaitement. Seulement, ce refus m'ancre un peu plus dans le désir d'être renseigné. Tout à l'heure, je vais vous tuer. Je suppose que vous ne vous faites pas la moindre illusion à ce sujet. Mais votre mort ne m'aiderait pas beaucoup si, vous disparus, je me trouvais encore devant une bande d'ennemis invisibles. Je veux connaître votre raison, et je la connaîtrai.

— Et moi, je vous répète que vous ne la saurez pas.

R. M. Kelly ferma les yeux. On aurait dit qu'il savourait sa vengeance si proche. Il parla, et sa voix eut des intonations d'une cruauté caressante.

— La dernière fois que cette jeune et ravissante personne a été en mon pouvoir, dit-il en désignant la jeune fille de la main, j'ai été, il me semble, à deux doigts de la punir terriblement d'avoir voulu me jouer. Quelqu'un

— vous probablement — est arrivé et a renversé la situation. Aujourd'hui, nous nous retrouvons dans la
même position. Seulement, cette fois, vous ne pourrez
pas survenir. J'allais punir cette femme. Je vais reprendre l'incident au point où je l'avais laissé, et je la tor-
turerai jusqu'à ce que ses cris de souffrance vous obli-
gent à parler. J'ai l'impression que je n'aurai pas longtemps à attendre !

— Brute ! cracha Richard Bentley en cherchant en
vain à se libérer.

R. M. Kelly ne parut pas se soucier de cette révolte.

— Peut-être, d'ailleurs, un mot de votre compagne
vous rendra-t-il plus malléable. Vous ne pensez pas,
dear little lady ?

La jeune fille, qui avait tenu la tête baissée, la releva
dans un geste de défi.

— S'il voulait parler, c'est moi qui le lui interdirais !

— Dans ce cas... rétorqua R. M. Kelly en se levant.

Il alla vers la prisonnière et, s'arrêtant devant elle,
parut réfléchir sur la souffrance qu'il allait lui impo-
ser. Comme il méditait, une main se posa sur son
épaule. C'était Helen-la-soupe qui venait de sortir de
son immobilité. Elle lui dit quelques mots à l'oreille,
et il parut surpris. Après une seconde de réflexion
pourtant, il changea d'avis.

— Vous avez peut-être raison, dit-il. Ils sont liés et
désarmés, ils ne peuvent rien contre nous.

Se tournant vers les quatre hommes qui gardaient les
prisonniers, il leur montra la porte.

— Inutile que vous restiez ici, dit-il. Retournez là
où vous savez, et où doivent vous attendre vos compagnons. Quand j'aurai besoin de vous, je vous sonnerai.

Les quatre hommes au mufle de brute obéirent et
refermèrent derrière eux. Comme H. H. Kraton l'inter-
rogeait du regard, R. M. Kelly expliqua :

— Helen, qui connaît ces hommes, a peur qu'ils s'at-
tendrissent. Rien de plus bête parfois que ces tueurs
quand une femme est en jeu ? Il est inutile qu'ils voient
ce qui va se passer. Ils seront mieux dans l'autre
« Joint ».

S'humectant les lèvres, il marcha sur la jeune fille.

— Et maintenant, à nous deux.

Il allait la saisir par les épaules, quand la voix de Kraton s'éleva.

— Kelly !

— *Well* ? riposta Kelly d'un ton bougon.

H. H. Kraton lui expliqua d'un ton gêné :

— La dernière fois que nous avons eu cette femme en notre pouvoir, Kelly, nous avions commencé une partie. Nous ne l'avons pas achevée. Pourquoi ne pas la reprendre cette nuit ?

R. M. Kelly eut un rire méprisant.

— Pour la déshabiller à nouveau ! Nous avons mieux que cela à faire, il me semble.

H. H. Kraton toussota.

— Non ! Pour savoir qui, de nous deux, infligera la torture. Chacun son tour. Au gagnant.

R. M. Kelly pencha la tête de côté.

— Pas mal imaginé, Kraton. *By God !* l'idée me plaît, jouons !

Plongeant la main dans la poche de son veston, il en tira un paquet de cartes et les jeta sur la table. Sans un mot, il se mit à les mêler.

— Coupez, dit-il en tendant le paquet à Kraton.

Celui-ci, qui avait poussé sa chaise de l'autre côté de la table, et qui tournait le dos aux prisonniers, fit ce qu'on lui demandait. Comme il tendait les cartes à son complice, il ne put s'empêcher de jeter un coup d'œil par-dessus son épaule.

— Je n'aime pas beaucoup avoir ces deux êtres derrière moi sans gardien, remarqua-t-il piteusement.

Helen-la-soupe se proposa d'elle-même.

— Je vais les surveiller.

De sa démarche souple, elle alla vers le couple et se posta à côté d'eux. Richard Bentley, qui avait relevé la tête, la regarda fixement, et elle comprit la prière de ses yeux. Comme elle parvenait près de lui, elle se pencha pour inspecter ses liens et à mi-voix lui glissa :

— Offrez un chèque.

Il demeura perplexe comme s'il n'eût pas compris, puis un peu de clarté dut se faire en lui, car il sourit imperceptiblement.

Devant eux, les deux hommes avaient commencé la

partie. Prestement, R. M. Kelly avait fait glisser les cartes, et chaque joueur avait les siennes.

— Parlez, Kraton, dit Kelly en faisant la moue.

Celui-ci retourna lentement son jeu, et il y eut quelque chose de métallique dans sa voix comme il annonçait :

— Huit.

Avec plus de lenteur encore, R. M. Kelly étala son jeu. Il avait 7 et 3.

— Baccara, dit-il nonchalamment. A vous de commencer, Kraton. Mais n'oubliez pas qu'il nous faut graduer nos effets.

Il y eut un râclement de chaises. Kraton était debout. Il était encore plus pâle qu'à l'ordinaire, et il y avait une flamme trouble dans ses yeux.

— Il y a assez longtemps, prononça-t-il en se délectant de chaque mot, que l'on nous menace de la marque du rat. A mon tour de rendre la monnaie de la pièce. Un rat bien dessiné sur une épaule blanche ne ferait pas mauvais effet.

Tout en s'avançant vers la jeune fille, il avait tiré un stylo de sa poche.

— C'est tout ? railla R. M. Kelly.

H. H. Kraton corrigea.

— L'encre de ce stylo est peut-être spéciale. Je la gardais en prévision. C'est un acide violent qui saura admirablement brûler les chairs délicates.

Il était près de la chaise de la jeune fille et sa main touchait son épaule. D'un mouvement brusque, il arracha le haut du corsage. Helen-la-soupe, qui était appuyée contre le bras de Richard Bentley, sentit tous les muscles du jeune homme se raidir.

H. H. Kraton se penchait, le stylo à la main, quand une voix s'éleva.

— *You skunk*, prononça Richard Bentley. Et si je vous paye assez cher pour racheter cette torture, n'aurez-vous aucune pitié ?

H. H. Kraton s'était arrêté.

— Payer ? railla-t-il. Comment ?

La voix de Richard Bentley s'enhardit.

— J'ai mon chéquier. Fixez votre prix. Je ne le discuterai pas.

Ce fut R. M. Kelly qui répondit :

— 100.000 dollars. Mais ne croyez pas nous jouer. Nous acceptons pour ce prix de ne pas torturer votre compagne. Mais nous ne vous faisons pas grâce de la vie. Nous nous arrangerons pour encaisser... avant que le bruit de votre mort ne soit en circulation.

— Laissez-moi signer mon chèque, répondit farouchement Richard Bentley.

Un instant, R. M. Kelly hésita, puis il sourit. Qu'avait-il à craindre de cet être ligoté et sans arme, dans une maison inconnue où il n'avait aucun défenseur ? L'appât du gain le tentait.

— Défaites-lui les bras, Helen, dit-il. Mais seulement les bras. Il pourra signer tout à son aise.

Les mains d'Helen tremblaient, et c'est à peine si elle parvenait à se servir de ses doigts. Enfin, elle arriva au bout de sa tâche et se recula de quelques pas. Richard Bentley avait les mains libres.

— Prenez le chéquier qui est dans sa poche, ordonna R. M. Kelly.

Elle obéit et eut vite trouvé ce qu'on lui demandait.

— Maintenant, continua R. M. Kelly, faites votre chèque au porteur, non barré, et pour 100.000 dollars.

Helen-la-soupe lui tendit le calepin et, le posant sur ses genoux, Richard Bentley se mit à écrire.

Il le rédigea aussi tranquillement que s'il eût été dans son bureau puis, l'ayant signé, le détacha de la souche et le tendit à H. H. Kraton. Comme celui-ci l'examinait d'un œil soupçonneux, R. M. Kelly lança :

— Passez-moi ça, Kraton, il s'agit de voir si tout est bien en règle.

Richard Bentley ne broncha pas. Les bras pendant à ses côtés, il regardait ses adversaires tandis qu'ils examinaient le chèque, et dans son regard il y avait une étrange flamme.

— Okay ! prononça enfin R. M. Kelly en glissant le chèque dans sa poche. Seulement, il est bien entendu que cette somme n'était que pour la première torture. Pas d'erreur là-dessus, n'est-ce pas ?

Il allait éclater de son gros rire en s'apprêtant à jouir de la déconvenue de son prisonnier, quand quelque chose dans l'attitude de ce dernier le dérouta. Loin de s'emporter ou de manifester la moindre frayeur, il secouait la tête.

— Pas d'erreur là-dessus, n'est-ce pas ? répéta R. M. Kelly.

Cette fois, Richard Bentley rompit son mutisme.

— Si, dit-il, une grave erreur.

R. M. Kelly balaya cette objection du geste.

— Et qui me la fera apercevoir ?

Comme s'il eût voulu implorer le ciel, Richard Bentley leva lentement les bras vers le plafond. N'arrivant pas à comprendre ce que cela pouvait signifier, R. M. Kelly le regarda faire avec ahurissement. Les mains étaient maintenant presque au-dessus de la tête.

— Ceci ! prononça simplement Richard Bentley d'une voix forte qui contrastait étrangement avec celle qu'il avait employée jusque-là.

Et brusquement, faisant un saut en arrière et poussant un cri étouffé, R. M. Kelly comprit : dans chacune des mains de Richard Bentley il y avait un petit automatique plat.

XI

LA MORT TIENT LES CARTES

La main de R. M. Kelly s'abattit sur la table pour saisir un revolver, mais la voix cinglante de Richard Bentley l'arrêta :

— Un geste et je tire !

R. M. Kelly n'acheva pas son geste. Il y avait dans la voix de Richard Bentley quelque chose qui montrait qu'il ne s'agissait pas d'une vaine menace. Frémissant de tout son être, il demeura là, la main suspendue au-dessus de la table. Calmement, Richard Bentley continua :

— Haut les mains, Kelly, et vous aussi, Kraton. Je vous tiens tous deux en joue. Un mouvement, un cri, et je tire. Vos hommes arriveront peut-être, mais il sera

trop tard. Tenez, Kraton, mettez-vous près de votre ami.
J'aime mieux ça.

Sans un mot, H. H. Kraton, qui était vert, et qui
n'avait pas tenté un geste de défense, obéit. Tenant ses
bras au-dessus de sa tête, il prit place aux côtés de
R. M. Kelly.

— Parfait ! railla Richard Bentley. Maintenant, pendant que cette femme va me détacher, je vais vous dire
le petit stratagème qui m'a permis de renverser les
rôles. Je savais qu'un piège m'était tendu, et je savais
aussi que tôt ou tard vous m'ordonneriez de lever les
mains. Seulement, je voulais choisir mon heure. Tout à
l'heure, quand vos *hoodlums* [1] m'ont intimé cet ordre,
j'ai prétexté une blessure à l'omoplate. C'était encore
trop tôt. Vous comprenez, j'avais installé ces deux petits automatiques — les plus plats sur le marché —
dans mes manchettes. Des caoutchoucs les reliaient, par
un système de mon invention, à mes épaules. Il me suf-
fisait de lever les bras pour les amener dans mes mains.
Vous avez vu que ça n'a pas mal marché ! C'est enfan-
tin, mais il fallait y penser. Evidemment, j'ai eu un moment d'angoisse quand vous m'avez fait ligoter; mais
quelqu'un m'a opportunément suggéré de profiter de
votre esprit de lucre. Merci, Helen, de cela comme de
tout le reste.

Un rage impuissante secoua R. M. Kelly.

— Chiens ! gronda-t-il, immondes chiens pouilleux !

— Bah ! rétorqua Richard Bentley en sentant le dernier lien tomber au sol, j'aime mieux être un chien
qu'un rat.

R. M. Kelly ne répondit pas. Ses yeux étaient injectés
de sang, et on devinait l'effort qu'il devait faire pour
ne pas abaisser les bras et tenter le tout pour le tout.
Seule, la vision du revolver braqué sur lui le tenait en
respect. Quant à H. H. Kraton, ses lèvres remuaient
sans arrêt, et l'on eût dit quelque prédicant baptiste
en train d'invoquer le Seigneur.

Richard Bentley contempla Helen-la-soupe qui dé-
liait la jeune fille. Celle-ci était pâle, mais, en dehors

1. Les tueurs chargés spécialement des mitrailleuses.

de cela, rien dans son attitude n'aurait pu trahir les minutes terribles qu'elle venait de vivre.

Remerciant Helen-la-soupe d'un sourire, elle se leva en arrangeant sa robe déchirée sur son épaule.

Sans cesser de les tenir en joue, Richard Bentley s'avança vers les deux hommes.

— Et maintenant, dit-il, tandis que son visage se durcissait, continuez.

— Quoi ? interrogea R. M. Kelly.

De son revolver, Richard Bentley montra les cartes sur la table.

— A jouer, expliqua-t-il. Vous vous souvenez d'un soir où j'ai interrompu une de vos parties ? Vous jouiez alors la pudeur d'une femme. Je vous ai frustrés de votre plaisir en laissant une note. Je vous disais que nous reprendrions cette partie pour un plus gros enjeu. Ce jour est venu.

R. M. Kelly voulut tenir tête.

— Je ne comprends pas, dit-il.

— Vous allez vite comprendre. Chacun de vous doit avoir son revolver sur lui, et je suppose que chaque arme contient six balles. La femme que vous aviez rêvé de torturer va les prendre et vous jouerez. Chaque fois qu'un de vous gagnera, elle enlèvera une balle du barillet de son adversaire. Quand il ne restera plus qu'une balle, le jeu sera fini.

— C'est-à-dire ? interrogea R. M. Kelly nerveusement.

La voix de Richard Bentley fut encore plus frémissante.

— Que celui dont ce sera le revolver abattra l'autre. Rat contre rat.

— Mais le survivant ? jeta H. H. Kraton, les yeux exorbités.

— Je verrai ce que je ferai avec lui. Sa vie m'appartiendra.

Une vague de colère folle balaya R. M. Kelly.

— Et si je refuse de m'associer à cet infâme pacte. Si j'appelle mes hommes ?

Richard Bentley lui coupa la parole.

— Vos hommes vous trouveront morts. Moi, au moins, je vous donne une chance.

Une voix rauque jaillit.

— Jouez, Kelly. Jouez pour l'amour du ciel !

R. M. Kelly regarda un instant H. H. Kraton qui venait de parler, puis il haussa les épaules.

— Soit ! dit-il, jouons. Mais souhaitez que ce ne soit pas moi qui survive, car alors...

Richard Bentley se tourna vers sa compagne.

— Fouillez-les et prenez leurs revolvers. A chaque coup gagnant, vous savez ce que vous avez à faire.

La jeune fille se dirigea vers les deux hommes. Ses traits s'étaient creusés et elle était livide.

Elle trouva sans aucune peine leurs armes et, se retirant de quelques pas, s'adossa contre le mur.

— Jouez ! prononça la voix implacable de Richard Bentley. Inutile de rebattre : la partie continue.

D'une main qu'il s'efforçait de rendre ferme, R. M. Kelly donna les cartes.

— Six, annonça Kraton d'une voix étouffée.

R. M. Kelly retourna les siennes et les jeta sur la table.

— Sept, dit-il d'un voix triomphante.

Il y eut un petit choc métallique. La jeune fille venait de retirer une balle du revolver de H. H. Kraton. Celui-ci ne put retenir un grognement de dépit, tandis que ses doigts se crispaient sur deux nouvelles cartes.

— Six, annonça-t-il à nouveau.

— Huit, lança R. M. Kelly d'une voix vibrante de joie.

Il y eut le même petit bruit métallique et le même soupir. R. M. Kelly souriait de son sourire cruel, tandis que, les deux coudes sur la table, H. H. Kraton ne quittait pas le paquet de cartes des yeux.

La partie se poursuivit. Debout au milieu de la pièce, Richard Bentley tenait les deux hommes sous le feu de ses revolvers, tandis qu'adossée contre le mur la jeune fille suivait les péripéties de la partie. Appuyée contre la fenêtre, véritable spectre vivant, Helen-la-soupe regardait. Tour à tour, les deux hommes gagnèrent et perdirent. Ils semblaient jouer avec le destin.

Tout à coup, un cri de rage échappa à H. H. Kraton tandis que son poing s'abattait brutalement sur la table. Les cartes venaient à nouveau de parler. Il ne restait plus qu'une balle dans chaque barillet. Le coup suivant allait être décisif.

R. M. Kelly, qui n'avait pas prononcé une parole, leva la tête et fixa Richard Bentley.

— C'est de la folie, dit-il froidement.

— Jouez, riposta simplement Richard Bentley.

Quelque chose s'enroua dans la voix de R. M. Kelly.

— Vous savez bien que tout cela n'est que du bluff. Vous n'aurez pas le cran d'être partie à un assassinat.

— Jouez, répéta inexorablement Richard Bentley.

Devant la menace du revolver, R. M. Kelly s'emporta.

— Ne vous empressez pas trop de triompher, j'ai plus d'un tour dans mon sac, et avant que vous ne soyez guère plus vieux...

Il haussa les épaules et étendit la main droite vers le paquet de cartes.

— Jouons, Kraton, prononça-t-il durement ? Que Dieu ou le diable décide.

On aurait dit que l'on venait de toucher H. H. Kraton avec un fer chaud.

— Non ! hurla-t-il. Pas vous, cette fois.

R. M. Kelly le regarda avec ahurissement, mais H. H. Kraton lui évita la peine de le questionner.

— C'est vous qui donnez. Qui me dit que vous ne trichez pas ? Ce paquet était dans votre poche. Vous avez pu le préparer d'avance. Je veux battre ces cartes et donner.

R. M. Kelly ne tenta même pas de discuter.

— Soit, dit-il d'un ton méprisant, agissez à votre guise. Mais je ne m'étais pas trompé sur votre compte. Il y a vraiment du rat en vous.

Il jeta le paquet de cartes à son associé et, après l'avoir coupé, reprit sa pose nonchalante.

— Donnez, dit-il.

La main de H. H. Kraton trembla, et des gouttes de sueur perlèrent à ses tempes. Il donna les cartes et R. M. Kelly ramassa les siennes. Sous le regard angoissé de H. H. Kraton, il les retourna et les jeta sur la table.

— Neuf !

Un cri d'épouvante lui répondit. Les cartes venaient d'échapper aux mains de H. H. Kraton. Il avait deux.

Brusquement, il rejeta la tête en arrière et se dressa.

— Non ! hurla-t-il. Vous ne m'assassinerez pas ainsi. C'est un meurtre ! au secours !

Richard Bentley était déjà tout contre lui.

— Un mot de plus, et c'est moi qui vous tue. Vous oubliez l'ordre donné tout à l'heure par votre complice : personne ne peut venir à votre secours. Les rats, s'ils ne savent pas mourir, savent obéir. Vous avez perdu, Je n'ai qu'une parole.

Il s'approcha de la jeune fille, qui venait d'ôter la dernière balle d'un des revolvers, et lui prit l'autre des mains. Il le tendit à R. M. Kelly.

— Je n'ai qu'une parole, Kelly. Un rat va supprimer un rat. Mais, attention, je vous tiens toujours en joue. Au moindre signe de trahison...

R. M. Kelly, qui avait retrouvé toute son assurance, lui coupa la parole.

— Pourquoi userais-je de traîtrise ? J'ai gagné et j'ai foi en vous.

Il prit le revolver et, avec un sourire qui laissa apercevoir toutes ses dents, se tourna vers son ex-complice.

— Kraton, dit-il durement, vous n'auriez eu aucune hésitation, si vous aviez gagné. Je n'hésite pas non plus.

Livide, défaillant, Kraton, un bras levé dans un geste instinctif de défense, recula jusqu'au mur du fond, contre lequel il s'adossa. Sa peur avait quelque chose d'abject.

— Non, râla-t-il. Pas ça !

Le revolver s'éleva et s'immobilisa. R. M. Kelly ne souriait plus, maintenant. Un masque de dureté recouvrait son visage. C'était vraiment son âme mauvaise que l'on apercevait. H. H. Kraton vit le doigt appuyer sur la gâchette et leva un regard suppliant vers ceux dont l'intervention aurait pu le sauver. Il lut une expression de pitié sur le visage de la jeune fille et vit la pâleur mortelle d'Helen-la-soupe.

— Non ! hurla-t-il dans un cri de démence.

La jeune fille ferma les yeux comme retentissait la détonation, mais Helen-la-soupe se contenta de respirer plus fortement. Se rejetant en arrière, comme s'il eût reçu un coup en pleine figure, l'homme heurta le mur et, se cassant en deux, s'écroula la tête en avant.

Un instant, il demeura face contre terre puis, dans un

dernier effort, roula sur le dos et demeura immobile. La balle avait pénétré dans l'œil droit. Il était mort.

Un choc sourd retentit. C'était R. M. Kelly qui venait de jeter son revolver maintenant inutile sur la table..

Un long moment, un silence de mort plana. Tout à coup, comme Richard Bentley allait se décider à passer à l'action, quelque chose l'immobilisa. Quelqu'un venait de heurter à la porte.

Une seconde, il hésita sur la conduite à tenir, et il braquait son revolver dans cette direction quand, à nouveau, l'on refrappa.

Il fit un pas en avant, mais brusquement s'arrêta : la porte venait de s'ouvrir, et une silhouette se découpait dans l'encadrement : le lieutenant Mortimer Brett.

XII

UN CHIEN POLICIER VAUT TOUT DE MEME MIEUX !

Il y eut un silence tragique mais, tranquillement, comme s'il eût accompli la chose la plus naturelle du monde, Mortimer Brett entra dans la pièce. Il mâchonnait son inséparable cigarette et, comme toujours, portait son *Trilby* [1] rejeté très en arrière. Sans accorder un coup d'œil au cadavre qui se trouvait à quelques pas de lui, il se retourna et, après avoir adressé un petit signe de tête aux deux policiers qui l'accompagnaient, referma la porte. Ce n'est qu'une fois cette précaution prise qu'il se décida à sortir de son mutisme.

— *Hullo !* dit-il simplement, j'ai l'impression d'arriver quelques secondes trop tard, mais tout de même utilement !

Il leva les yeux et sourit à R. M. Kelly.

— Et, encore une fois, grâce aux bons tuyaux que l'on a bien voulu me faire parvenir.

R. M. Kelly, qui avait passé par toutes les phases de la stupéfaction, sentit son assurance lui revenir. Une

1. Feutre mou.

fois de plus, l'incroyable était arrivé. Il allait bluffer la police ! Ce qui se déroula lui fit l'effet d'un coup de poing au creux de l'estomac.

S'avançant vers Richard Bentley qui attendait les bras croisés, Mortimer Brett lui tendit la main.

— Merci, Mr. Bentley, je suppose que les masques sont définitivement jetés aujourd'hui, et que je peux publiquement vous remercier.

Devant la gêne du jeune homme, le lieutenant de police ne put s'empêcher de sourire.

— L'on peut dire ce que l'on veut de la police, Mr. Bentley. Elle a tout de même du bon ! Du jour où vous nous avez débarrassés de deux des membres les plus marquants des équipes de *Hoods* qui terrorisaient New-York, la police a su à quoi s'en tenir !

Un mince sourire flotta sur les lèvres de Richard Benltey.

— Comment cela ?

— Vous oubliez qu'une campagne d'assainissement était en cours; campagne qui ne donnait pas grand'chose, je le reconnais. N'empêche que ces gaillards étaient sur- veillés, filés. La nuit de l'exécution de Bamboo Charley, j'ai su d'où venait le coup. Mes hommes ont même été sur le point de vous arrêter. C'est moi qui les en ai empêchés. Vous ne vous souvenez pas d'avoir entendu un coup de sifflet ?

— Mais pourquoi avoir agi ainsi ? interrogea Richard Bentley, le front creusé d'un pli.

Mortimer Brett fixa R. M. Kelly qui s'était laissé re- tomber dans son fauteuil.

— D'abord parce que votre initiative m'arrangeait assez. Ensuite, parce que je tenais à connaître la raison de cette campagne entreprise contre deux *gangs* plus forts que toute la police métropolitaine. Publiquement, je pouvais saluer MM. Kelly et Kraton, et leur témoi- gner le plus grand respect; mais j'étais fixé. Je savais que ce n'étaient que des *crooks* protégés par les plus basses combinaisons politiques.

R. M. Kelly asséna son poing sur la table. Il était écarlate.

— Voici des paroles que vous regretterez, lieutenant ! Je suis assez fort pour vous les faire expier !

On eût dit que cette éventualité inquiétait Mortimer Brett.

— Vraiment ? dit-il en s'avançant vers la table, et en jouant machinalement avec les cartes. C'est alors que j'aurais mal raisonné. Vous comprenez, Kelly ?

— Mister R. M. Kelly, corrigea l'autre.

— Si vous voulez ! Mais pour si peu de temps !

— Lieutenant ! tonna Kelly.

— Je disais donc, Mr. Kelly, que j'étais fixé sur vos activités et sur celles de votre rival et compagnon. Le terrible, c'est que je ne pouvais rien faire. Arrêter vos hommes ? Le lendemain, vos avocats marrons, vos juges et vos sénateurs les auraient fait relâcher. Vous dénoncer ? J'ai une femme et deux enfants, et je tiens à ma situation. Alors, j'ai attendu, tandis que les journaux ne parlaient que de la campagne d'assainissement. Oh ! ç'a été long et pénible. Et puis, un jour, Némésis est entrée en jeu. Ç'a été Bamboo Charley et Harry The Horse. Ça été Nora Swanhill et Red Bill Granger. Mais je ne vais pas vous les énumérer tous. Un autre aurait agi pour que force reste à la loi. J'ai préféré faire l'opossum et attendre. D'ailleurs, celui qui me déchargeait de mon travail avait la galanterie de me tenir au courant, ce qui me permettait de sauver la face. J'ai donc attendu, et j'ai fait mieux. Sachant de qui il s'agissait, j'ai eu peur de son inexpérience et de son enthousiasme. Aussi, inconnu de lui, j'ai surveillé ses démarches et assuré sa protection.

Richard Bentley s'avança la main tendue.

— Lieutenant, dit-il d'une voix émue, je comprends maintenant...

Mortimer Brette continua comme s'il n'eût pas entendu.

— J'ai bluffé tout à l'heure en disant être venu ici sur son indication. Je me suis contenté de le suivre cette nuit, comme toutes les autres.

— Un policier qui protège un assassin ! gronda R. M. Kelly. Vous expliquerez cela à vos chefs et aux juges !

— Croyez-vous que cela sera nécessaire ? riposta calmement Mortimer Brett.

R. M. Kelly bondit sur ses pieds.

— C'est-à-dire que vous accepteriez de me voir assassiner, comme les autres, par ces tueurs ? Vendu !

Mortimer Brett haussa les épaules.

— Je connais trop bien la machine politique de mon pays pour avoir la moindre illusion. A mes débuts, j'aurai eu votre belle indignation. Aujourd'hui, j'aime mieux un rat assassiné qu'un rat sauvé par ses complices. Il ne peut plus mordre.

R. M. Kelly s'avança vers lui les poings crispés.

— Qu'attendez-vous alors pour m'abattre ? Chien ! *Skunk* !

Mortimer Brett ferma un instant les yeux et sourit.

— La solution d'un problème que vous avez également cherchée : la raison de cette campagne contre vous et vos deux bandes ?

Il regarda Richard Bentley puis, reportant son regard vers R. M. Kelly, continua.

— Jusqu'à présent, c'est une chose qui m'échappe. Vous seriez un autre homme, Mr. Bentley, que je dirais que vous avez agi par sport. La chasse à la bête puante! Mais ce n'est pas cela, n'est-ce pas ?

— Non, dit lentement Richard Bentley.

Mortimer Brett se retourna vers le fond de la petite pièce où, pas une fois, il n'avait porté son regard depuis son arrivée. Debout près d'Helen-la-soupe, il y avait la mystérieuse jeune fille. Les yeux fixés devant elle, elle avait écouté la conversation sans esquisser un mouvement. Devant le geste de Mortimer Brette, elle tressaillit, mais il ne parut pas remarquer son trouble.

— La solution du problème est peut-être ailleurs, dit-il lentement. Peut-être dans cette pièce ? Qui est cette femme ?

Richard Benley répondit pour elle.

— Doreen Morgan, la fille du banquier.

Mortimer Brett secoua la tête.

— Non, dit-il.

Richard Bentley insista.

— Si vos hommes l'ont suivie, ils savent bien que je l'ai prise chez elle, à Amsterdam Avenue.

Mortimer Brett sourit.

— Je ne dis pas que cette jeune lady n'habite pas momentanément chez le banquier O. W. Morgan. Je dis simplement qu'elle n'est pas Doreen Morgan. Miss Morgan est en Europe depuis seize jours. Voici le câble de confirmation que j'ai reçu.

La jeune fille serra nerveusement le bras d'Helen-la-soupe et regarda le détective avec des yeux agrandis par la terreur. Toujours sans paraître s'apercevoir de son trouble, il s'approcha d'elle.

— Me forcerez-vous à révéler moi-même votre nom, Miss... ? dit-il.

La jeune fille voulut parler, mais la contraction de sa gorge l'en empêcha. Elle ne regardait plus le détective, mais son regard implorait Richard Bentley. Comprenant qu'un drame se jouait, R. M. Kelly s'était à demi soulevé dans son fauteuil. Richard Bentley voulut intervenir mais, d'un geste de la main, le détective l'arrêta.

— Pas un mot, Mr. Bentley. Il y a un mort dans cette pièce, et il y a eu d'autres morts au cours de toutes ces nuits. Je suis la Justice et la Loi.

— Pourtant..., commença Richard Bentley.

Un regard dur du détective lui coupa la parole. Celui-ci s'était rapproché de la jeune fille et lui avait posé la main sur l'épaule. Un instant, il a regarda puis, en s'inclinant, il porta la main à son *trilby* et se découvrit.

— Puisque le courage vous manque pour répondre, peut-être me permettrez-vous de vous aider, Miss... Créta Jane Hay !

On aurait dit que la jeune fille allait crier. Elle ouvrit la bouche, mais aucun son ne sortit de ses lèvres. Elle tremblait.

— Créta ! jeta Richard Bentley en s'élançant vers elle, dans la crainte de la voir s'évanouir.

Au même moment, la table contre laquelle R. M. Kelly s'appuyait bascula, tandis que celui-ci se dressait d'un bond.

— Créta Jane Hay? lança-t-il. La fille du gouverneur? Celle qui est supposée être en Europe ?

— Mon Dieu oui, riposta Mortimer Brett. Et après ?

Le rire de R. M. Kelly eut quelque chose de sauvage.

— Après ? Regardez la pendule, et notez l'heure, si tant est que cela vous dise quelque chose !

Mortimer Brett porta les yeux vers le vieux cartel de bois pendu au mur.

— Trois heures cinq, énonça-t-il. En quoi cela peut-il nous intéresser ?

R. M. Kelly était un autre homme. Il parlait vite et une intense surexcitation se devinait dans chacun de ses gestes. Comme s'il n'eût pas entendu la question du policier, il jeta, avec une telle volubilité que les syllabes s'entre-choquaient :

— Ainsi, la femme qui s'est jetée au travers de mon organisation est la fille du gouverneur de l'Etat ! Elle s'est crue assez forte pour m'abattre. Je comprends tout maintenant : la disparition du document caché dans le coffre-fort. L'annonce du départ dans toute la presse ! Imbécile que j'étais ! Et moi qui m'étonnais de ce visiteur qui pouvait pénétrer chez le gouverneur sans avoir besoin de fracturer une porte ! Maintenant, après avoir cru m'abattre et avoir été par deux fois en mon pouvoir, la voici devant moi. Imbécile !

Les poings crispés, Richard Bentley fit un pas vers lui. R. M. Kelly ne le vit même pas. Il martelait le dossier du fauteuil et il y avait une mauvaise lueur de triomphe dans ses yeux. Mortimer Brett, qui avait écouté toute cette tirade sans broncher, y mit brutalement fin.

— En quoi, répéta-t-il, l'heure marquée par cette pendule a-telle quoi que ce soit à voir avec Miss Créta Jane Hay ?

R. M. Kelly se pencha vers lui.

— En quoi ? commença-t-il.

— Oui, intervint Richard Bentley, en quoi ?

R. M. Kelly marcha dans sa direction. Il y avait quelque chose de si dominateur dans son attitude que le jeune homme ne songea même pas à se couvrir de son revolver.

— Parce qu'à deux heures cette nuit, énonça glacialement R. M. Kelly, James Ferguson Hay a trouvé un paquet sur la table de son bureau, et qu'il l'a payé de sa vie.

Il jeta un coup d'œil à la pendule et poursuivit :

— Il est trois heures dix. En dépit de l'imagination de son amazone de fille, James Ferguson Hay est mort.

Il y eut un cri déchirant, et Helen-la-soupe dut soutenir la jeune fille pour l'empêcher de tomber au sol. Elle n'eut d'ailleurs pas le temps de se laisser aller à son désespoir. Une voix venait de s'élever, laissant tomber une syllabe tranchante comme un couperet.

— Non !

Comme sous un coup de fouet, R. M. Kelly pivota vers Mortimer Brett.

— Non ? questionna-t-il d'un ton railleur. James Ferguson Hay, lui-même, m'a promis de se tuer.

— Non ! repartit le lieutenant sans se départir de son calme, pour la bonne raison qu'il n'a pas reçu le paquet qu'il devait payer de sa vie : le voici.

Plongeant la main dans la poche de son veston, il en tira une longue enveloppe qu'il tint un instant élevée, pour que chacun pût bien la voir. Un soupir échappa des lèvres blanchies de la jeune fille tandis que R. M. Kelly poussait un juron.

— Cette nuit, poursuivit inexorablement Mortimer Brett, mes hommes, qui veillaient sur une maison où de curieux incidents s'étaient déroulés, m'ont avisé qu'un cambrioleur un peu spécial venait de s'y introduire : au lieu d'emporter quoi que ce fût, il avait laissé un petit paquet. J'ai donné l'ordre que l'on s'en empare.

Jouant négligemment avec la grande enveloppe, il regarda tour à tour les personnes présentes dans la pièce et acheva :

— Si vraiment James Ferguson Hay attend ce paquet pour prendre la petite détermination dont vous venez de nous parler, il doit trouver que vous êtes en retard ! Vous ne croyez pas, Mr. Kelly ?

Blême de rage, R. M. Kelly fit un pas en avant.

— Je ne donne pas vingt-quatre heures à James Ferguson Hay pour prendre de lui-même la petite décision que vous venez d'empêcher. Ouvrez cette enveloppe, Mr. Brett, je l'exige !

— Pourquoi ? demanda calmement Mortimer Brett.

Créta Jane Hay s'avança. Il y avait une muette supplication dans ses yeux. D'un geste de la main, Mortimer Brett l'arrêta. R. M. Kelly avait retrouvé toute sa superbe.

— Pourquoi ? ricana-t-il. Pour déclencher le plus

grand scandale qu'ait connu New-York. Un scandale qui
ruinera à jamais l'orgueil d'une fille qui a cru pouvoir lutter contre moi ! Ouvrez cette enveloppe !

Mortimer Brett secoua lentement la tête.

— Vous refusez ?

— Certainement. Je ne suis qu'un auxiliaire de la
Justice. Cette lettre ne m'appartient pas. Elle ne pourra
être ouverte que devant la personne à qui elle est
adressée : Mr. James Ferguson Hay ! Il est trop tard
pour la lui remettre cette nuit. Ce sera donc pour demain.

Il s'arrêta et termina avec un sourire goguenard.

— En votre présence, j'aime à la présumer, Mr. Kelly.

Un soupir de la jeune fille, qui était presque un sanglot, effaça son sourire. Celle-ci, qui avait suivi l'échange
de propos au sujet de la lettre, ne parvenait plus à cacher sa déception. La détermination de Mortimer Brett
était la ruine de tout son plan. Il vit qu'elle était livide
et que ses yeux se creusaient. Il nota qu'elle oscillait
sur elle-même, et il eut peur de la voir s'évanouir. Il
s'élança vers elle pour la soutenir et, dans ce geste,
cessa d'observer R. M. Kelly. Cinq secondes à peine se
passèrent, mais cet espace de temps fut suffisant.

Saisissant d'un geste brusque le revolver au barillet
vide qui se trouvait sur une chaise, R. M. Kelly pivota
sur lui-même. Pris en défaut, Mortimer Brett et Richard
Bentley se courbèrent en deux et étendirent le bras,
prêts à tirer. Ils n'en eurent pas le temps. Avec ahurissement, ils virent R. M. Kelly fixer le fond de la pièce
et rejeter le bras en arrière. La seconde d'après, le revolver, projeté avec force, s'écrasait contre le mur. Mais
ce n'était pas seulement le mur qui était atteint. Pour
rapide qu'il eût été, R. M. Kelly avait visé juste. Il y
eut un bruit de porcelaine brisée et la pièce se trouva
plongée dans l'obscurité la plus profonde. R. M. Kelly
venait de démolir le contact qui donnait l'électricité.

Deux coups de feu trouèrent la nuit, mais un éclat
de rire annonça à Mortimer Brett et à Richard Bentley
l'insuccès de leur tentative. A nouveau, ils tirèrent, et
cette fois un bruit inquiétant fut la seule réponse. On
aurait dit que l'on remuait un meuble, tandis que quelque chose grinçait.

— Un briquet ! lança Mortimer Brett, vite !

Richard Bentley tira le sien et donna la lumière. R. M. Kelly n'était plus là. Il avait disparu.

Du regard, Mortimer Brett interrogea les portes et la fenêtre.

— Il a dû partir par une trappe, déclara-t-il, mais il n'ira pas loin. La maison est cernée par mes hommes et ordre est donné d'arrêter tous ceux qui en sortiront. Après ce qui s'est passé cette nuit et tout ce que nous apprendrons, la politique ne pourra plus, cette fois, avoir le pas sur la justice.

Il ramassa l'enveloppe qu'il avait laissé tomber au moment de la fuite de R. M. Kelly et allait y faire quelque allusion quand il tressaillit. Dans un des coins de a pièce, un *buzzer* venait de retentir.

Fronçant les sourcils, il alla à l'appareil ancien modèle posé sur une étagère et décrocha l'écouteur. Tout de suite, il fut fixé. On venait de prononcer son nom.

La communication fut assez longue et, tant qu'elle dura, il ne prononça pas une parole. Ce n'est qu'en terminant qu'il se contenta de lancer un brutal « mérci ». Sans prendre la peine de raccrocher, il se tourna vers les occupants de la pièce.

— Un message de Kelly, déclara-t-il sans exorde. J'ignore où il se trouve, mais il a tenu à nous donner un petit avertissement : la maison est minée et va sauter dans peu d'instants.

En dépit du danger, Richard Bentley ne put s'empêcher d'émettre un doute.

— Bizarre que Kelly, qui tenait tant à nous supprimer, fasse preuve d'une telle mansuétude ?

— C'est qu'il a une raison, expliqua Mortimer Brett. Il tient à ce que l'enveloppe soit remise au gouverneur de l'Etat et ouverte devant lui. Il préfère sa vengeance à notre mort. Ce sont ses propres paroles.

Richard Bentley saisit la main de la jeune fille et la serra fortement, mais Mortimer Brett parut n'y prêter aucune attention. Prenant le briquet des mains de Richard Bentley, il alla aux fenêtres et les examina. De lourds barreaux de fer rendaient toute fuite impossible.

— Inutile de perdre notre temps à chercher la trappe,

dit-il. Kelly n'est pas homme à donner un avertissement sans motif, il nous faut sortir de cette maison sur-le-champ.

Il éleva le briquet et éclaira toute la pièce.

— Deux de mes hommes sont en bas, et je ne peux pas leur faire courir ce risque. Suivez-moi.

Une voix lui répondit.

— Entendu, lieutenant.

C'était Helen-la-soupe qui venait de sortir de son long mutisme.

Debout près de la porte, Mortimer Brett la vit traverser la pièce et passer devant lui. Elle marchait d'un pas assuré et soutenait la jeune fille par la taille. Celle-ci semblait une véritable loque et l'on eût dit qu'à chaque pas elle allait défaillir. Son revolver à la main, prêt à toutes les attaques, Richard Bentley fermait la marche.

S'effaçant contre la rampe, Mortimer Brett les regarda descendre l'escalier. Il les rejoignit comme ils arrivaient au rez-de-chaussée et se mit en devoir de donner ses ordres à ses hommes.

— La maison est minée et peut sauter d'un instant à l'autre. Renforcez le cordon, et ordre absolu d'arrêter quiconque voudra le franchir. Je ne pense pas qu'il y ait d'autres personnes dans la maison. D'ailleurs, vous n'avez pas le temps de vous en occuper. Songez à vous.

Il ouvrit lui-même la porte sur laquelle veillait un policier en uniforme et s'effaça pour laisser passer ses compagnons de rencontre. La ruelle était plongée dans une nuit obscure, et il ne jugea pas utile de rallumer le briquet qui venait de s'éteindre.

— Vite ! ordonna-t-il. Ma voiture est dans l'autre rue. Il ne faut pas que nous soyons dans ces parages quand l'explosion se produira.

Devançant le petit groupe, il atteignit l'artère un peu plus éclairée et porta un sifflet à ses lèvres. A son appel, une auto vint presque aussitôt se ranger le long du trottoir. Il ouvrit la portière et, d'un geste, invitait ses compagnons à y monter, quand il fronça les sourcils.

— Où est l'autre femme ? questionna-t-il d'une voix dure.

Richard Bentley et la jeune fille se regardèrent avec surprise : Helen-la-soupe n'était plus là.

— Je l'ai vue descendre l'escalier et traverser la pièce devant moi, continua le lieutenant.

L'homme qui avait été de garde devant la porte, et qui les avait accompagnés, porta la main à son képi.

— Nulle autre femme que cette jeune lady n'a franchi le seuil, déclara-t-il.

Un moment, Mortimer Brett demeura songeur.

— Ah çà ! est-ce que par hasard...

Richard Bentley ne put s'empêcher d'intervenir.

— Cette femme nous a sauvé la vie à deux reprises. Elle a tout risqué pour nous. Elle ne peut pas avoir trahi. Il faut à tout prix retourner la chercher !

Mortimer Brett secoua la tête.

— La maison est minée et va sauter. Ce serait folie pure. Je m'y oppose. Rien ne nous dit d'ailleurs qu'elle n'a pas un plan. Peut-être connaît-elle la maison, et dans ce cas...

Brusquement, il prit sa décision.

— Montez, ordonna-t-il, d'un tel ton de commandement que ni Richard Bentley ni sa compagne n'osèrent désobéir.

— Pour aller où ? interrogea la voix craintive de Créta Jane Hay.

— Pour attendre ici. Une femme est restée dans cette maison et je veux être fixé sur son sort. Je ne partirai... qu'après.

XIII

...ET LE RAT CREVA !

Tout d'abord, rien ne bougea dans la pièce obscure. Il y régnait un silence de mort et aucun des bruits lointains de la ville n'y parvenait. Un long moment, le silence hallucinant plana dans la vieille demeure, puis quelque chose grinça. A nouveau, ce bruit se fit entendre. Cela provenait du parquet, et un pas lourd résonna. Quelqu'un venait de se hisser dans la pièce : un homme.

Sans prendre la peine de tirer sa torche électrique, l'homme, qui devait connaître à fond les aîtres, alla au téléphone et, ayant soulevé le récepteur, se mit à parler vite. C'était R. M. Kelly. Mais sa voix avait perdu sa bonhomie.

La conversation, qui fut presque un monologue, fut courte. Il dictait des ordres. Il avisait les hommes qu'il avait convoqués, et qui guettaient deux maisons plus loin, d'avoir à venir le rejoindre. Ils n'auraient qu'à se tenir dans la pièce du fond, où ils déboucheraient en sortant du souterrain, et à attendre de nouvelles instructions.

La réponse du chef de ses hommes l'ayant pleinement satisfait, il raccrocha en laissant échapper un sifflotement de contentement et se mit à rire. Ce accès pourtant fut de courte durée. Tournant le dos à l'appareil, il fixa la nuit qui l'enveloppait.

La pièce lui parut sinistre et froide, mais dénuée de toute menace. Il est vrai que, quelque part sur le parquet, gisait l'homme qui avait été à la fois son associé et son ennemi. L'homme qui avait perdu la partie où la Mort tenait les cartes. Il ne songea pas à s'attrister sur son sort. Cette mort le servait en le débarrassant d'un boulet qui aurait pu devenir une gêne. Il n'avait plus qu'à penser à lui, et ses précautions avaient été bien prises. Demain, quand tout New-York le croirait mort, il serait loin, voguant vers quelque pays où nul ne le connaîtrait. Il aurait évidemment perdu la partie, puisqu'il aurait été forcé de fuir, mais quelle plus belle vengeance pouvait-il laisser : la ruine de l'homme qu'il avait traqué et la chute d'une idole new-yorkaise ! Sans parler du désespoir de cette fille éclaboussée par la honte.

A cette pensée, son rire gras le secoua, mais tout de suite il s'arrêta et tendit l'oreille. Un heurt qu'il reconnaissait venait de lui apprendre que les hommes convoqués par ses soins pénétraient dans la maison, et qu'une trappe se rabattait.

Il attendit quelques instants puis, se remettant à siffloter, il se dirigea vers un des coins de la pièce. Sans s'aider d'aucune lumière, il fit sauter une petite plaque de bois dissimulée sous une étagère et, avançant la main, prononça d'un ton ironique :

— A votre santé, messieurs !

Il n'acheva pas son geste. Surgissant brusquement de l'ombre épaisse, un rayon de lumière venait de se fixer sur lui.

D'un bond, il se retourna et, aveuglé par la clarté blanche de la torche électrique, ne parvint pas à reconnaître tout d'abord la personne qui le confrontait. Enfin, une image se silhouetta contre le mur, et un nom lui monta aux lèvres.

— Helen-la-soupe !

Il n'y eut aucune réponse et, devant l'immobilité de cette statue qui tenait la torche, il fit un pas en avant en répétant :

— Helen-la-soupe !

Le rayon ne l'abandonna pas, et la femme sortit de son mutisme.

— Oui, dit-elle. Helen. Helen qui est revenue à temps.

Il se mit à rire et railla.

— A temps pour être punie de ta trahison, comme tu ne vas pas tarder à t'en apercevoir. Puisque tu m'as entendu téléphoner, tu dois savoir que mes hommes sont en bas. Leur dirai-je de monter tout de suite ?

Helen-la-soupe secoua lentement la tête.

— Non. Tout à l'heure si vous voulez, mais pas maintenant.

— Soit ! dit-il, causons d'abord. Mais j'imagine que tu ne te fais aucune illusion sur ton sort ?

Il abandonna son poste près de l'étagère et, se dirigeant vers le fauteuil le plus proche, s'y laissa tomber. Comme il plongeait la main dans la poche de son veston. Helen-la-soupe tira l'automatique qu'elle avait jusqu'alors caché derrière son dos.

— Pour un cigare, railla R. M. Kelly en tirant un havane de sa poche et en le portant à sa bouche, un coup de feu serait peut-être de trop.

Il se laissa aller contre le dossier du fauteuil, et contempla le plafond comme si aucun danger n'eût existé. Brusquement, pourtant, il se redressa. Helen-la-soupe venait de quitter le mur contre lequel elle s'était adossée et était arrivée à l'endroit précis qu'il avait abandonné. Une ombre de contrariété passa sur le visage de R. M. Kelly, mais il la chassa tout aussitôt.

— Si tu préfères te tenir là pour parler, libre à toi. Je t'aurais tout aussi bien entendue de là-bas !

Helen-la-soupe ne répondit pas. Elle examinait le mur et éclairait de sa torche la portion où s'était trouvée la planchette. Le visage de R. M. Kelly se contracta. Il fut le point de bondir sur elle, mais elle ne lui en donna pas le temps. A demi-tournée vers lui, elle souriait.

— Je suppose que vous alliez donner la lumière quand je vous ai révélé ma présence ? commença-t-elle. Vous trouverez donc naturel que j'achève votre geste.

Elle leva la main vers le commutateur de cuivre qu'avait caché la planchette, mais elle n'acheva pas. Se dressant sur son siège, R. M. Kelly venait de jeter :

— Non ! ne touchez pas à ce commutateur.

Elle ne se démonta pas.

— Pourquoi ? demanda-t-elle simplement.

Il comprit la faute qu'il avait été sur le point de commettre, et voulut la réparer.

— Ce signal communique avec la pièce d'en bas. Une seule sonnerie et tous monteront.

Helen-la-soupe secoua la tête.

— Non, dit-elle avec calme.

Il fronça les sourcils.

— Non ? Qu'est-ce que vous en savez. Voulez-vous essayer ?

Elle ne répondit pas à sa question, mais demanda .

— Qui est en bas ?

Il lui énuméra quatre noms. C'étaient ceux de ses pires *hoodlums*. Des hommes qui avaient tué et assassiné. Elle réfléchit une seconde, puis un sourire bizarre naquit sur ses lèvres.

— Vous avez raison, dit-elle, je vais essayer. J'ai peut-être, moi aussi, quelque chose à dire à ces gens-là. Quelque chose sur l'homme qui se sert d'eux et qui n'hésite pas à les supprimer quand il les craint.

Elle regarda R. M. Kelly bien en face et ajouta :

— Comme il l'a fait pour Bamboo Charley.

Sans attendre une dénégation, elle leva la main et la

posa sur le commutateur. En dépit du revolver toujours braqué sur lui, il se dressa d'un bond.

— Helen ! hurla-t-il, ne faites pas cela.

— Mais pourquoi ? demanda-t-elle à nouveau.

Il bafouilla.

— Mes hommes savent que vous avez trahi. Ils sont enragés contre vous. J'ai eu des torts envers Bamboo Charley, mais peut-être qu'en nous expliquant...

Elle l'arrêta.

— Non. Ce n'est pas là la raison. Moi, je vais vous la dire.

Il la contempla avec une certaine terreur, et elle poursuivit :

— Vous avez annoncé que cette maison était minée, et je n'ai aucune raison de douter de votre parole. Seulement, avant de partir, vous tenez à supprimer ceux qui en savent trop long et qui pourraient parler. C'est pourquoi vous êtes revenu. Ce commutateur doit communiquer avec la mine et provoquer tôt ou tard l'explosion. Je pense bien que vous n'avez pas été assez bête pour ne pas vous donner le temps de vous mettre à l'abri. Est-ce que je me trompe ? Parlez, ou sinon...

Devant la menace de l'automatique, il n'hésita plus. Pourtant, il n'abandonna pas ses airs de bravade.

— Mais non, dit-il, vous ne vous trompez pas.

— Et combien de temps après le déclenchement doit se produire l'explosion ?

Il ne chercha même plus à dissimuler.

— Cinq minutes.

Elle parut réfléchir et calcula quelque chose.

— Soit, dit-elle d'un ton de voix tout à fait différent. Une voix rassérénée et presque celle de la conversation. Parlons d'abord. J'ai à vous expliquer ma conduite. Asseyez-vous.

Avec un haussement d'épaules, mais plus troublé qu'il ne voulait le laisser paraître, il lui obéit. S'écartant alors du mur, elle s'assit sur un coin de la table.

— R. M., commença-t-elle, je veux que vous sachiez que je ne suis pas de celles qui trahissent. Jamais je ne me serais retournée si je n'avais appris la façon dont vous aviez traité Bamboo Charley. Il avait ses défauts, ses vices même. Mais je l'aimais et je l'aime encore.

J'ai tenu à vous le dire cette nuit, et à vous dire aussi que je vous pardonne.

Un sourire narquois glissa sur le visage de R. M. Kelly.

— J'en suis heureux, Helen, et j'espère que l'avenir me permettra...

Elle leva la main pour l'arrêter.

— Il n'y aura pas d'avenir, Kelly, ni pour vous, ni pour moi.

— Pourquoi ? demanda-t-il.

Elle se tourna vers la droite et braqua sa torche électrique sur l'ouverture qu'avait cachée la planchette. Un juron terrible s'échappa des lèvres de R. M. Kelly.

Le contact était abaissé. Avant de s'écarter de la muraille, Helen-la-soupe avait accompli l'irréparable.

Il se dressa, livide et suant de peur, mais n'eut pas le temps d'agir. Une main qui ne tremblait pas braquait un automatique contre lui, tandis qu'une voix glaciale déclarait :

— Un pas de plus et je tire, Kelly. Rien ne peut vous sauver. Helen-la-soupe n'est pas de celles qui profitent de la trahison. Elle vous accompagnera dans la mort, vous et vos rats.

XIV

FLAMMES DANS LA NUIT

Mortimer Brett, qui avait écouté attentivement les explications que lui fournissait Richard Bentley sur l'activité des Ratiers, pencha la tête hors de la portière.

— Dix minutes et toujours rien, grogna-t-il. S'est-il fichu de nous ou faut-il espérer que cette femme.

Il s'arrêta et bougonna.

— Quoique, en dépit de tout ce que vous pouvez dire, rien ne nous autorise à faire absolument fond sur elle. Une fois une rate, toujours une rate !

Créta Jane Hay, qui n'avait pas prononcé une parole, crispa les poings.

— Elle n'a pas agi comme une rate avec nous. Elle a été loyale.

— Peut-être, reprit Mortimer Brett d'un ton plus conciliant, mais tout de même !

Il allait ouvrir la portière pour aller voir d'un peu plus près ce qui se passait, quand quelque chose lui coupa la parole... Il y eut un terrible remous d'air qui jeta au sol nombre de cheminées avoisinantes, tandis qu'un fracas formidable s'élevait et que le sol semblait trembler.

— Regardez ! hurla Mortimer Brett, comme un souffle d'air chaud le fouettait au visage.

Créta Jane Hay et Richard Bentley sentirent leur cœur battre plus fort.

Là-bas, au fond de la ruelle où se trouvait la Joint de Moonshine Bill, une véritable éruption venait de se produire. Il y eut un jet de flammes rouges accompagné d'un flot de fumée noire. Puis, tandis que tout retombait au sol et qu'un silence relatif succédait au vacarme, d'autres flammes, celles de l'incendie, s'élevèrent dans la nuit.

Instantanément, le quartier fut en émoi. Aux fenêtres privées de vitres, des têtes jaillirent, et chaque porte se mit à vomir des dormeurs affolés encore mal réveillés. Le Pandémonium était à son comble.

Tirant Créta Jane Hay et Richard Bentley de la voiture, Mortimer Brett s'était déjà élancé.

En quelques enjambées, il eut rejoint ses hommes et, avec eux, fonça vers le lieu du sinistre. Il y fut bientôt, mais dut s'arrêter avec un hochement de tête. Devant la force de l'incendie, il était inutile de songer à tenter quoi que ce fût.

— Les pompiers ? interrogea-t-il.

L'homme auquel il s'adressait le renseigna.

— Prévenus sur-le-champ dès l'explosion, mais je ne vois pas trop ce qu'ils pourront faire. Cette vieille bâtisse de bois flambe comme une torche.

Livide, s'accrochant à Richard Bentley qui s'efforçait de la calmer, Créta Jane Hay ne cessait de répéter :

— Il faut tenter quelque chose pour la sauver ! Elle est là dedans ! Nous lui devons la vie !

Mortimer Brett, qui passait devant elle, lui jeta un coup d'œil et vit qu'elle était à bout de force. Il eut peur de quelque crise de nerfs !

— Ce n'est pas la place d'une jeune fille ici, lança-t-il, même si c'est une Ratière. Rien ne nous dit que d'autres explosions ne sont pas à craindre, Dovavan !

Un homme s'approcha.

— Prenez ma voiture et accompagnez ces deux personnes à mon bureau du Quartier Général. J'attends l'arrivée des pompiers et je vous rejoins. Attention seulement à ce qu'ils ne vous brûlent pas la politesse. J'ai à leur parler.

Il regarda s'éloigner Créta Jane Hay, que soutenait Richard Bentley, et demeura songeur. Il avait craint quelque refus, mais apparemment la force de résistance de la jeune fille devait être à bout. L'arrivée de la première voiture de pompiers le tira de sa rêverie.

— Alors ? demanda-t-il au lieutenant qui venait d'inspecter le sinistre.

Celui-ci ne montra aucun optimisme.

— Rien à faire, dit-il. Nous allons nous borner à protéger les autres maisons du voisinage. Souhaitons qu'il n'y ait eu personne là dedans. On ne retrouverait même pas leurs os !

— Oui, riposta Mortimer Brett. Reste à savoir s'il n'y avait vraiment personne !

Et tournant le dos au sinistre, tandis que le lieutenant donnait ses ordres, il héla un taxi et s'y laissa tomber l'air harassé.

Il avait maintenant peur de ce qui l'attendait dans son bureau, au Quartier Général de la police.

XV

MR. MORTIMER BRETT EST CONTENT DE LUI

Mortimer Brett se leva de son fauteuil et, les mains derrière le dos, se mit à arpenter la pièce, Créta Jane

Hay et Richard Bentley le contemplèrent d'un regard anxieux:

Pendant près d'une demi-heure, Richard Bentley avait parlé, expliquant le but qu'il s'était fixé en créant les Ratiers. Aucun détail n'avait été laissé dans l'ombre. Pas une fois, Mortimer Brett ne l'avait interrompu. Maintenant, toute l'histoire de l'offensive contre R. M. Kelly et H. H. Kraton était claire. Il n'y avait qu'un point où le mystère planait toujours : le fait initial qui avait poussé Richard Bentley à entrer en action :

Brusquement, Mortimer Brette, qui s'était arrêté devant la fenêtre et qui contemplait la cour du Quartier Général, se retourna.

— En somme, dit-il, c'est un sentiment chevaleresque analogue à celui du héros du *Mouron Rouge* [1] qui vous a fait agir ?

— Oui, acquiesça le jeune homme avec un sourire heureux, car cette explication lui convenait à ravir.

— Vous vous êtes dit qu'il serait passionnant, pour un homme de votre monde, de réussir là où, du fait de la politique, la police avait échoué ?

— A peu près ?

— Mais ceci admis, la présence de Miss Hay à vos côtés ne s'explique toujours pas. Ce n'était guère la place d'une femme. Encore moins d'une jeune fille ?

— Mon Dieu, commença Richard Bentley en hésitant, Miss Hay a connu notre projet. Cela l'a enthousiasmée; et comme c'est une jeune fille essentiellement moderne et sportive...

Mortimer Brett acheva.

— Cela l'a amusée de jouer avec le crime ? Votre explication est un peu faible. Je comprendrais mieux si elle avait eu un intérêt personnel.

On aurait dit qu'il venait de toucher à un point sensible. Créta Jane Hay avait pâli.

— Mais non ! lança-t-elle d'une voix troublée. J'ai simplement voulu imiter mes amis.

Mortimer Brett leva la main.

— Je ne faisais qu'une supposition. D'ailleurs, nous serons sans doute fixés demain matin.

1. Célèbre roman anglais de la baronne d'Orczy.

Ni Richard Bentley, ni Créta Jane Hay ne réagirent, mais leurs regards se croisèrent. Mortimer Brett changea la conversation.

— Ainsi, vous avez cru tout au long que la police était entièrement dupe et qu'elle traitait ces... exécutions comme de simples règlements de comptes ?

Devant le silence des deux jeunes gens, il se mit à rire.

— Evidemment ! avec la mauvaise opinion que l'on a de la police new-yorkaise, vous étiez excusables. Mais, du premier jour, j'ai été fixé. Seulement, je n'en ai rien dit; pas même en haut lieu. Et cela pour deux raisons. L'on aurait pu me mettre des bâtons dans les roues, chose que je ne voulais pas. Et puis j'étais intrigué.

— Il n'y a donc que vous qui soyez au courant ? interrogea Richard Bentley après un moment de réflexion.

— Oui.

Il attendit un moment, puis se mit à rire.

— Vous ne regrettez pas que je ne sois pas demeuré, moi aussi, dans la maison ?

— Non ! riposta Richard Bentley fermement.

Mortimer Brett parut surpris.

— Tiens ! pourquoi ?

— Parce que, si vous n'avez rien dit jusqu'à ce jour, je crois que vous garderez encore le silence.

Il prévint l'objection qui allait venir et leva la main.

— Oh ! je sais. Vous allez me parler de devoir et d'honneur ! N'empêche que vous ne direz rien, parce que vous savez pertinemment que nous avons rendu service à la communauté entière en détruisant des rats qui ne prospéraient que grâce à la plus ignoble protection. Et aussi parce que...

— Parce que quoi ?

— Parce que vous ne voudriez pas compromettre une jeune fille de dix-huit ans qui a souffert toutes les tortures... par idéal.

Mortimer Brett hocha la tête.

— Le tout est de savoir si c'est vraiment par idéal !

Il se remit à arpenter la pièce, et tout à coup pivota sur lui-même comme s'il venait de prendre son parti.

— Cette enveloppe, dit-il, cette enveloppe que devait trouver cette nuit le gouverneur de l'Etat, et qui devait causer sa mort. Savez-vous ce qu'elle contient ?

— Non, répondit nettement Richard Bentley.

Mortimer Brett se tourna vers Créta Jane Hay, et c'est à peine s'il entendit sa dénégation. Il poursuivit :

— Elle peut contenir des révélations qui rendront mon silence inutile. C'est mon honneur que je joue, et je tiens à être fixé. Voulez-vous me permettre de l'ouvrir... maintenant ?

Il ne quittait pas Créta Jane Hay des yeux. Il la vit se raidir tandis qu'elle se mordait les lèvres au sang. Comme s'il ne se fût aperçu de rien, il alla à son pardessus qu'il avait jeté sur une chaise, et avança la main vers sa poche.

— C'est ce que nous pouvons faire de plus sage. Au moins, nous serons fixé tout de suite !

Créta Jane Hay ne put retenir un sourd gémissement, et Richard Bentley alla vers elle, et lui mit un bras autour des épaules.

— Créta, supplia-t-il, du courage. Cela vaut peut-être mieux !

Un juron du lieutenant lui fit relever la tête.

— L'enveloppe ? bégaya Mortimer Brett. L'enveloppe ! Elle n'est plus dans la poche où je l'avais mise !

Une crainte brusque saisit Créta Jane Hay.

— Mon Dieu ! s'exclama-t-elle, quelqu'un risque de la trouver !

Le lieutenant ne partagea pas son illusion.

— Et qui voulez-vous qui la trouve ! Je me souviens maintenant où j'ai dû la perdre. Je me suis heurté à un portant de la maison qui flambait. C'est là où elle a dû tomber. Il n'en reste plus rien maintenant. Même pas des cendres !

Créta Jane Hay ferma les yeux et porta ses deux mains à son cœur. Mortimer Brett la regarda d'un air soupçonneux.

— Ma parole ! on croirait que cela vous fait plaisir ?

Elle bafouilla quelques mots, mais on eût dit qu'il ne l'écoutait pas. Allant à a fenêtre, il tapota quelques secondes contre les vitres, puis se retourna.

— Après tout, dit-il, c'est peut-être le doigt de Dieu

qui l'a voulu ! Nous avions peur de ce que nous allions trouver là dedans. Le sort lui-même en a décidé.

Il se mit à rire puis, retraverasnt la pièce, se dirigea vers la pendule qui se trouvait sur la cheminée.

— Seulement, s'exclama-t-il en durcissant la voix, il est cinq heures du matin et, grâce à vous, j'ai passé une nuit blanche. Maintenant, il va falloir que je fasse mon rapport sur les événements de cette nuit, et Dieu sait ce que je vais raconter ! Vous oubliez que deux hommes éminents et respectés ont disparu de la circulation. Il va falloir expliquer cela en prenant des formes qui ne heurtent aucune susceptibilité. Alors, si vous m'en croyez, vous rentrerez chez vous. Sitôt que j'aurai besoin de vous, je vous convoquerai. Vous avez compris ?

Richard Bentley le regarda droit dans les yeux et lui tendit la main.

— Oui, lieutenant. J'ai compris et Créta aussi. Merci.

Sans un autre mot, Mortimer Brett se dirigea vers sa porte qu'il ouvrit toute grande. Le seconde d'après, Richard Bentley et Créta Jane Hay obéissaient à son injonction.

...Dix minutes plus tard, Mortimer Brett quittait à son tour son bureau mais, au lieu de prendre la porte du rez-de-chaussée qui donnait sur la rue, il continua sa descente, en enfilant un long corridor qui s'ouvrait devant lui. Il descendit également un autre escalier tournant, tout en sifflotant un petit air. Parvenu quelque trente marches plus bas, il se trouva dans une pièce voûtée qui n'était autre qu'une des caves du Quartier Général de la police où se trouvaient les chaudières du calorifère. Un homme qui lisait un livre se leva et, sur un ordre du lieutenant, partit pour aller l'attendre dans son bureau.

— Le bruit a couru qu'il y a du whisky de contrebande ici, dit-il sévèrement. Je viens m'en assurer.

L'homme ne parut pas s'inquiéter de cette menace.

— Faites ce qui vous plaira, chef ! mais à moins que le *stuff* n'ait été planté là par quelques gangster...

Il porta la main à son front et, tournant les talons, se mit à gravir l'escalier.

Demeuré seul, Mortimer Brett attendit quelques instants. Certain enfin de ne plus avoir à craindre de regard inquisiteur, il plongea la main dans la poche intérieure de son veston et en tira une longue enveloppe pliée en quatre. C'était celle dont, quelques instants auparavant, il avait déploré la perte.

Il la contempla en hochant la tête puis, ouvrant la porte d'une des chaudières, la jeta d'un geste brusque parmi les flammes. La seconde d'après, il n'en restait plus rien, pas même des cendres.

Un sourire détendit le visage de Mortimer Brett.

— Je me doute bien de ce que pouvait contenir cette enveloppe, mais tout de même, ç'aurait mal récompenser tant d'efforts et tant de souffrances. *Poor kid !* Hâtons-nous d'aller annoncer là-haut à l'autre idiot que tout va bien et qu'il n'y a rien de suspect.

Retrouvant son air officiel, le lieutenant Mortimer Brett remonta l'escalier en direction de son bureau. Comme il allait tourner la poignée, il ne put s'empêcher de se demander à mi-voix :

— Tout de même. Si l'on savait ce que je viens de faire, me décernerait-on une couronne civique ou exigerait-on ma démission ?

Incapable de donner une réponse à cette question, Mortimer Brett n'insista pas mais, retrouvant son sérieux, rentra dans son bureau.

— *Okay !* O'Mara, prononça-t-il de son ton le plus convaincu. Encore une dénonciation à jeter au panier ! Heureusement pour vous, car s'il y a une chose à quoi je tiens par-dessus tout, c'est que la police de New-York soit comme la femme de César.

— Qu'est-ce qu'elle a encore fait, la femme de César ? interrogea le policeman O'Mara en se demandant s'il ne s'agissait pas, par hasard, de la *moll* d'un petit Sicilien connu pour ses activités de bottlegger.

— Son mari tenait à ce qu'elle fût insoupçonnable.

— Dans ce cas, ce n'est pas celle à qui je pensais.

— Probablement, O'Mara. Eh bien ! je tiens à ce que toute la Force soit comme cette femme-là : irréprochable ! Vous m'avez bien compris ?

— Parfaitement, lieutenant, approuva O'Mara, légèrement éberlué.

Sur quoi le lieutenant Mortimer Brett prit son manteau et son chapeau et, sur un petit signe de tête amical à son subordonné, se mit en devoir de regagner le logis où l'attendaient sa femme et ses deux enfants.

Il avait l'impression — impression que n'eussent peut-être pas partagée Tammany Hall et tous les vendus de la Justice et de la Politique — qu'il avait fait son devoir d'honnête homme et de policier.

Deux qualificatifs qui ne vont pas toujours de pair et compagnie... à New-York tout au moins.

FIN

TABLE DES MATIERES

Dépôt légal N° 13 — 1946

IMPRIMERIE LOUIS JEAN — GAP

IMPRIMERIE-LOUIS JEAN · GAP · 11.2767

68 Francs

www.ingramcontent.com/pod-product-compliance
Lightning Source LLC
Chambersburg PA
CBHW051820020726
47502CB00005B/1549